目次

和歌史

なぜ千年を越えて続いたか

渡部泰明

角川選書
641

はじめに

定型という自由

和歌は、千年を越える歴史をもつ。おおよそ七世紀前半には形態を整え、少なくとも江戸時代までは、命脈を保った。千二百年以上続いたのである。なぜこれほど長く続いたのだろう。和歌の持続を可能にした力は、どこにあったのだろう。不思議なことである。その不思議さを考えてみよう、というのが本書の意図である。

和歌の歴史の持続を考えようとするとき、個人的に忘れがたい言葉がある。

縄目なしには自由の恩恵はわかりがたいように、定型という枷が僕に言語の自由をもたらした。

（寺山修司「僕のノオト」『空には本』）

演劇・映画・現代詩等々、現代文化の諸領域に小さからぬ足跡を残した寺山修司（てらやましゅうじ）は、俳句・短歌という定型詩をその表現の営みの出発点とした。一九八三年に没して以後も、表現者寺山への関心は衰えない。寺山は、自身がなぜ古臭い定型詩から表現を始めたのかを、右のように語っている。もう四十年以上前、国文学の卒業論文のテーマを決めあぐねていたときに、こうした言葉に出会った。私の場合、むしろ関心は、近現代の短歌でも文学でもなく、古典の和歌に向かった。ああいう八面六臂(はちめんろっぴ)の活躍をする芸術家に言葉の自由をもたらした、定型というものの力の源泉を尋ねてみたかったのである。

煙草くさき国語教師が言うときに明日という語は最もかなし　（『空には本』）

そう寺山が歌う通りの若い先生から、ガリ版刷りのプリントで教えてもらった寺山短歌に衝撃を受けた、中学二年生のころの記憶も甦(よみがえ)ってきていた。

マッチ擦るつかのま海に霧ふかし身捨つるほどの祖国はありや　（『空には本』）
大工町寺町米町仏町老母買ふ町あらずやつばめよ　（『田園に死す』）

わけがわからないのに胸を打つ言葉があること、言葉には意味を越えて心に届く力があることに気づかされた。ただしそれは、意味のわからない面白さ、というのとは少し違った。その当時はもちろんうまく言葉にはできなかったけれども、誰しもが持つ心の一部分を狙いすましているような、意志的なものを感じていたのだと思う。

彼は、定型という枷(かせ)が表現の自由を与えたという。それは寺山だけのことだろうか。和歌は、その時代その時代の詩人たちに、一面で足枷となりながら、それ以上に表現への推進力を与えてきたのではなかっただろうか。そうやってずっと、和歌は続いてきたのではなかったか。もしその足跡をたどることができれば、和歌が千数百年続いた秘密を解明できるのではないか。どうせ研究をやるならその謎に挑んでみたい——若気の至りという言葉がぴったりの、気恥ずかしいばかりの向こう見ずな問いだった。けれども、挑戦したいという気持ちは、結局なくならなかった。四十数年を経て、今この問いに答えようとしたのが本書である。

和歌はなぜ続いたか

さて、和歌がどうして継続したかを考えるとき、必ずその糸口になるだろうと以前から予想していたことがある。それは、和歌を作る人と味わう人は、必ず重なっている、という事実である。和歌が生きていた時代には、もっぱら制作する一方の人も、鑑賞するだけの人も、いなかったとはいわないが、基本的に例外的な存在といってよい。和歌は創作と享受とが、不可分なものとして緊密に結びついているのである。和歌を詠む人は、古来の和歌を学ぶことが必須となる。反対に、和歌を十全に学ぼうとするなら、自分でも作ってみることが当然視される。和歌を学んで初めて和歌を詠むことができ、その作品を享受して、また歌が創作される——和歌が持続するという現象は、そうした行為の連続として捉(とら)えることができる。とくに現代の私たちが見落としがちなのは、作ることの大事さであるから、和歌を制作する意識にとりわけ注視したい。和歌に関する営みは、それ抜きに語れないのである。歌を読み味わうときにさえ、自分が詠んでいるつもりになって読んでいたかもしれない。

教育との関係

さて、創作と享受が鎖のように連なっていることが、和歌が長く続くのに都合のよい存在形態であることはわかりやすいだろう。読む―詠む―読む……という連鎖が発生するのである。理屈の上からは、無限の連鎖が生じてもおかしくない。しかし物事は理屈どおりにはいかない。継続するのに都合がよい形態であることだけでは、続いたという謎にはたどり着かない。持続したからには、そこに何らかの力学が働いていたわけで、その力学の動態に接近しなければ、答えにならないのである。

そこでもう一つ、和歌が教育と結びついたことで活力を得てきたというファクターを視野に入れたい。和歌は作ることで学習する。実践しつつ学ぶことは、高い教育効果をもたらす。昨今教育の場で「アクティブ・ラーニング」（能動的学習法）が話題にされるが、和歌は古来アクティブ・ラーニングを実行してきたともいえる。もっとも私自身は、参加型教育と呼んでいる。主体の参加を促すからである。和歌を詠むために、歌学も発達した。歌語辞典や例歌集、和歌注釈書や詠歌方法の解説書、歌会などにおける礼儀作法書等々、和歌教育を目的とした書物が、途切れることなく著述・編集され、陸続と書写・刊行された。詠んだ歌にコメントをもらったり、添削してもらったりする教育方法も確立していった。入門者からプロ級の歌人まで、教育課程と呼んでおかしくないほど、指導のシステム化が見られるようにもなった。「古今伝授」などは、たとえていえば、大学院博士課程における特待生の修了プログラムのようなものかもしれない。

和歌を学ぶことだけにとどまらない。『源氏物語』を学ぶ際に、この物語を踏まえた和歌を詠むことで、『源氏物語』への理解を深める、などということも行われた。そもそもこの物語自体が、和歌を重要な構成要素としているので、和歌がわからなければきちんと理解したことにならないのである。

こうして教育と結びついたことは、和歌の意義を飛躍的に高めた。和歌自体が参加型で教育されていただけではない。さまざまな分野の教育に和歌が利用されてもきた。信仰における布教も教育の一種と見なせば、神祇(じんぎ)信仰はもとより仏教も和歌を用いたりした。経典の内容を和歌で表せば、それは教理への理解を格段に深めることになったのである。

教育への接近は、和歌への主体的な関わりを強化した。和歌との主体的な関わり、とくに和歌を作ることの教育的意義という問題が浮かび上がってきた。さて、ではこのことを踏まえて、和歌史を見る本書の視点を示しておくことにしよう。

和歌では何を表現するか──祈り

和歌と教育とは密接に関連する。そう述べた。教育とは、無謀を承知で思い切り簡単にいえば、人を成長させるために行う営みのことだろう。精神的に、あるいは技術的・肉体的に成長へと導くために、人は教育を志す。そこには、目的や目標が設定される。もちろん、目的や目標がなくても人は成長するが、こと教育を前提とするからには、理想や理念に基づいた目的・目標は不可欠といってよいだろう。それは和歌と無縁であろうか。

翻って和歌を考えよう。そもそも和歌とは何を表現するものだろうか。古典詩歌とはいえ、和歌も詩であるのならば、今の心を、すなわち現在の気持ちを表現するものだろう。たしかにそうだ。しかしそれは、半分当たっているが、半分外れている。人間生きていればいろいろなことを思い、感じる。どんなことでもそれを表現したら和歌になるかといえば、そんなことはない。和歌は社会的な詩である。思いを表現するのは確かだが、そこには集団的な思いが刻印されている。集団的な思いは必ず方向性を持つ。でないと形にならない。その方向性を、ひとまず理想と捉えておく。つまり、和歌は理想を表現するものなのである。こうであったらいいなあ、という理想である。現状報告だけでは、和歌にふさわしい「心」にならないのだ。理想が未来に投影されれば、希望や願望と名付けることができる。逆に過去に投影されれば、昔は良かった、という回想や懐古となる。願望や懐古は、和歌の基本となる情緒である。

理想を表現する？　いやいや、それは違う、和歌には寂しさや悲しさ、あるいは恨みつらみがしばしば詠まれるではないか、と反論されるかもしれない。もちろん和歌は憂愁に満ち満ちている。悲傷・怨嗟（えんさ）は和歌の基本的な感情といえるだろう。けれども少し丁寧に読めば、和歌に表された寂しさや悲しさは、何か理想的な状況が奪われているからこそ痛感していると気づくに違いない。逆にいえば、理想状態が切望されているのである。たとえば恋の歌は、原則的に叶えられぬ恋ゆえのつらさを詠む。デートできて嬉しいなどと手放しで悦に入っている歌は、基本的にない。では逢えてとても幸せだったという内容は詠めないのか？　そんなことはない。明け方になってお別れするのがつらかった——いわゆる「きぬぎぬの別れ」である——と詠めば、どれほど喜びに満ちた逢瀬であったかが伝わるだろう。叶えられず、満ち足りぬ恋心を詠むことが、理想的な恋を裏側から表すのである。

　ここで注意しておきたいのは、和歌が、現在の自分の——つまり作者の——感覚や心情を表現するものであることは間違いない、ということである。その意味では、和歌は詩であり、その中でも抒情詩に分類されるべきものである。だとすれば、和歌とは、現在の自分からの、理想的な事柄への思いを表現するものだ、ということになるだろう。理想への思いとは、多くの場合願いであり、願いがさらに強まれば、祈りとなる。そこでこちらの趣旨を明確にするために、この祈りという言葉を用いることにしよう。もっとも祈りといった場合には、ただ強い願望というだけにとどまらなくなる。そこには、向こう側から到来するものを、敬虔に受け入れる心性が含まれる。自分の意志を越えて起こる出来事を、従容と受け止める心根を伴う。こうした精神が和歌を永らえさせた働きの基本にあると考える。和歌とは祈りを表現するものだ、と見なすところから始めたい。すると和歌の見方、味わい方も変わってこないだろうか。

和歌における理想とは何だろうか。和歌には、端的に理想を主題とした歌があるので、それが手掛かりとなる。「賀」の歌である。賀の歌では、判で押したように、永遠の生命が歌われる。

わが君は千代に八千代にさざれ石の巌となりて苔のむすまで
（古今集・賀・三四三・よみ人しらず）

（あなたの寿命は、千代にも八千代にも、小石が大きな岩になり苔が生えるまで続いてください）

現在の「君が代」のもとになった歌である。初句が「わが君は」となっていることに気をつけたい。天皇に限定されているわけではない。ともあれ、「千」にしても「八千」にしても具体的な数というよりも、数えきれないほどの長さを表す言葉だから、とわの寿命であれと寿いでいるのである。永遠の生命。それが和歌の理想の一つであることは間違いない。もとより、祝うべき特定の対象があって、それを歌に詠みこむ賀歌は、歌としては特殊な部類に入る。普通は、永遠には至りがたい現実として、死や、老耄・衰滅・終焉などが好んで歌われることになる。あるいは常に完全なる状態に届かない、未完・未然の現状を嘆くことになる。手に入らないものを受け入れるという形でこそ、和歌は永遠の命への祈りなのである。

祈りと見ることの最大の利点は、類型的な表現を価値づけられることである。信仰における祈りの多くは、聖典・経典の言葉である。同じ文言が繰り返し用いられる。内容以上に、唱えるという行為に意味がある。和歌でも、似たような表現であることに、むしろ祈念する営みとしての価値が生じると見なすことができる。信仰上の祈りに類比していえば、和歌は、自分で作ることのできる祈りの言葉なのだ。

現実から理想へ――境界

和歌は、現在の自分の理想への思いを表現するものだ、だから現状に対して否定的なまなざしを注ぎ、基本的に衰亡や未完の状態を詠むことになる、と考えた。もしこの考え方が正しいとすると、作者は現実でもなく理想でもない、ずいぶん中途半端な状態に立たざるをえないことになる。あるいは、理想を抱えて現実を生きる、理想でもあり現実でもあるどっちつかずの時空にたゆたうといってもよい。ここに和歌の作者の居場所が、原理的に定められる。境界的な時空である。歌人は、境界に立っている。

たとえば、次の歌を見よう。

昨日(きのふ)といひ今日(けふ)と暮(く)らしてあすか川流れて早き月日(つきひ)なりけり

（古今集・冬・三四一・春道列樹(はるみちのつらき)）

（昨日、今日と暮らして、明日は新年、飛鳥(あすか)川のように早く流れる月日だったのだ）

などは、昨日・今日・明日とすみやかに流れる時間を表しているのみにも見える。しかしこの歌は、一年の一番最後の日、つまり大晦日(おおみそか)の歌であり、実は大きな区切りとなる「今日」を歌っている。最後の日だからこそ、無常への思いが浮かび上がるのである。とくに「けり」に注意したい。「気づきの『けり』」などと呼ばれ、和歌の文末に非常によく用いられる助動詞で、すでにそういう状態だったことに今気づいた、という意味を表す。こうした「けり」などは、世界への認識ががらりと変わる一瞬を切り取っているといえる。短い表現形式の中で、自分や外界の様態を印象的に写し取ってくるには、これから変化しようとする瀬戸際や、変化した直後の新世界に立って表現するのが有効な方法だったのであろう。この場合は、時の経過における変化である。恒常・恒久の世を夢見ながら、それに挫折(ざせつ)せざるをえない心が、この「けり」には宿っている。作者は変化を迎え入れる境界にたたずんでいる。

「けり」とは別に、もう一点この歌の中で注意しておきたい語がある。「川」である。古来「川」は境界として機能してきた。どこにも所属しない、あるいは皆のための存在としてあった。橋や船という特別な手段によって、それがなければ、危険を冒して徒歩や泳ぎで渡らなくてはならない。歌の中でも、川を渡るという越境は、特別な行為として、和歌史のもっとも早い段階においてさえ表現されてきた。

人言を繁み言痛み己が世にいまだ渡らぬ朝川渡る（万葉集・巻二・一一六・但馬皇女）
（人の噂がうるさいので、これまで渡ったこともない朝の川を渡るよ）

異母兄穂積皇子（天武天皇皇子）との道ならぬ恋が露見したときの歌とされている。この渡河には、一線を越える、というニュアンスがただよう。

しかし、飛鳥川の歌の方は、境界とも越境とも無関係に見える。本当にそうだろうか。春道列樹の歌において飛鳥川は、人生を流れる時間を象徴している。そういう表象となりうるには、日常性や現実性に埋没しきらない側面を持つことが不可欠である。流れるという、人間がそこに常住することを拒否し、渡ることに困難を感じさせる性格は、まさにそれに当たるだろう。そして、年が変わる（昔は年齢も変わる）境界として捉えられた歳末の「今日」は、そういう川の境界性とよく響き合っていると思われる。

そのほか、水辺、崎、みなと、山の端、道、関、戸、門、垣根、軒など、境界の表象は和歌にふんだんに登場する。空間の境界だけではない。季節や一日の時間の中でも、変わり目となる境界的な時間がしばしば選ばれる。和歌と関わりの深い年中行事や冠婚葬祭の通過儀礼が、社会性を帯びた境界の時空を現出させるものであることはいうまでもない。和歌は、広い意味で、変化を切り取ってきて詠むものである。変化を象徴的に表すために、境界的な空間や時間が選ばれるともいえよう。

ただし、本書ではとくに「越境型」の歌人に注目することにする。「越境型」歌人とは、境界を前面に押し出し、執拗（しつよう）にその境界を越えることそのものにこだわって歌う歌人について、私的に名付けたものである。具体的には、額田王（ぬかたのおおきみ）、在原業平（ありわらのなりひら）、小野小町、曾禰好忠（そねのよしただ）、和泉式部（いずみしきぶ）、西行、京極為兼（きょうごくためかね）、香川景樹（かがわかげき）などが該当する。詳しくはそれぞれの章をご覧いただきたい。

彼らは、あるいは夢と現実であったり、あるいは死と生であったり、その他聖と俗、風景と自分などといった境界を、正面から主題に据えて歌を詠んでいる。本来それは難しいことである。境界自体を歌おうと思えば、二つの世界を同じ重みで歌い込めなければならず、三十一文字という限られた文字数の中では、分裂したままで終わりかねない。今挙げた歌人たちは、その難題に挑み、見事に成功させた人たちばかりである。二つの世界の間を行ったり来たりし、主体が分裂する危機を自ら進んで招きながら、ドラマチックなほどに自己を詠み上げている。だから古来、人気が絶えない。物語化、伝説化された歌人も少なくないことが、それを証（あか）している。

作者は演技する

和歌一首の中には、見る、聞く、触れる、思う、恋うなどを代表的なものとして、さまざまな行為が歌われる。多く作者自身の行為である。もちろん、散る、傾く、飛ぶ、吹く、香るなど、景物の動きを表す動作も少なくないが、作者がそのように捉えたということにほかならず、最終的には作者の地平に集約することができる。その行為は、日常的な行動とは明らかに違っている。選び抜かれ、作者の思いが託され、特有のアクセントを付された行為である。いまこれを、演技的な行為と捉えておきたい。言語表現に対して演技的というのはもちろん比喩（ひゆ）的な用法である。あえて比喩的な言い方をする理由を含めて説明したい。

一つは、和歌の表現は身体性を帯びる、という理由である。和歌はたった三十一文字しかない。複雑な思想を複雑なままに盛り込むことはできない。和歌で思想や観念を表したいと思ったら、何かに託して表現せざるをえない。『古今和歌集』の仮名序で、「心に思ふことを、見るもの聞くものにつけて言ひ出せるなり」と言っている。「つけて」は「託して」の意味であり、これこそ和歌の在り方を端的に述べた言葉である。とすれば、我が身で感覚的に触れることのできるもの——必ずしも実在しなくてもよいし、体験の有無も問題にならない——が重要な役割を担う。その意味で、我が身を通し、身の丈に即して表現する、ということができる。それゆえ、表現が身体性を帯び、身体表現である演技に近づく。

もう一つは、「虚実皮膜」である点である。演技と虚構は同じではない。たしかに和歌には虚構的な、観念的な性格がある。題を与えられて詠む題詠は、八百年以上もの間、和歌の詠作法の中心に位置したが、この題詠などは虚構性・観念性が色濃い。しかしまた、現実の風景や心情と無関係ではない。現実と無縁だと決まっていたら、誰も和歌に感動することはないだろう。近松門左衛門（ちかまつもんざえもん）は「芸といふものは実（じつ）と虚（うそ）との皮膜（ひにく）の間にあるもの也」（『難波土産（なにわみやげ）』）といったという。いわゆる虚実皮膜の説である。演技というものは、現実の身体を用いて行う表現だから、常に目の前の現実である、という現場性を背負っている。虚構の役柄を演じていても、必ず舞台上で行われる現実的な事実なのである。

このような虚実ないまぜになった、うそと本当の間をたゆたうような演技の感覚は、和歌にも通じるところがある。藤原定家（ふじわらのていか）や正徹（しょうてつ）の恋の歌などは、一種幻想的な、超現実的な趣がある。しかしまた、哀切な心情という点では、痛切なまでに現実的である。そして彼らの歌の主体の動きは、物語の登場人物を彷彿（ほうふつ）とさせるなど、いかにも演技的である。和歌は、詩の一ジャンルとして、真情の表現であるという点で現実的であり、反面、様式に則（のっと）って観念的に表現するという点で、虚構的である。虚実皮膜なのである。

演技的であることは、先ほど述べた、和歌の境界の性格とよく通じるところがある。年中行事や通過儀礼は境界的な時空で行われるが、そこでの儀礼的な行為は、強く演技的な性格を持つ。また、和歌の境界は、原理的には理想と現実の境界であると述べた。まさに虚実皮膜の演技をするにふさわしい場といえるだろう。

連動する言葉――縁語、姿、しらべ

祈り、境界、演技。これまで述べてきた和歌を捉える本書特有の視点は、いずれも主体的な行為に関わるものであった。しかし通常、和歌を説明するときは、言葉の面から接近することが多い。それだけ和歌の言葉は固有の性格を持つ。ただし、そのような形態的な面からのアプローチは、和歌がなぜ続いたかを問うような局面では、主体性という重要な要因を取り落としがちである。ただの日常とは異なる言葉を並べ上げただけ、ということで終わってしまいかねない。言葉を、創作と享受の不可分な連関というような行為の側面から捉えるにはどうすればよいか。そこで提案したいのが、連動する言葉、という視点である。

　和歌のレトリックに目を転じよう。個々の説明は省略させていただくが、枕詞（まくらことば）、序詞（じょことば）、見立て、掛詞（かけことば）、縁語、本歌取りといった和歌のレトリックは、通常の散文的な論理ではつながらないはずの語と語を結びつけている、という点で共通する。たとえば掛詞は、同じ音を持つA・B二つの異なった言葉（多くの場合、同音異義語）を利用して、それを一つに重ね合わせるレトリックである。AとBは通常、意味的には関連性がない。あえて次元の異なる言葉を重ね合わせているのではないかと思われるほど、二義には距離があることが多い。「飽き」と「秋」、「起き」と「置き」、「夜」と「寄る」などである。むしろ無関係に思われる語が出会うところに、面白さがあるのだろう。それにしてもわざとらしい、と感じる人もいるかもしれない。しかしこの出会いこそ、境界を作り上げているのではないだろうか。掛詞は、二つの別の世界の接点なのだから。そして、掛詞は、他の和歌的レトリックのほぼすべての基本になっている。つまり和歌のレトリックとは、境界を作り上げる言葉なのである。

　さて、掛詞では、A・Bの二語が、意味のつながりもないのに結びついていた。今、私にこのA・Bが言葉として連動している、と規定しておこう。このうちのAと、別の語Cとが言葉の上で関連性があることに基づいて、本来無関係なBとCの間にあたかも関連があるかのようにいうレトリックが、縁語である。一首の言いたいこと、つまり表そうとしている趣旨とは無関係に、単語と単語だけの関係を意図的に織り込む技法である。なぜそんなことをするかといえば、普通であれば、とくに関連性のない物・事柄や心情・境遇との間に、必然的な関係を持たせるためである。連動という観点からいえば、BとCも連動していることになる。

掛詞・縁語は語と語の連動だが、これをもう少し範囲を広げてみたい。縁語とまでは言えなくても和歌の伝統によって培われた関係は少なくない。「末の松山」といえば、「波」「越ゆ」という言葉が直ちに浮かんでくる。「桂の木」といえば、「月」が外せない。月には桂の木が生えているという古代中国の伝説が、和歌にもしばしば詠まれるからだ。藤原定家は『近代秀歌』という歌論の中で、「いその神古きみやこ」「郭公鳴くや五月」「ひさかたの天の香具山」などといった表現は何度でも使ってよろしい、と述べている。決まりきった言い方であり、類型的な表現である。二句にわたる形であるが、これもまた言葉どうしの特別な関係といってよいだろうし、言葉が連動しているということができるだろう。

連動とは、人が言葉を組み合わせるのではなく、言葉が自動的に展開していって、人はそれを追いかけつつ受け入れる感覚、といえばよいだろうか。人間の意図や意志の届かないところで、言葉が言葉を生み出していくような気勢である。一番近いのは、音楽を聞いたり舞踏を観たりする感覚だろう。一つの言葉が次の言葉を動かし、それらがさらに次の言葉を、というように言葉が連動するのを感じ取って、自分の身体もそれに連動して動き出していくような感覚である。

連動という観点から見ると、和歌の表現のあり方を捉える語の中でも、「さま」「姿」「風体」「しらべ」などといった語が、一連のものと見なしうることに気づく。いずれも多くの場合、一首全体の表現がもたらす印象を述べるときに用いる語である。韻律という語を当てはめて理解されることも多い。もっとも韻律などというと、かえってわからなくなる面もあって難しい。欧米の詩のように脚韻などが形式として定着し、強勢や抑揚が強い韻文であったり、漢詩のように韻字の他にも平仄（ひょうそく）が用いられたりしていれば、韻律も客観的に理解しやすい。しかし、和歌には脚韻も頭韻もない。むしろ、似たような語や音が繰り返されることを忌む傾向すら指摘できる。読み上げるにしても、再現された披講（ひこう）などを聞くと、あくまで海外の詩との比較の上でだが、抑揚が少なく、平坦（へいたん）な印象はぬぐえない。このことからは、「さま」「姿」「風体」「しらべ」という語は、かなり内在的な領域に踏み込んでいると予想することができる。かといって、抽象的とか観念的とかいってしまうと、少し違和感が残る。もっと具体的な言葉の感触を大切にしているし、なによりその言葉を使用している作者の立場に立とうとしている。一方で歌の言葉は、連動しつつ相互に網の目のように結び合い、秩序だった体系的な世界を形成しようとしていく。言葉によって理想的な世界を作り上げるようにおのずと展開していく。勅撰和歌集が表しだす体系的世界は、その端的な例である。そして理想を目指すという点で、連動すいうる。

る言葉は、祈りの言葉であるという和歌の特質が、言葉そのものにおいて発現した状態ともい

「さま」「姿」「風体」「しらべ」とは、言葉が連動しつつ、あるまとまりを持ち、秩序だった世界に位置づけられるさまを表す。連動とまとまりとは、言葉にすればつながりが見えにくいかもしれないが、我が身をも連動させることによって理解できるものである。

以上の視点を羅針盤として、千年を越える和歌の歴史の旅に出ることにしよう。

額田王——宮廷に演じる

生まれ出ようとする時代

『万葉集』は現存する日本最古の歌集として知られている。ではいつごろ成立したかというと、はっきりとした証拠はない。何度かの増補や改編を経て、最終的には奈良時代の終わりごろには、ほぼ現在に近い形を整えたのではないか、という説が有力である。

『万葉集』で詠まれた時期がわかる歌の中でもっとも新しい歌は、巻二十末尾の大伴家持のもの（四五一六）で、天平宝字三年、すなわち西暦七五九年の正月一日の作である。逆にもっとも古いのは、伝承的な歌を除けば、巻一の舒明天皇代の歌（二～六）と見なされる。そしてこの舒明朝（六二九～六四一）のころに、和歌は、長歌・短歌といった現在の定型を形成したと考えてよさそうである。いずれにしても、『万葉集』には、ほぼ百三十年間の和歌が収められていることになる。このうち天智朝（六六一～六七一）までの時期を、初期万葉と称したりする。中央集権体制を確立させようとさまざまな試みが繰り返されていた時代であり、後に「日本」と称することになる国が、生まれ出ようともがいていた時代である。この初期万葉を代表する歌人として、額田王に登場してもらおう。

額田王の生涯には不明な点が多いが、鏡王の娘で大海人皇子（後の天武天皇）に嫁し、十市皇女を生んだことが『日本書紀』により確かめられる。後に天智天皇の宮廷に仕えたかとされる。生没年は未詳だが、持統天皇四、五年（六九〇、六九一）の詠が残っており、それ以後に死んだことがわかる。

春秋競憐歌

有名な額田王には優れた作品も多く、どれを取り上げるか悩んでしまうのだが、ここでは和歌の歴史を考える上で見逃せない、次の長歌に焦点を当ててみる。ちなみに、長歌というのは、五音・七音の組み合わせを任意の回数繰り返し、最後を五・七・七の音数で締めくくる形式の歌である。

近江大津宮に天の下治めたまひし天皇の代　天命開別天皇、諡を天智天皇といふ
天皇、内大臣藤原朝臣（鎌足）に詔して、春山万花の艶と秋山千葉の彩とを競ひ憐れびしめたまふ時、額田王、歌を以ちて判る歌

冬ごもり　春さり来れば　鳴かざりし　鳥も来鳴きぬ　咲かざりし　花も咲けれど　山をしみ　入りても取らず　草深み　取りても見ず　秋山の　木の葉を見ては　黄葉をば　取りてぞしのふ　青きをば　置きてぞ嘆く　そこし恨めし　秋山そわれは

（巻一・一六）

（天智天皇が藤原鎌足朝臣に、春の山に咲き乱れる色々な花のあでやかさと秋の山を彩るさまざまな木の葉の美しさと、どちらが趣深いかとお聞きになったときに、額田王が歌で判定した歌。

春がやってくると　鳴いていなかった　鳥も来て鳴きます　咲いていなかった　花も咲いていますが　山が茂っているので　入って取りもせず　草が深いので　手に取ってみたりもしません　秋山の　木の葉を見ては　黄色く色づいたのは　手に取って賞(め)でます　青いのは　そのままにして嘆きます　その点だけが残念です　なんといっても秋山が良いと思います私は）

『万葉集』の始まりを告げる巻第一は、雑歌(ぞうか)という分類のもとに、天皇の代ごとの歌を集めている。「近江大津宮に天の下治めたまひし天皇」、すなわち近江(おうみ)の大津に都を置いた、天智天皇の宮廷で詠まれた歌として、いの一番に掲げられているのが、この歌なのである。

天智天皇が内大臣藤原鎌足に、花の美しい春山と黄葉の美しい秋山のあわれ深さを競わせたときに、額田王が歌で判定した歌だという。「歌で」とわざわざ断っていることからは、漢詩文で答えることが求められていたと想像される。春と秋の美を競わせる、などという発想そのものが、そもそも中国の文化から輸入されたものである。近江朝は、中国に倣って体制や文化を整備しようという気運が高く、それゆえ漢詩文への志向も非常に強いものがあった。そんな中、額田王はその答えを、大和(やまと)言葉の歌によって鮮やかに示してのけたのだった。

といっても問題がないわけではない。この冬ごもりの長歌は、一番最後の「秋山そわれは」一によって、秋の勝ちだとする結論は明快である。ところが、その結論に至るまでの理由が、一見よくわからない。春山の長所と短所、秋山の長所と短所がそれぞれ述べられた後、突然のように「秋山そわれは」という判断が示されて、ぷつりと終わる。どうして秋山なの？　という疑問が湧いてくるのである。

表現が未熟だから、といってしまえばそれまでとなるこの疑問に、胸のすくような解答を提示したのが、犬養孝氏である。犬養氏は、この歌は実際に席上で朗詠されただろうとして、聴き手を意識し、聴き手の興趣を極点まで誘導するだけの効果が巧(たく)まれている、と考えたのである。その上で、作者の心情表現として作品を読み込む。たとえば、「秋山の　木の葉を見ては　黄葉をば　取りてぞしのふ」は秋の山を肯定している言葉で、その次の「青きをば　置きてぞ嘆く」は「秋山はとても良いが、またとても具合が悪い、どうしたらよいだろう」という女性らしい心情の揺らぎ・迷いであり、それがより急迫して打ち出されたもの、とする。文字の上では否定だが、思い切りの付かない方向へ発展を遂げて、心理的には、秋への愛着がいやます。「そこし恨めし」は、「さあ、どうしていいのかしら」という心情であり、「秋山そわれは」は「ええ、ままよ、秋山よ」「秋山にするわ、私」といった、無意識の叫びだ、とするのである。

長歌をまるで戯曲であるかのように読み込み、演出家が俳優に、演じるときの心の向けようを説明しているかのようではないか。最初に読んだとき、こんな論文もあるのか、と目を見張ったものだ。もっともこれは今から六十年以上も前の論文で、現在では、最初から論理的に秋への勝利が構想されている、と読むようになってきている。たとえば「取る」という言葉がキーワードとなる。春の花は「取らず」、秋の木の葉は「取りて」賞でている。「採物(とりもの)」（儀式・祭事で手に持つ物）という語もあるように、手に取ることとは、その物を尊ぶことを表しうる。一見秋を否定するかに見える「嘆く」「恨めし」は、むしろ秋を愛するがゆえの言葉だろう、とするのである。かといって、犬養氏の読み方を完全に否定しなくてもよいのではないだろうか。「取る」という、いかにも舞台上の所作を想起させるような語が鍵になっていることといい、全体に見られる語りかけるような口調を生かした言葉遣いといい、この長歌には、演劇的性格がたしかにうかがえる。生き生きとした身体性が感じ取られる。それと構想の確かさとは、矛盾しない。というよりむしろ、読み手に対して、まるで目の前で舞台を観ているような臨場感を味わわせている、そのように計算して作られている、と考えてみたくなるのである。

三輪山の歌

額田王の他の作品はどうだろうか。

額田王、近江国に下る時に作る歌、井戸王の即ち和ふる歌

味酒　三輪の山　あをによし　奈良の山の　山の際に　い隠るまで　道の隈　い積もるまでに　つばらにも　見つつ行かむを　しばしばも　見放けむ山を　心なく　雲の　隠さふべしや

（巻一・一七）

（額田王が近江国に下ったときに作った歌、そして井戸王がすぐに唱和した歌

三輪山を　奈良の山の　山の重なりに　隠れるまで　道の曲がり角が　幾重にも重なるまで
思う存分　見続けて行きたいのに　幾たびも　仰ぎ見たい山なのに　つれなくも　雲が　隠し
てよいものか）

反歌

三輪山をしかも隠すか雲だにも心あらなも隠さふべしや
（三輪山をそんなにも隠すのか。せめて雲だけでも思いやりがあってほしい。隠してよいもの
だろうか）

右の二首の歌は、山上憶良大夫の類聚歌林に曰く、「都を近江国に遷す時に、三輪の
山を御覧す御歌なり」といふ。日本書紀に曰く、「六年丙寅の春三月、辛酉の朔の己
卯に、都を近江に遷す」といふ。

境界の表象と祈り

この長歌と反歌――二首あるが、一首のみ取り上げる――は、飛鳥から近江への遷都に関
わって詠まれたものである。まずは、表現をたどってみよう。

味酒　三輪の山

「味酒」の枕詞を冠して、まず三輪山に呼びかけている。三輪山は山そのものがご神体であり、大和という土地の守護神といってよい神である。作者の心が一心に向かう対象がまず冒頭に提示されている。

あをによし　奈良の山の

続いて、同じように枕詞を戴いた奈良山が登場する。奈良山は三輪山から十九キロメートルほど北にある丘陵地である。奈良盆地の北に位置する大和と山城の国境であり、現在でも、奈良県と京都府の境となっている。ここを越えると、三輪山は見えなくなる。対句的な構成である。しかし、「味酒　三輪の山」は呼びかけであり、「あをによし　奈良の山」は三輪山が隠れる所であり、並列の関係ではなく、いわゆる対句とは異なる。隠し隠される関係にある両者を二つの極のように配置し、揺れ動くような振幅を生み出している。

山の際に　い隠るまで

「山の際」は、山と山が重なるところで、境界といってよい。山の後ろに隠れてしまう最後の最後まで三輪山を見ていたいと願う。

　道の隈　い積もるまでに

「道の隈」は、道の曲がり角で、これも境界である。これがいくつも積もり重なるということは、長い道を行くということになるが、ただ長いというだけでなく、右に左に揺れるようにして進む体験が喚起される。境界の表象が繰り返されながら、いよいよ三輪山が見えなくなる地点がせりあがってくる。

　つばらにも　見つつ行かむを
　しばしばも　見放けむ山を

対句を使って、ずっとどこまでも見続けていたいと強調している。別れ行く旧都への思いを、三輪山を見たいという願望に収斂（しゅうれん）した、祈りの言葉である。

　心なく　雲の　隠さふべしや

ところがそんな三輪山が見えなくなる必然的な境界——奈良山がそれにあたる——を脇へ押しやるようにして、雲が登場する。三輪山への視界を遮る存在である。これまでの境界の表象を集約するようにして出現した、極め付きの境界である。この雲を超えていこうとすることによって、人々の思いを祈りとして一つにする働きがあるといえよう。

短歌形式の反歌はどうだろうか。この歌は、まるで恋の歌のようだ。三輪山は恋しい人であり、その姿をずっと見ていたいと願うようである。

雲だにも心あらなも

せめて雲だけでも思いやりがあってほしいという。「だに」は最小限の一事を取り上げて、それ以上のものを類推させつつ強調する副助詞である。この場合は、三輪山に対して、まるで人のように心あれと願う気持ちを表しているだろう。

「しかも」の「しか」は、「そのように」と指示する副詞である。それだけに現場性が強い。その場の状態を、その場の人の理解を当て込んで指し示すという性格を持つ語である。必然的に現実感が強くなる。その現実感と、三輪山という祈りの対象への思いには、大きな距離がある。その距離を超えようとする強さこそ、この歌の生命といってよいだろう。

なり代わって演じる

この長歌・反歌は、先ほどの春秋の美を競う歌のすぐ次に置かれている。題詞では、額田王が近江に下ったときに詠んだ歌だということはわかるが、とくにいつの時点かは限定しがたい。ところが、この二首には左注が付けられている。左注には、この歌は山上憶良撰の「類聚歌林」に載っているが、そこでは、近江遷都のとき、天智天皇が三輪山をご覧になって詠んだ歌だとあり、その近江遷都は、天智六年(六六七)三月のことだと『日本書紀』にある、と書いてある。左注では、近江遷都のときだと時期が限定されているのであるが、それはまだよいとして、作者が額田王ではなく、天智天皇になっているのは大きな違いである。

この食い違いを解決しようとして、額田王は天智天皇の立場で代作した、という見方が提出され、支持されることが多い。代作ならば公式的には天智天皇の歌であり、『万葉集』の方は実質的な作者の方を記した、と見なされる。ただ、その場合でも、額田王はなにも天智天皇の心と言葉にぴったり重ねて詠むとばかりはいえないだろう。天皇の心に寄り添いさえすれば、額田王自身の言葉で都との別れの嘆きを表してもよいだろう。いずれにしてもそれらは、旧都との別れを演じ、人々の嘆きを体現しているといえるのではないだろうか。近江大津京への遷都は、長く都が置かれてきた奈良の飛鳥から、遠く離れた滋賀の大津の地への大移動であった。唐・新羅(しらぎ)との対外的緊張関係などが背景にあるともいわれているが、都人の不満も小さくなかった。それらの人々の心を慰撫(いぶ)するためにも、額田王の歌は意味を持ったであろう。

初期万葉という和歌史の始発の時期から、境界・祈り・演技という視点を通してさまざまに見えてくるものがあることが、理解してもらえようか。

柿本人麻呂——劇を歌う

日本の確立期

天武元年（六七二）、古代日本最大の内乱、壬申の乱が勃発した。天智天皇が死に、その子の大友皇子と天智の弟の大海人皇子が、後継を争って衝突したのである。勝利したのは大海人皇子。翌年即位し、天武天皇となった。天武は強力な中央集権体制の確立に尽力し、その遺志は、持統天皇（天武の皇后）、文武天皇（天武の孫）の両天皇に受け継がれていった。この日本の確立期ともいうべき三人の天皇の時代の宮廷で大活躍した歌人が、柿本人麻呂である。とくに持統天皇代（六八六～六九七）での活動が著しいのだが、ともあれ全体として『万葉集』に八十四首（そのうち長歌が十八首ある）を残しているだけではなく、「柿本朝臣人麻呂歌集」（現存しない）を資料とした歌とされるものが、三百数十首（数え方により異なる）も入っている。

もちろん、注目されるのは、作品の数だけではない。その作品は、繊細な情感と高い抒情性によって私たちに迫ってくる。一方、いかにも儀礼的空間にふさわしい重厚さや荘重さによって、この世界の大きさ、ゆるぎなさを伝えてもくる。その両面を併せ持ち、多彩な広がりを見せる柿本人麻呂の作品群によって、和歌がこの社会でどれほど大事なものであるか、その重要性が決定づけられた、といってよさそうだ。どんな人生を送ったのかよくわかっておらず、その生涯はさまざまな伝説に彩られているが、それらの伝説はまた、彼を仰ぎ見続けずにはいられなかった、後世の人々の心持ちを雄弁に物語っている。

泣血哀慟歌

数多い柿本人麻呂の作品の中から、とくに取り上げたいのは次の長歌・短歌である。

　柿本朝臣人麻呂、妻が死にし後に、泣血哀慟して作る歌二首　幷せて短歌

天飛ぶや　軽の道は　我妹子が　里にしあれば　ねもころに　見まく欲しけど　止まず行かば　人目を多み　まねく行かば　人知りぬべみ　さね葛　後も逢はむと　大船の　思ひ頼みて　玉かぎる　磐垣淵の　隠りのみ　恋ひつつあるに　渡る日の　暮れぬるがごと照る月の　雲隠るごと　沖つ藻の　なびきし妹は　もみち葉の　過ぎて去にきと　玉梓の使ひの言へば　梓弓　音に聞きて　言はむすべ　せむすべ知らに　音のみを　聞きてあり得ねば　我が恋ふる　千重の一重も　慰もる　心もありやと　我妹子が　止まず出で見し軽の市に　我が立ち聞けば　玉だすき　畝傍の山に　鳴く鳥の　声も聞こえず　玉桙の道行き人も　ひとりだに　似てし行かねば　すべをなみ　妹が名呼びて　袖を振りつる

（巻二・二〇七）

（柿本人麻呂朝臣が、妻が死んだ後に、泣き悲しんで作った歌二首　併せて短歌

軽の道はいとしいあの子の住む里なので、よくよく見たいと思うけれど、絶えず行ったら人の目につくし、しげしげと行ったら人が知りそうだし、のちのちにでも逢おうとあてにしきって、

岩に囲まれた淵のようにひたすら人に知られぬよう恋い慕っていたところ、空を渡る日が暮れてしまうように、照る月が雲に隠れるように、私に寄り添い寝たあの子はもみじ葉のようにはかなく散ってしまったと使いが言うので、しらせに聞いてどう言ってよいか、どうしたらよいかわからず、しらせだけを聞いてとても済ます気になれないので、恋い慕う思いの千分の一でも紛れる気持ちになろうかと、あの子がいつも出て見ていた軽の巷（ちまた）にたたずんで耳を澄ますと、畝傍（うねび）の山にいつも鳴く鳥の声さえも聞こえず、通行人も一人としてあの子に似ている者はいないので、どうしてよいのかわからず、あの子の名を呼んで、袖を振ったのだった）

妻が死んだときに詠んだ長歌だと、題詞（前書き）に説明されている。「泣血哀慟」（血の涙を流して嘆き悲しむ）という特異な言葉が予告するごとく、なんとも劇的な構成と展開を持っている。

冒頭から「恋ひつつあるに」までの十八句は、死に至る前の状況を説明している。妻は軽の道（今の奈良県橿原（かしはら）市の辺りの、南北の道）の里にいるので、しばしば逢いたいのに人目が気になってそれが叶（かな）わない、でも後で逢おうとあてにしてすっかり安心して過ごしていた、という事情が語られる。この女性は、妻とはいっても、秘密の相手であったらしい。人目の多い軽の道が実は重要な伏線となっているので、注意しておこう。

次の「渡る日の」から「使ひの言へば」までの十句は、その妻が突然死んでしまったと聞かされたことを表す。「妹は」「過ぎて去にきと」が表すべき事柄で、あとはすべて修飾語である。日や月、沖の藻や黄葉にたとえている。空、海、山と、空間を精一杯広げて、その死を飾り立てている。そして作者は、矢も盾もたまらず、家を飛び出す。「梓弓」から「我が立ち聞けば」までの十四句は、知らせを聞くだけでは心が収まらず、少しでも慰むのではと思って、彼女がよく出かけていた軽の市へと出て行くまでが、それこそ駆け出すように直線的に語られる。

しかしもちろん、軽の市の雑踏には、妻の声は聞こえず、妻に似ている人は誰もいない。しかたなく、彼は妻の名を呼んで袖を振るのである。袖を振るのは、愛情表現とも、復活を願う呪術的行為だともいう。まるで恋愛ドラマのワンシーンを見るようだ。この場面だけではない。全体がドラマチックだ。ただしドラマチックというだけにとどまらない演劇性をも感じさせる。作者のいる場面に即し、その行動とともに話が展開していくからである。また逢えるさと安心しきっていた、使者が現れ突然死を告げた、軽の市に駆け出した、雑踏の中で名を呼び袖を振った、という具合に。数多くの挽歌を詠んだ人麻呂の歌の表現の儀礼性と、人を恋い求める抒情性とが、このドラマの中に凝縮しているといえそうだ。

この長歌の後には、二首の短歌が付属している。一首だけ示そう。

秋山の黄葉を繁み惑ひぬる妹を求めむ山道しらずも　（二〇八）
（秋山のもみじがいっぱいなので迷い込んでしまったあの子を捜しに行く山道もわからない）

初二句「秋山の黄葉を繁み」は、第三句の「惑ひぬる」に掛かるのか、第五句の「山道しらずも」に掛かるのか、わかりにくい。つまり妹の死を、黄葉に惹かれて自ら山中に迷っているとたとえているのか、作者が黄葉ゆえに迷ってしまうのか、それこそ迷ってしまう。むしろそれが狙いのようにも思える。黄葉に迷い込むように逝った妻を見失い、自分も道に迷ってしまう、それだけが妻と通じ合えるところ、とでもいうがごとくに。

さて、ここで歌われていることは事実なのだろうか。題詞からすれば事実としか思えない。けれども、この三首のすぐ後には、次のような作品が続いていて、私たちを大いに困惑させることになる。

うつせみと　思ひし時に　取り持ちて　我が二人見し　走り出の　堤に立てる　槻の木のこちごちの枝の　春の葉の　繁きがごとく　思へりし　妹にはあれど　頼めりし　児らにはあれど　世の中を　背きし得ねば　かぎろひの　もゆる荒野に　白たへの　天領巾隠り鳥じもの　朝立ちいまして　入日なす　隠りにしかば　我妹子が　形見に置ける　みどり子の　乞ひ泣くごとに　取り与ふる　物しなければ　男じもの　わき挟み持ち　我妹子と二人我が寝し　枕づく　つま屋の内に　昼はも　うらさび暮らし　夜はも　息づき明かし嘆けども　せむすべ知らに　恋ふれども　逢ふよしをなみ　大鳥の　羽易の山に　我が恋ふる　妹はいますと　人の言へば　岩根さくみて　なづみ来し　良けくもぞなき　うつせ

みと　思ひし妹が　玉かぎる　ほのかにだにも　見えなく思へば　（二一〇）

（ずっとこの世の人だと思っていたときに、手に取って二人で見た門近くの堤に立っている槻の木のあちらこちらの枝の、春の葉が茂っているようにしきりに思いを寄せた妻ではあるが、頼りにしていた妻ではあるが、この世の中の道理に背くことはできなくて、陽炎（かげろう）の燃える荒野に白い天女の領巾にその身を隠し、鳥のように朝早く家をお立ちになって、入り日のように隠れてしまったので、我が妻が形見に残していったみどり児が、物をせがんで泣くたびに、男のくせに幼子を脇に抱え、妻と二人で共寝をした離れの中で、昼は一日中心さびしく暮らし夜はため息をついて明かし、嘆いてもどうしてよいかわからないし、恋しく思っても逢うすべもないので、羽易の山に恋しい妻はいると人が言うので、岩を踏み分けて苦労して来たが甲斐（かい）もなかった。この世の人と思っていた妻が、ほのかにさえも見えないと思うと）

この長歌も同じ題詞が掛かるわけであり、内容からいっても妻が亡くなったときの歌であることは間違いない。けれども、あちらは密（ひそ）かな関係だったのに対して、こちらは、一緒に暮らしていて子供までいた相手である。とても同じ妻とは思えない。そして事実に還元して考えることを困難にする。人麻呂は、愛する女性が死ぬドラマを作り上げているのだろう。第一弾が好評だったので、第二弾を作ったと想像するのは行きすぎだろうか。もちろんまったくの嘘っぱちだと考えなくてもよい。制作するきっかけとなった事実があってかまわない。というよりきっとあっただろう。だがこんなに衝迫力のあることばが、想像力を伴わずに生まれ出てくるはずもない。現実に囚われるだけであったら、妻を亡くした男がこれほど生き生きと、しかも純粋な姿で描かれるはずもないのだ。虚と実が溶かし合わされ、純化を経て生み出された結晶なのであろう。

ちなみにこの二一〇番の長歌はやはり短歌が付属しているが、さらにその後ろには、また長歌（二一三）が存在する。「或る本の歌に曰く」という題詞があり、二一〇番歌によく似ている歌なので、その異伝だとわかる。けれども違いもある。とくに最後の部分に顕著で、二一〇番では「うつせみと　思ひし妹が　玉かぎる　ほのかにだにも　見えなく思へば」とあるところが、二一三番歌では「うつそみと　おもひし妹が　灰にていませば」（この世の人だと思っていた妻が、灰になっていらっしゃるので）となっている。妻は、見えないだけではなく、火葬の灰になっているのだった。わずかな字句の違いではあるが、浮かぶイメージはずいぶん異なる。他人がこんなに大きく結末を変えたとは考えにくいから、これもまた人麻呂が作り変えたのだろうという意見が有力である。こういう推敲・改作を人麻呂はしばしば行っていた。同時代の人々の要望や期待感を敏感に感じ取り、それとの応答の中で作品を世に出していた人麻呂の制作姿勢をうかがうことができる。言い過ぎを承知で言えば、後の劇作家に近い作家像を思い浮かべたくなるのである。

境界の表現

「石見相聞歌」と呼ばれる長歌を掲げよう。推敲の跡と思われる異文が三か所あるが、省略して引用する。

柿本朝臣人麻呂、石見国より妻を別れて上り来る時の歌二首幷せて短歌

石見の海　角の浦廻を　浦なしと　人こそ見らめ　潟なしと　人こそ見らめ　よしゑやし　浦はなくとも　よしゑやし　潟はなくとも　いさなとり　海辺をさして　和田津の　荒磯のうへに　か青く生ふる　玉藻沖つ藻　朝はふる　風こそ寄せめ　夕はふる　波こそ来寄れ　波のむた　か寄りかく寄る　玉藻なす　寄り寝し妹を　露霜の　置きてし来れば　この道の　八十隈ごとに　よろづ度　かへり見すれど　いや遠に　里は離りぬ　いや高に　山も越え来ぬ　夏草の　思ひしなへて　偲ふらむ　妹が門見む　靡けこの山

（巻二・一三一）

（石見の海の角の浦辺を、良い浦がないと人は見もしよう、良い潟がないと人は見もしよう、いいさかまわない、たとえ良い浦はなくても、いいさかまわない、たとえ良い潟はなくても、海辺を目ざして、和田津の荒磯の辺りに青々と生い茂る美しい藻、その沖の藻は、朝吹きつける風が寄せるだろう、夕方押し寄せる波で寄ってこよう。その波と一緒にあちらへ寄り、こちらへ寄る玉藻のように、寄り添って寝た妻を、置いて来たので、この道の曲がり角ごとに、何

遍も振り返って見るが、いよいよ遠く里は離れてしまった。いよいよ高く山も越えてきた。夏草のように思いしおれて私を偲んでいることであろう妻の家の門口が見たい。靡いてしまえ、この山よ）

石見の海の海辺のことから、そこへ波風で寄せてくる美しい藻へと焦点が移り、その寄せてくる藻が寄り添って寝た妻のことへとスライドしてくる。すると一転今度は陸地へと転じる。妻と別れて曲がりくねった道を行き、間を隔てる山を越えてしまう。その山に、妻の門口が見たいから靡け、と呼びかける。思いの高ぶりが伝わる。それにしても、この長歌には、境界がふんだんに登場する。海と陸の境界である、浦・潟・海辺・磯。玉藻は、海と陸をつなげるように、朝夕寄せてくる。そして妹のイメージと合体する。その妹と別れたことで、陸へと転じる。曲がり角である「隈」は境界にほかならない。本来は曲がり角をひとたび曲がれば、それで見えなくなりそうなものだ。しかし何度も「隈」を曲がり、そのたびに振り返る。現実的な行為というより、別れがたい心の表現であり、そのために境界が象徴的に用いられているのだろう。靡けと呼びかけられる、最後の障壁である山も、やはり境界としての役割を強調されていると思われる。精神的な永訣（えいけつ）を、具体的に表す工夫であろう。妻その人が見たいはずなのに、「妹が門見む」というところにも、境界である「門」を介在させようとする意思を感じる。

最後の「靡けこの山」という語の衝迫力には圧倒されるばかりだが、「靡く」という語が、

「玉藻」とイメージでつながっていることに注意したい。無関係だった海と陸がここで重ねられている。「玉藻」は「妹」の表象となるのだから、この山は、障害でありながら一方で、言葉の上で妹への回路をつなげているといえないだろうか。

　笹の葉はみ山もさやにさやげども我は妹思ふ別れ来ぬれば　（巻二・一三三）

（笹の葉はさやさやと全山乱れているが、私は妻のことを思う、別れて来たので）

一三一番の反歌のうちの一首。「我は妹思ふ」という、『万葉集』でさえ珍しいストレートな抒情。しかし、山じゅうの笹の葉がざわめいているけれども、と逆接で続いている心のあり方は、独自で、かつ深い。普通なら「ざわめくように」などと比喩にしそうだ。きっと作者の心は、乱れながらも一途に妻を求めているのだろう。こういう矛盾するような、一つの形に取り押さえきれない心を表すところに、人麻呂の個性があるのだろう。

独立した短歌も見ておこう。

　天皇、雷の丘に出でませる時に、柿本朝臣人麻呂が作る歌一首

大君は神にしませば天雲の雷の上に廬りせるかも　（巻三・二三五）

（わが大君は神でいらっしゃるので、天雲の雷の上に仮宮を作っていらっしゃる）

「大君は神にしませば」は皇子にも用いる表現ではあるが、この歌は、あるいは持統天皇を称えた歌かともいわれている。雷の丘に仮宮を作るという現実的な行為と、雷の上におわすという超自然的な行為とが重ね合わされている。雷の丘を、現実と天との境界たらしめているといってよいだろう。それによって、天皇を神格化するに足る言葉の力を生み出しているのである。王権を鑽仰する、人麻呂の儀礼性を端的にうかがうことができる。

近江の海夕波千鳥汝が鳴けば心もしのにいにしへ思ほゆ　（巻三・二六六）

（近江の海の夕波の千鳥よ、おまえが鳴くと心もひたすらに昔のことが思われる）

夕暮れ時、琵琶湖の波に遊ぶ千鳥の声が、近江京への追憶を誘う。その誘い込み方が独特である。「近江」「夕波」「千鳥」と、三つの景をそのまま並べ挙げている。三者はイメージとして密接に絡みながらも、相互に論理的に限定しあうことがない。現実的でありながら、現実からの浮力を抱え込んでいる。読み手は、まるで自分自身が波間に漂うごとく、千鳥とともに現実から浮遊するかのように誘い出され、今は滅びた「いにしへ」へと向かうことになるのである。琵琶湖の夕景は、昔と今を結ぶタイムトンネルであり、その意味で境界なのであった。

山上憶良——到来するものへのまなざし

時代と生涯

和銅三年（七一〇）、都は藤原京から平城京へと遷った。元明天皇の治世下である。この元明天皇と次の元正天皇の両女帝の時代は、和歌の活動はあまりふるわなかったらしい。残っている歌が極めて少ないのである。ところが、聖武天皇即位の前年、養老七年（七二三）から、再び和歌界は活況を取り戻すようになる。聖武の治世の前半に活躍した歌人としては、大伴旅人、笠金村、山部赤人、高橋虫麻呂らがいる。彼らは、柿本人麻呂の多大な影響を被りつつ、それぞれの個性を育んでいた。中でも、山上憶良は際立っていた。

山上憶良の生涯について、あまり多くのことがわかっているとはいえない。家系もはっきりせず、帰化人かとする説もある。斉明天皇六年（六六〇）に生まれたことは、彼の歌から判明する。没年は天平五年（七三三）かとも推定されている。だとすれば、七十四歳まで生きたということになる。四十三歳で遣唐使となって渡唐している。帰国後はその体験と漢学への造詣を生かして宮廷で活動しただろうことが、自然に予想される。現に東宮時代の聖武天皇の教育係の一人に任命されている。しかし、従五位下という低い位に終わった身分がわざわいして、詳しい履歴はわからない。憶良は、『万葉集』に長歌十一首、短歌六十三首、漢文三編、漢詩二首を残す。しかも散逸はしたが、「類聚歌林」という歌集を編纂し、これが『万葉集』の重要な資料となっている。それだけの大歌人だが、彼の創作活動がはっきりと高揚するのは、神亀三年（七二六）六十七歳で筑前守となって赴任し、翌年大宰帥として着任した大伴旅人と九州の地でめぐり合ってからのことである。旅人が憶良の創作意欲を強く刺激したのである。

梅花の宴

山上憶良と大伴旅人の筑紫(つくし)での交流のうちで代表的なものが、元号「令和」の出典に関わって一躍有名になった、天平二年(七三〇)正月十三日に、大宰府の旅人の邸宅で催されたという、梅花の宴での歌会である。旅人の手に成るらしい漢文の序文と、作者の記された三十二首に、「員外、故郷を思ふ歌両首」、「後に梅の歌に追和する四首」の都合六首を加えた、堂々たる歌群として『万葉集』巻五に掲載されている。大宰府のように都から遠く離れた地で、このように大規模なみやび事が行われたこと、なによりそれが、出詠者すべてを明示する形で記録されていることに驚かされる。和歌史のはじめに出現した一大壮挙といってよい。

最初の八首を見てみよう。

正月(むつき)立ち春の来(きた)らばかくしこそ梅を招(を)きつつ楽しき終(を)へめ
(巻五・八一五) 大弐紀卿(だいにききやう)

(正月になり春が来たら、こうして毎年梅を招き入れて歓楽を尽くそう)【紀男人(きのおひと)】

梅の花今咲けるごと散り過ぎず我が家の園にありこせぬかも
（八一六）　小弐小野大夫【小野老】
（梅の花よ、今咲いているように、散ってしまわずに我が家の庭園に咲いていていてくれないか）

梅の花咲きたる園の青柳は縵にすべくなりにけらずや
小弐粟田大夫（八一七）
（梅の花の咲いている庭園の青柳は、髪飾りにできそうな枝振りになったではありませんか）

春さればまづ咲くやどの梅の花ひとり見つつや春日暮らさむ
筑前守山上大夫
（八一八）【山上憶良】
（春になると真っ先に咲くこの家の梅の花を、独り見ながら春の日を暮らすのだろうか）

世の中は恋繁しゑやかくしあらば梅の花にもならましものを
豊後守大伴大夫（八一九）
（人の世は恋してばかりで煩わしいよ。こんなことならいっそ梅の花になりたいものだ）

梅の花今盛りなり思ふどちかざしにしてな今盛りなり
筑後守葛井大夫（八二〇）
（梅の花が今満開です。親しい方々、髪飾りにしましょう、今満開です）

青柳（あをやなぎ） 梅との花を折りかざし飲みての後は散りぬともよし　笠沙弥（かさのさみ）（八二一）【満誓（まんぜい）】

（青柳と梅とを折って髪飾りとし、楽しく飲んだ後は、散ってしまってもよい）

我が園に梅の花散るひさかたの天（あめ）より雪の流れくるかも　主人（あろじ）（八二二）【大伴旅人】

（我が庭園に梅の花が散っている。空から雪が流れてくるのだろうか）

主催者である旅人は八番目に登場する。その前の七人は、中心となる客人として扱われていると見られる。四番目に配置されている山上憶良も、もちろんその一人である。それにしても憶良の歌「春されば……」は不思議な歌いぶりだ。宴会の歌なのに、どうして「ひとり見つつ」というのだろうか。この疑問に対しては、「や」は反語であって、一人でなど見るものかの意、あるいは詠嘆であって、こうも一人で見るものか、という気持ちを表す、など諸解があるが、中国の落梅詩になぞらえて詠んだ、という説に魅力を感じる。落梅詩では、たとえば妻が辺地にいる夫を思いやるという作品がある。憶良はそういう人物を演じた、というのである。二年前に亡くなった旅人の妻、大伴郎女（いらつめ）のことを密（ひそ）かに含ませた、とも説明されている。もしそうであれば、この歌人集団の中で、妻を思う夫を演じつつ到来する春を迎える、異彩を放つ旅人と憶良の交流の深さが知られることになる。

筑紫でこれほどのみやび事がと驚かされる、と記したが、むしろ都から遠く離れた地だからこそ、まるで朝廷の威信をかけたような歌会が実現したのだろう。朝廷のみやびを大掛かりに上演してみようという意欲を掻き立てたのだと思われる。かといってただ大げさな儀礼に終始したわけではない。八一六や八一九のように、梅の花をわがものとして情感的に受け止めている歌があり、また宴席の人々との交情を求めるものがあり、そして憶良の歌のように、深い友情を、知的な装いの中に秘めた作品がある。遠い理想世界への憧憬が、集団による演技的な言葉を生み出し、そこに私的なものも含めさまざまな心情が織り込まれる。そういう経緯が見えてくるのである。

子らを思ふ歌

憶良の晩年の作品の中から、代表的な歌を取り上げることにしよう。最初は、子供への「愛」を歌った歌である。

子らを思ふ歌一首　并せて序

釈迦如来、金口に正しく説きたまはく、「衆生を等しく思ふこと、羅睺羅の如し」と。また説きたまはく、「愛するは子に過ぎたりといふことなし」と。至極の大聖すらに、なほし子を愛したまふ心あり。況や、世間の蒼生、誰か子を愛せざらめや。

瓜食めば　子ども思ほゆ　栗食めば　まして偲はゆ　いづくより　来りしものそ　まなか

ひに　もとなかかりて　安眠しなさぬ　（巻五・八〇二）

反歌

銀も金も玉もなにせむに優れる宝子に及かめやも　（八〇三）

（子供のことを思う歌と序文

釈迦が輝く口でお説きになった、「衆生を平等に思うことは、我が子羅睺羅を思うのと同じだ」と。また一方でお説きになった、「愛執は子供以上のものはない」と。釈迦のような至上の聖人でさえ、子に愛着なさる心がある。まして世間一般の凡人は、誰が子供を愛さずにいられようか。

瓜を食べると子供が思われる。栗を食べるとなおさら偲ばれる。どこからやって来たものなのか、目の前にむやみにちらついて、安眠させてくれない。

反歌

銀も金も宝石もどうだからといって優れた宝である子供に及ぼうか）

神亀五年（七二八）に決定稿を作った、と記されている歌群に含まれている。「銀も……」の短歌は、あまりにも有名である。教科書にもしばしば取り上げられている。子供への愛情を高らかに歌い上げている。そこには何の屈託も衒いもない、かに見える。だが、この作品は、見ての通り、漢文で書かれた序文（読み下しで引用してあるが）、長歌、反歌という、三つの部分から成り立っている。とくに序文は、教科書などではほとんど省略されてしまうのだが、三つを合わせ読むととても興味深い。

まず序文。経典『大般涅槃経（だいはつねはんぎょう）』などに見える「等しく衆生を視ること、羅睺羅のごとし」という著名な釈迦の言葉を引用する。私はわが子ラゴラのように衆生を思っている、と。また、わが子への愛にまさるものはないとも言っている、という。至高の聖人でさえ子供を愛するのだから、まして一般の人間は愛さずにいられないのだ。考えてみると、この論理はおかしい。釈迦はなにもわが子への愛を告白したいわけではないだろう。わが子を持ち出したのは、あくまで衆生を心から思っていることを強調したいがために違いない。だから憶良は詭弁（きべん）を弄（ろう）したのだ、という意見もあるのだが、むしろ一種自嘲（じちょう）的なユーモアを感じ取るべきなのだろう。お釈迦様でも子供を愛したって言ってるじゃないか、それくらい人は、子供への愛から逃れられないものなのさ、という具合に。余裕を持って斜に構える、中世の隠者のような物言いを感じる、と言ったら言い過ぎだろうか。

長歌と反歌

長歌を見よう。瓜や栗などといった甘い物、うまい物を食べると子供を思い出す、というのは、人の親なら誰しも経験がありそうだ。ただし作者は、こんな美味（おい）しい物を、子供にも食べさせてやりたいと思ったのだ、と説明したとしたら、ちょっと違ってくる。人間の欲望の根っこに触れて、反射的に子供の姿が浮かんだ、という感じだろう。思想的というより、もっと身体的に捉えられた、子供への情動なのだろう。

そして次に「いづくより　来りしものそ」（いったいどこから来たのか）という、問題の言葉が続く。「いったいどういう過去の宿縁でわが子と生まれてきたのだろう」という解釈が古くからある。また、直後の歌句から、子供の面影（がやって来る）とする解釈もある。私は、前からの続きでは前者、後へのつながりでは後者、という具合に、掛詞的に解釈したい。

それにしてもこの言葉は大事なことを述べている。どこからかわからぬが、逃れようもなく到来するもの。そのことに気持ちがぐっと集中している。これが子供を愛さずにはいられないという、序文で述べていた逃れがたい人の習性を受け止めた言葉であることは明らかだし、次の眼前に浮かぶ子供の面影にも響いてくる。そして私は、和歌というものの歴史を考えたとき、このようなどこかから到来してくるものをしっかりと受け止めようとする感覚は、その核心にあるものだと思っている。理想世界から到来するもの。運命とか、偶然とか呼ばれるものもその一種だが、これらへの思いこそが、和歌を支え続けた原動力の一つだと確信している。祈りの一種だと思うからである。

さて、そのような到来するものへの思いとして深められながら、反歌に気持ちが集約される。この歌、一見わかりやすそうだが、けっしてそんなことはない。たとえば「なにせむに」はどういう意味で、どこに掛かるか。「どうして」の意味であり、反語と呼応する副詞で「子に及かめやも」(子供に及ぼうか、いや及ばない)に掛かる、と見るのが自然そうだが、そうすると、「銀も金も玉も」がどうだというのか、やや座りが悪くなってくる。「どうだといって」の意味も重ねて理解したくなってくる。やはり掛詞的な用法なのではないだろうか。

さて、では「子に及かめやも」と慨嘆しているのは、山上憶良自身なのだろうか。それとも「世間の蒼生」と名指している、世間一般の人の気持ちを代弁しただけなのだろうか。瓜や栗を食べる身体的な発想といい、そして「いづくより来りしものそ」という到来するものへの自覚といい、憶良自身の心深くに根ざした心情であることは疑いがたい、と思う。そして先ほど、序文に余裕のあるユーモアが漂っていることを思い起こしたい。ちょっと斜に構え、距離を置いた姿勢を示すことで、むしろ人間の本性を誇張的に演じることの言い訳になっているのではないだろうか。人間ってそういうものさ、そういう気持ちから逃れられないものだよね、という苦笑とともに味わうべき、渾身(こんしん)の演技なのであろう。

貧窮問答歌

もう一つ憶良の著名な歌、貧窮問答歌(びんぐうもんどうか)を見ることにしよう。

貧窮問答の歌一首 并せて短歌

風交(ま)じり　雨降る夜(よ)の　雨交じり　雪降る夜は　すべもなく　寒くしあれば　堅塩(かたしほ)を　取

りつづしろひ　糟湯酒　うちすすろひて　しはぶかひ　鼻びしびしに　然とあらぬ　鬚かき撫でて　我をおきて　人はあらじと　誇ろへど　寒くしあれば　麻衾　引き被り　布肩衣　有りのことごと　着襲へども　寒き夜すらを　我よりも　貧しき人の　父母は　飢ゑ寒ゆらむ　妻子どもは　乞ふ乞ふ泣くらむ　このときは　いかにしつつか　汝が世は渡る　天地は　広しといへど　我がためは　狭くやなりぬる　日月は　明しといへど　我がためは　照りや給はぬ　人皆か　我のみや然る　わくらばに　人とはあるを　人並に　我も作れるを　綿もなき　布肩衣の　海松のごと　わわけ下がれる　かかふのみ　肩にうち掛け　伏せ廬の　曲げ廬の内に　直土に　藁解き敷きて　父母は　枕の方に　妻子どもは　足の方に　囲み居て　憂へ吟ひ　かまどには　火気吹き立てず　甑には　蜘蛛の巣かきて　飯炊く　ことも忘れて　ぬえ鳥の　のどよひ居るに　いとのきて　短き物を　端切ると　言へるがごとく　しもと取る　里長が声は　寝屋処まで　来立ち呼ばひぬ　かくばかり　すべなきものか　世の中の道　（巻五・八九二）

世の中を憂しとやさしと思へども飛び立ちかねつ鳥にしあらねば　（八九三）

山上憶良、頓首謹上す

（貧窮の問答の歌一首と短歌

風にまじって雨の降る夜、その雨にまじって雪が降る夜は、どうしようもなく寒いので、堅塩をちびちび食べ、糟湯酒をすすって、しきりと咳き込んでは鼻をぐずぐずいわせ、大してありもしない鬚を掻き撫でては、おれほどの人物はおるまいといばっているが、寒いので麻ぶとんをひっかぶり、粗末な袖無し衣をありったけ重ね着して、それでも寒い夜なのに、私より貧しい人の父母はさぞひもじくこごえているだろう。妻子は何か頂戴と泣いているだろう。こんなときどうやってそなたは生活しているだろう。

天地は広いというが、私のためには狭くなったのか。日月は明るいというが、私のためには照ってくださらないのか。人は皆そうなのか、私だけがそうなのか。たまさかに人間に生まれたのに、人並みに五根を具えた人間に生まれてきたのに、綿もない袖無し衣の海松のように破れ下がったぼろきればかりを肩に掛けて、つぶれて傾いた小屋の中で地べたに藁を解いて敷き、父母は枕の方に、妻子は足の方に身を寄せ合って座り、愚痴を言って泣き、竈には煙も出ていないし、甑には蜘蛛の巣が張っていて、飯を炊くことも忘れて、トラツグミが鳴くようにひいひい泣いているときに、ただでも短い物をさらに端を切ると諺にいうように、笞をかざす里長の声は寝屋の戸口までやって来てわめき立てる。こんなにも途方に暮れてしまうものか、世の中の道理というものは。

世の中はいとわしい、身の置き所もないと思うのだけれど、飛び去ることもできない、鳥ではないので。

山上憶良が謹んで献上します)

この貧窮問答歌は、いつ作られたのかはっきりしないが、天平四年（七三二）とされることが多い。末尾に「山上憶良が謹んで献上します」とあるから、某高官に献上したようだが、それが誰か、不明である。「風交じり」に始まり、「汝が世は渡る」（そなたは生活を送っているのか）という問いかけの言葉までの前半三十三句が、「問答」のうちの「問」である。研究者は『万葉集』に一度きりしか出現しない語を「孤語」と言い表したりしているが、この長歌には孤語が非常に多い。「堅塩」「つづしろひ」「糟湯酒」「すすろひて」「しはぶかひ」「びしびしに」などがそれである。異様なまでに個性的な歌の音調を利用して、ごつごつした裸の現実の手触りを直截(ちょくせつ)的に伝えてくる。

この前半の問者はけっして貧者ではない。かといって憶良その人とイコールでもない。貧者に深く同情を寄せる人物を造型することで、後半の貧窮者の言葉にリアリティを持たせようとしたのだろう。その点で、「子らを思ふ歌」の序文と役割的に似ている。その序文には自嘲的なユーモアが見られた。こちらの方でも、「我をおきて　人はあらじと」偉ぶっているが、寒さでがたがた震えていると、自分を戯画的に表現している。精神的には貧者に近く、だからその思いを理解することが可能で、しかも客観的に見つめる目を持っている、という印象を与える。それが言葉に信頼感を与える。

貧窮者は答える。天地は自分のためには狭くなったよう、日月は自分には照らさぬようだ、と。ずいぶん大げさな気もするのだが、天地・天象が逃れがたい自分の運命を浮かび上がらせていることは押さえておきたい。そして、「わくらばに　人とはあるを　人並に　我も作れるを」（たまさかに人間に生まれたのに、人並みに五根を具えた人間に生まれてきたのに）というところでは、前文を受けて、到来するものとしての自己存在を述べている。そうして父母、妻子の窮状を縷述しつつ、最後には、里長の来訪を迎える仕儀となる、という展開である。

世の中を憂しとやさしと思へども飛び立ちかねつ鳥にしあらねば

ここにも、そこはかとないおかしみが滲んでいるように思うが、いかがだろう。憂く辛い現実はたしかに生きがたいものだが、飛び立って逃げるわけにいかないのは当たり前のことで、むしろ一首には明るささえ感じられる。たしかに苦しいが、かといって鳥ではないんだから飛び立つわけにもいかないさと、厳しい現実を苦笑しながら受け流しているような、ある種の救いをはらんでいるように感じられる。

あちら側から到来するものを、我が身の感覚を動員して自分の言葉でつかまえ、つかまえている自分さえしっかりと見据えているような歌が、ここに誕生したのであった。

大伴家持——和歌史を始める

家持とその時代

現存する最古の歌集『万葉集』には、さまざまな謎がある。その中でも代表的なのは成立の謎である。いつ、誰が、どのようにしてこの集を編集したのか、確実なことは今なおわかっていない。ただ少なくとも、大伴家持（おおとものやかもち）が何らかの形で編集に関与していることは確かだとされている。二十巻から成る『万葉集』の末尾四巻、巻十七から巻二十は、歌が日付順に並んでいて、しかも大伴家持の歌、もしくは彼に関わる歌ばかりなのである。編集に家持の意向が反映していると考えるのはごく自然なことだろう。

その巻十七は、冒頭の大伴旅人（家持の父）が大宰府から上京するときの従者の歌群を除けば、天平十年（七三八）七月に始まっており、巻二十は、末尾の天平宝字三年（七五九）正月一日に至っている。この二十一年間は奈良時代の中期に当たり、ほぼ聖武天皇・孝謙天皇の治世である。日本的な律令制度が定着していった時代といえる。しかし必ずしも安定していたわけではなく、むしろ政治的には動揺甚だしい時期でもあった。とくに皇位継承をめぐっての対立が繰り返された。たとえば前後の時期をも含めれば、神亀六年（七二九）の長屋王の変、天平十二年（七四〇）の藤原広嗣（ひろつぐ）の乱、天平宝字元年（七五七）橘奈良麻呂（たちばなのならまろ）の変、同八年（七六四）藤原仲麻呂（なかまろ）の乱などの騒乱がうち続いた。

大伴氏とはそもそも古代の大王に、軍事をもって直属し近侍する大氏族であった。さすがにこのころには藤原氏に押されてきたとはいえ、宮廷において多数の公卿（くぎょう）を輩出する有力な氏族であることは間違いない。大伴氏の嫡流に生まれた誇りを胸に抱きつつ、家持は右のような歴史とともにあった。では、大伴家持はどのような和歌を詠んだのか。

虚構の感覚

家持は二十九～三十四歳ごろの五年間、越中守（えっちゅうのかみ）を務め、現地に赴任している。この五年間は、彼の生涯の中でももっとも歌の実り豊かな時期だったといってよいだろう。都を遠く離れた越中国、今の富山県の風景が、彼に何かを目覚めさせたのである。それはどのようなものだったのだろうか。

まず、巻十九巻頭十二首から見てみよう。「越中秀吟」などと呼ばれている著名な作品群である。

天平勝宝二年三月一日の暮に、春苑の桃李の花を眺矚して作る二首

春の苑紅にほふ桃の花下照る道に出で立つ娘子（四一三九）

（春の園の一面に赤く照り映えている桃の花、その桃の花の下まで照り輝く道に、立ち現れた乙女よ）

天平勝宝二年は西暦七五〇年に当たる。この年の三月一日の夕方に、庭園の桃とスモモの花を眺めて詠んだ、と説明されているうちの桃の歌。よく知られた作品である。紅に光り輝く桃の花の下にすっくと立つ乙女。彼女が身につけているはずの赤い裳と、桃の花の紅色が、お互いを際立たせている。まるで正倉院の樹下美人図（鳥毛立女屏風）を思わせる、絵のような構図を取っている。あまりにもできすぎではないか、と「娘子」の存在、ひいては桃の花の存在を疑う意見もある。虚構なのだと。ただし、歌そのものは、光や色彩を鮮やかに感受するなど、感覚的な鋭さを見せている。その感覚性と虚構性とが、相容れない気もする。この二つは、どう交わるのか。その謎を解くことを糸口にしよう。

この歌の虚構性についてもう少し掘り下げてみる。歌の中の絵には、中国風の趣がある。そういえば、表現自体も中国詩文の影響が甚だしい。桃やスモモの花という素材そのものがすでに漢詩文的である。ただしこの場合の漢詩文的というのは、中国で作られた、ということだけを意味しない。家持は越中赴任時代、同じく越中掾（のち越前掾）として赴任していた大伴池

主と、しきりに親密な歌と漢詩文の交流をなしている。その池主の手紙の中に「紅桃灼々」（天平十九年（七四七）三月二日大伴池主の、病床の家持宛の書簡）や、あるいは「桃花瞼を昭して紅を分かち」（同四日大伴池主の家持宛の書簡）という表現が見られる。そういった越中赴任時代の記憶も、この歌には込められているのである。そこにはまた、池主と通わし合った望郷――都を思うのだから「望京」と記してもよい――の念が寄り添っているだろう。漢詩文に基づく文化は、都の文化を象徴するものでもある。つまりこの歌には、都への憧れが封じ込められている。そうしたはるかな都への思いは、空間的な映像を印象鮮明に映し出す豊かな感覚性と結び合うとき、心と身体の奥底に根を張っているような、根深いものだという印象を強める。私たち読者も、作者のそういう思いを、感覚的に受け止めるからだろう。同じ題詞のもう一首はどうだろう。

我が苑の李の花か庭に散るはだれのいまだ残りたるかも　（四一四〇）
（我が園のスモモの花が庭に散り敷いているのだろうか。それとも、薄雪が残っているのか）

スモモの花も中国的な素材であり、『万葉集』でも他に見られない。その白い花が庭に散っているのか、それとも薄雪なのか、と疑う。いわゆる見立ての技法を用いている。これも漢詩文で発達した表現法である。注意したいのは、「花か」の「か」で、これは疑問の係助詞。実際に咲いていたはずのスモモの花を、疑問の対象とするのである。夕暮れのほのかな明かりの中なので、わかりにくい、といった体である。そして花なのか雪なのか、作者自身にも判断がつかないのだな、と感じさせる。三月一日、太陽暦でいえば四月の半ばで、本来なら雪などあるはずがない。しかし越中ならさもあらん、と感じさせもする。不安定なその感覚と、前の歌と同様漢詩文に基づいた都の文化への憧憬とが、この歌でもうまく溶け合っていることがわかる。李花も雪も現実にはないものかもしれない。しかし薄暮の中、それらを目の前に浮かび上がらせてしまう心のさまが伝わってくる。

翻び翔る鴫を見て作る歌一首

春まけてもの悲しきにさ夜更けて羽振き鳴く鴫誰が田にか住む　（四一四一）

（待ち受けた春になってもの悲しい折も折、夜が更けて羽ばたいて鳴く鴫は誰の田に住んでいるのか）

まず読者は戸惑う。題詞には「翻び翔る鴫を見て」とあるが、歌では「夜更け」となっているではないか。夜中だったら見えるはずもない。一日の夜では、月もとうに沈んでいる。どちらが事実なのか。しかし、事実にこだわるよりも、夜の中で鴫の羽ばたきと鳴き声に耳を澄ませながら、その姿をありありと想像している作者を思い浮かべる方が作品に近づく早道だ。作者はどうしてそんな想像をしたのだろう。その答えは、「春まけてもの悲しき」（待ち受けた春になってもの悲しい）という感情から探す他ない。春は冬から脱した明るい季節のはずなのに——とくに越中ではそう感じられるだろう——、ずいぶん変わっている。作者固有の感情だ。何か理由があるのだろう。作者は鴫の鳴き声を、居場所を求めて鳴いているかのように聞き取っている（鴫は春には北国へ帰る渡り鳥である）。自分を託すところがあるのだろう、それは望郷の思いだろう、と理解することになる。望郷という一致点において、悲しみにとらわれた作者と、耳を澄ます作者とが、うまく融合するのである。

望郷の思い

二日に、柳黛（りうたい）を攀（よ）ぢて京師（みやこ）を思ふ歌一首

春の日に萌（は）れる柳を取り持ちて見れば都の大路（おほち）し思ほゆ　（四一四二）

（春の日中に芽吹いた柳の枝を手にとってしげしげ見ていると、奈良の都の大路が思い出される）

翌二日の日中になった。北国の春は遅い。ようやく三月になって柳が芽吹いた。本来なら春の初めのはずである。そのことが実感されて、都大路の街路樹の柳のことを思い出さずにはい

られなかった。この歌までは想像するしかなかった作者の望郷の思いが、下句にはっきりと表出されている。題詞の「攀づ」（つかんで引き寄せる）に対して、「取り持つ」（手に持つ）は、大事に、あるいは意志的に持っている印象がある。儀礼的な所作さえ思い浮かべられる。下句の言葉は、柳の枝を手にした作者の姿をありありと思い浮かべながら味わうべきなのだろう。

堅香子草の花を攀ぢ折る歌一首

もののふの八十娘子らが汲みまがふ寺井の上の堅香子の花　（四一四三）

（たくさんの乙女たちが入り乱れて水を汲む、その寺井のほとりのカタカゴの花よ）

「堅香子」は今のカタクリ。早春に淡い紅色の花をつける。『万葉集』ではこの歌だけに詠まれている。さざめき躍動する乙女たちの姿態と、可憐なカタクリの花が対照の妙を形作っている。趣はずいぶん違うが、四一三九番の「春の苑」と共通するところのある、絵画的な構図である。いや、乙女たちの動きが――自然に彼女らの声までも――加わって、映像的であるとさえいえる。題詞では「堅香子草の花を攀ぢ折る」とあり、歌は寺の清らかな湧き水のほとりで咲いている画面である。カタクリの花を手にしながら、そういう画面を思い浮かべたのだな、と想像するのが自然であろう。乙女たちは、その堅香子の花を際立たせる、これ以上ないような、動く舞台装置なのであろう。

帰雁を見る歌二首

燕来る時になりぬと雁がねは国偲ひつつ雲隠り鳴く　（四一四四）

（燕がやってくる時節になったと、雁は故郷の北国を偲びつつ雲に隠れて鳴いている）

春まけてかく帰るとも秋風にもみたむ山を越え来ざらめや　（四一四五）

（待ち受けた春になってこのように故郷に帰るとしても、秋風に黄葉する山を越えてまたやって来ないことがあろうか）

雁は雁でも、帰雁と呼ばれる春に北へ帰る雁を詠むのは、この集でこの二首だけ。燕と雁を組み合わせるのは、漢詩文の常套手段である。道具立てを揃えながら、望郷の念を託しつつ、雲に隠れて見えない雁の声に聞き入っている人物が浮かび上がるよう工夫されている。だからその人物は、四一四五番歌で、ごく自然にその雁を偲び、再来を期待することになる。周到な構成である。

夜の裏に千鳥の喧くを聞く歌二首

夜ぐたちに寝覚めて居れば川瀬尋め心もしのに鳴く千鳥かも　（四一四六）

（夜中過ぎに寝覚めていると、川瀬を探して心もひたすらに鳴く千鳥よ、ああ）

夜くたちて鳴く川千鳥うべしこそ昔の人もしのひ来（き）にけれ　（四一四七）

（夜中過ぎになって鳴く川千鳥。なるほど昔の人もその鳴き声を慕ってきたのだ）

二日の夜になった。寝床から千鳥の鳴く声を聞き、降りる川瀬を探しているのか、と想像する。「心もしのに」に注目すれば、ここで作者の念頭にあるのが、柿本人麻呂の、

近江（あふみ）の海夕波（うみゆふなみ）千鳥汝（な）が鳴けば心もしのにいにしへ思ほゆ　（巻三・二六六）

の歌などであることは明白である。二首目の「昔の人」に当たるのが人麻呂らなのであろう。昔の人に我が身をなぞらえている作者が浮かび上がる。人麻呂の歌は古京を偲ぶ歌であった。作者はそこに、自分の都への思いを託しているのだろう。深夜千鳥の声に聴き入っている感覚と望郷の念とが、ここでも融合している。

暁（あかとき）に鳴く雉（きぎし）を聞く歌二首

杉の野にさ躍（をど）る雉いちしろく音（ね）にしも鳴かむ隠（こも）り妻（づま）かも　（四一四八）

（杉の野で騒ぎ躍る雉よ。そんなにはっきり声を立てて鳴くような隠（こも）り妻なのかね）

一首には、

里中に鳴くなる鶏の呼び立てていたくは鳴かぬ隠り妻はも
（巻十一・寄物陳思歌・二八〇三・作者未詳）

という類歌がある。これに学んで、雉の印象的な鳴き声を「隠り妻」（忍んで愛し合う妻）に向けてのものと表現した。家持自身にもこれ以前に雉を詠んだ歌がある（一四四六番）。また鳥の動作を「さをどる」と描写する先例には一一二四番歌があり、これに学んだらしい。また、雉が妻、つまり雌を求めて鳴くとするのは、『詩経』小雅に見える。漢詩文とも無縁ではない。雉の声と激しい動きに、作者の孤独が託されているのだろう。

あしひきの八つ峰の雉鳴きとよむ朝明の霞見れば悲しも
（四一四九）

（山々の峰の雉が声を響かせて鳴いている夜明けの霞を見ると、とても悲しくなってくる）

夜明けの霞に包まれて、方々の山から雉の声が聞こえてくる。そして作者はやはり悲しみに襲われている。

あしひきの山椿咲く八つ峰越え鹿待つ君が斎ひ妻かも　（巻七・一二六二　古歌集に出づ）

「八つ峰」は「古歌集」にあったという一二六二番歌から学んでいる。気をつけたいのは、この一二六二番歌は、先ほどの四一四八番歌にも影響を与えているらしいことである。「斎ひ妻」（夫のために潔斎する妻）と「隠り妻」の違いはあるが。それだけでなく家持は、鹿の歌ではあるが、類想の、

このころの朝明に聞けばあしひきの山呼び響めさ雄鹿鳴くも

（巻八・一六〇三・家持・天平十五年八月十五日作）

と、七年前に詠んでいる。自分の歌も、先人の歌もないまぜにしながら、悲しみや偲ぶ思いを軸に歌が作られていく。そのようにして歌の中に姿を現した作者は、やはり耳を澄ませながら悲しみに浸っている。

江を泝る舟人の唱を遥かに聞く歌一首

朝床に聞けば遥けし射水川朝漕ぎしつつ唱ふ舟人　（四一五〇）

（朝の寝床で耳を澄ますと、はるかかなたから声が聞こえてくる。射水川を朝舟を漕ぎながら

歌っている舟人の声だ）

評判の良い歌である。船頭の歌う声を扱うのは歌では珍しく、中国の詩に由来するらしい。また「聞けば遥けし」は漢語「遥聞」を翻案したものともいわれる。一方で「遥けし」の用例は家持に限られ、はるかに聞こえてくる音を彼はしばしば歌に詠んだ。漢詩文の表現によりながら、彼らしい感覚を十分に発揮している。この歌は明るさに満ちているかにも見えるが、朝になっても寝床にいるのは常態とはいえず、ある種のマイナスイメージ——物憂さといってよいだろうか——を醸し出す。悲しんでいるとまでは決めつけられないが、船頭の歌声に耳を澄ましている作者が、何らかの倦怠（けんたい）を抱え込んでいるらしいことは想像されるのである。

和歌史を始める

さて、以上まとまった歌群として構成されている「越中秀吟」を見てきた。そこには、次のような特色があった。

1 光や音に敏感に反応している感覚性。
2 悲しみなど負の情感を伴っていること。しばしばそれは望郷の念と結びついていた。
3 先行する言葉、漢語や漢詩文由来の表現などを積極的に取り入れていること。
4 『万葉集』中この一首だけに見られる歌材、用語が散見すること。

1と2は、一首目の「春の苑」の歌でも述べたように、両者が結びつくことによって、理屈や知性では取り押さえられない、もっと根深い心の表現となる。

3と4は、3は模倣、4は独自性と捉えると、逆方向の傾向にも思われるが、実は根っこは一つである。ともに先例を意識して表現しているという点で等しいのである。といっても、1・2とはさすがに距離があるように思われる。しかし、そうだろうか。3・4で用いられた歌材や言葉は、1・2を実現しようとして選ばれたものだ。それも論理的に、というよりは、気分を表すように選ばれた事物ばかりだ。作者が心をゆだね、まかせる言葉なのだ。たしかに知的で意志的な部分はある。しかしそれらが、感覚や、負の情感——それは望郷など、理想を目指す心の反作用として生まれる——と密接に結びついていることも見逃してはならない。鋭敏な感覚や内攻する情感によって呼び寄せられ、初めて意味づけられている。知的な操作だけに終始しているわけではないのだ。そういう位置に作者が立ち、そこが作品を生み出すよりどころになっていることが肝心なのだろう。先人たちの仕事に学びながら、自分固有の表現をつかみ出す。和歌史はここに明確な方法の形をとって始められていたといえそうである。そしてその方法は、『万葉集』を編纂する行為とも、ほど近いところにあると思われる。

二十三日に、興に依りて作る歌二首

春の野に霞たなびきうら悲しこの夕影に鶯鳴くも　（四二九〇）
（春の野に霞がたなびいて何とはなしに物悲しい、この夕暮れの光の中で、鶯が鳴いている）
我がやどのいささ群竹吹く風の音のかそけきこの夕かも　（四二九一）
（我が家の庭のわずかな竹群を、吹き抜ける風の音のかすかなこの夕べであることよ）
　二十五日に作れる歌一首
うらうらに照れる春日にひばり上がり心悲しも独りし思へば　（四二九二）
（うららかに照っている春の日差しの中に雲雀が翔け上がり、心は悲しいことよ、独りものを思うと）

家持の代表作といわれることの多い、「春愁三首」である。「越中秀吟」から三年後の天平勝宝五年（七五三）二月に詠まれた。すでに家持は帰京していたのだが、その詠みぶりは「越中秀吟」の歌々に通じるものがある。都に戻ってきても、居場所のない思いは、つのりこそすれ、癒やされることはなかったのであろう。理想を奪われたその思いこそが、歌を輝かせた。「最古」の歌集『万葉集』は、しかるべき理想を古き世に求め、先例を尊ぶ表現世界をすでに抱え込みつつ、和歌史を始めていたのである。

在原業平――生の境界で歌う

国風暗黒時代から六歌仙の時代へ

ふと思う。奈良時代は『万葉集』を生み出した。威容を誇るこの歌集だけを置き土産にして、和歌は滅びてもおかしくなかったのではないか、と。実際、『万葉集』以後、和歌史は順調に発展していったわけではない。むしろ衰微する兆候さえうかがわせていた。だから平安時代になって、和歌は復活したといってもよいのだ。その復活の経緯とは、はたしてどのようなものだったろう。

桓武天皇が平安京に遷都した延暦十三年（七九四）からの時代を平安時代と呼ぶ、というのは誰もが知っていることだが、平安京が都として落ち着くまでには、いささか時間を必要とした。例えば、弘仁元年（八一〇）には薬子の変が起きた。薬子の変は、前年嵯峨天皇に譲位したはずの平城上皇が、再び都を平城京に戻す、と突如遷都を命じたことに始まった争乱である。この事件は平城側の敗北であっけなく終結した。薬子は自殺し、その兄で側近であった藤原仲成は首謀者として殺された。代わって王権を安定させた嵯峨天皇は、遊興・娯楽に対して抑圧的だった平城に比して、大いに文化振興をはかった。しかしその文化とは、あくまで中国風のものであった。いわゆる「唐風謳歌時代」、一名「国風暗黒時代」の開始である。勅撰漢詩文集が次々と選ばれた。ただ、嵯峨の皇子の仁明天皇の時代（八三三～八五〇）になると、若干事情が異なってくる。この時代、いよいよ文化は爛熟した。後世からも承和の聖代として尊崇された。唐風文化の隆盛は同じだが、和歌も復興してきた。『古今和歌集』（以下『古今集』）の

伊勢物語絵巻、住吉如慶絵、江戸時代、東京国立博物館蔵、
TNM Image Archives

仮名序ですぐれた先輩と仰ぎ見られた、いわゆる「六歌仙」の歌人たちが活躍し始めたのもこの時代からである。六歌仙とは、僧正遍昭・在原業平・小野小町・文屋康秀・大友黒主・喜撰法師の六人である。

在原業平登場

その六歌仙の一人に、在原業平（八二五〜八八〇）がいる。父は平城天皇の皇子であった阿保親王、母は桓武天皇の皇女であった伊都内親王である。父母どちらからも天皇の血を引く、歴とした家柄である。『古今集』にも撰者以外最多の三十首が入集し、六歌仙の中でももっとも優遇されている。仮名序の中では「その心あまりて、言葉たらず」と評されている。ただ、業平を有名にしている理由は、なんといっても、『伊勢物語』にある。『伊勢物語』は、和歌のやりとりを中心に据えた短章を集めた、歌物語と呼ばれるジャンルの作品である。主人公はたんに「男」などと呼ばれているだけだが、在原業平その人であることを、いやでも想像させる仕掛けになっている。中には、斎宮であった恬子内親王や、二条后高子と思しき至尊の女性との恋愛事件を思わせる、スキャンダラスな章段もある。どうしてこう語られることになったのか、そのあたりから接近してみよう。

斎宮との密通

業平朝臣の伊勢国にまかりたりける時、斎宮なりける人にいとみそかに逢ひて、またの朝に人やるすべなくて思ひをりけるあひだに、女のもとよりおこせたりける

よみ人知らず

君や来し我や行きけむ思ほえず夢かうつつか寝てか覚めてか

(古今集・恋三・六四五)

返し

業平朝臣

かきくらす心の闇にまどひにき夢うつつとは世人さだめよ

(古今集・恋三・六四六)

(業平朝臣が伊勢の国に下向したとき、斎宮であった人に密かに逢って、翌朝、使者を送るすべもなくて考え込んでいるうちに、女の方から贈ってきた歌　よみ人知らず

昨夜はあなたがいらしたのか、それとも私が出向いたのか、わかりません。夢だったのか、そ

れとも現実だったのか。寝ていたのか、それとも覚めていたのか。

返しの歌　　業平朝臣

真っ暗な心の闇に迷い込んでしまいました。夢なのか現実なのかは、世間の人が決めてください）

業平が伊勢に下ったとき、斎宮と密通してしまったのだが、翌朝連絡方法がなくて困っていると、なんと女の方から歌を贈ってきた。昨夜は自分が行ったのかあなたが来たのかさえわからない、逢瀬（おうせ）が夢だったのか現実だったのかもわからない、と歌う。懊悩（おうのう）の極みがそのまま叫びとなったような歌だ。神に仕える皇女（みこ）でありながら、重大なタブーを犯してしまって惑乱する姿が、ひしひしと伝わってくる。『伊勢物語』六十九段の話だが、今は『古今集』から引いた。ここにあるのは、一つの判断に安んじることのできない精神である。現実と非現実のどちらにも属せない、いわば境界的なあり方である。これは斎宮の歌であるが、それに業平も引きずり込まれている。片桐洋一氏は、斎宮の歌には、業平のその他の和歌と瓜二つ（うりふた）の特色が見られるという。そしてだからこそ斎宮の歌を含めて、この物語を業平自身の創作だという。興味深い推定だが、そこまで言えるかどうかはともかく、業平が、斎宮の歌の世界に、打てば響くように共鳴していることは確かだろう。夢ともうつつともいえぬ心の闇に引っ張り込まれることを、進んで受け入れているかのようだ。この「心の闇」も境界の世界といってよいだろう。

それにしても、この話は事実なのだろうか。事実だとしたら、重大なスキャンダルである。だが端々のつじつまを合わせていくと、どうも矛盾や齟齬も出てくる。では虚構なのかと考えると、勅撰集である『古今集』に、事実として選び入れられているから、本当にあったことなのだろうと思わせられる。しかし、「君や来し」の歌の表現をもう一度見てみよう。歌から浮かび上がる異常なまでの状況は、たしかにこのような禁忌侵犯の物語でなければ、到底納得されないだろう。歌の言葉と物語がぴったり対応しているのである。こんな状況を背景にするからこそ、歌の個性が十分に発揮されるのだ。

もちろんそれだけではない。本当なのか嘘なのか、どちらともいえそうなあり方は、夢と現実のあわいを生きる二首の歌の内容と、強く響き合っていることに注意したい。どちらも境界的ということで等しい。人は現実を生きている。しかし現実だけでは生きがたい。理想やら想像やら、想念を抱いて生きる。ではいっそ想念の側に現実を引き寄せて生きられないのか。役者が、舞台上で想像の人物を生きるように。そういう不可能を演じる魂を、業平に見ていたのではないか。要するに、虚実ないまぜになったお話として味わうべきなのだろう。業平は虚実の境界を生きている、と見られていたのである。

二条后との恋

五条の后の宮の西の対に住みける人に、本意にはあらでもの言ひわたりけるを、睦月の十日あまりになむほかへ隠れにける。あり所は聞きけれどえ物も言はで、またの年の春梅の花ざかりに月のおもしろかりける夜、去年を恋ひて、かの西の対に行きて、月のかたぶくまであばらなる板敷に伏せりてよめる　在原業平朝臣

月やあらぬ春や昔の春ならぬわが身ひとつはもとの身にして　（古今集・恋五・七四七）

（五条の后の宮の西の対に住んでいた人と、そんなつもりはなかったにもかかわらず恋仲となったが、一月の十日ほどに他所に隠れ去ってしまった。居場所は聞いていたが逢う方法はなく、次の年の春の梅の花盛りで月の美しかった夜、去年の彼女を恋い慕って、その西の対へ行って、月が沈むまでがらんとした板敷きに伏せって詠んだ歌　在原業平朝臣

月は違う月だというのか。春は昔の春ではないというのか。この私だけはあのときと変わらぬ私であって）

『伊勢物語』第四段に、ほぼ同じ物語として収められている。それにしても、先ほど同様、ずいぶん特異な歌だ。これで本当に歌になっているのかどうか、疑わしいくらいだ。平安時代の終わりごろ、業平から三百年ほども後の人だが、顕昭という歌人は、「言ひそらしたる歌」（わざとわかりにくく表現した歌）とこの歌を酷評した。それくらい昔の人にとっても意味が取りにくかったのだ。ただし顕昭の批判は、この歌そのものに対してというより、この歌をことさら

に評価する人々に向けられてなされたものだ。たとえば藤原俊成は、この歌を最高の秀歌だとした。その息子の定家や『新古今和歌集』（以下『新古今集』）時代の歌人たちはしきりとこの歌を本歌取りした。極端なまでに評価が分かれている。私たちはどうしても著名歌人であった藤原俊成・定家たちの味方をしたくなるけれど、秀歌だと思い込む前に、この歌が相当な問題作であったことを認識しておきたい。問題点はどこなのか。今、詞書(ことばがき)は後回しにして、歌だけ見てみよう。

「月やあらぬ」の歌は、たしかに尋常ならざる歌だ。「月やあらぬ」、月は違うのか、といきなり初句切れとなる。こう言われても、読み手は戸惑うばかりだ。「春や昔の春ならぬ」春は昔の春とは同じではないのか、と似たような言い方ながら多少新しい情報があり、「昔の春」と比較していることがわかってくる。「や」は反語の意とする意見もあるが、強い疑問の意だろう。反語なら、月も春も変わらない、という確信があることになるが、作者はそういう確信が持てていないようである。下句の「もとの身にして」という尻切れトンボの終わり方や、まとまりの悪い一首全体の言葉遣いは、自身の実在感が揺らぎ、風景がよそよそしいものにしか見えない感覚を、そのまま言葉にしたかのようだ、と言えばよかろうか。私たちは、意識的あるいは無意識的に過去の記憶との調整をはかることによって、現在を意味づけている。記憶との関係が突如断絶したりすると、現在をうまく捉(とら)えられなくなってしまう。自分ですらわからない自分を表現できるのだから、和歌がどれほど懐(ふところ)の深いものであるか、実感していただけよう。

ただし、それにはどういう事情でそんな言葉が生み出されたのか、説明が必要になってくる。それが長文の詞書であり、物語である。

「五条の后の宮」とは、藤原冬嗣(ふゆつぐ)の娘で仁明天皇の皇后である、藤原順子(じゅんし)のこととされている。その寝殿の西の対の屋に住んでいた女性に業平が通い始めたという。女性が誰かははっきり書いてないが、順子の姪(めい)の高子だと考えられてきた。のちに清和天皇の中宮となって二条后と称される女性が引き当てられたのである。そう見なすと、「あり所は聞きけれど、え物も言はで」という「あり所」は宮中のことではないか、それならそこにいるとわかっていても連絡は取れまい、などと納得されてくる。やんごとない人に関わる数奇なドラマに当てはめると、常軌を逸した歌の言葉も理解されてくる。現実の地平に着地できるのである。

どっちつかずの境界で歌う

そしてさらに、二条后が詠ませたとされる次のような和歌も、なにやらいわくありげに見えてくる。

二条の后のまだ東宮の御息所(みやすどころ)と申しける時に、大原野(おほはらの)にまうでたまひける日よめる

業平朝臣

大原や小塩(をしほ)の山も今日こそは神世の事も思ひ出(い)づらめ

(古今集・雑上・八七一)

（二条后がまだ東宮の御息所と申したときに、大原野神社に参詣された日に詠んだ歌

業平朝臣

大原野の小塩山も今日は神世のことも思い出しているだろう）

二条の后の東宮の御息所と申しける時に、御屏風に竜田川に紅葉流れたるかたをかけりけるを題にてよめる

業平朝臣

ちはやぶる神世もきかず竜田河韓紅に水くくるとは　（古今集・秋下・二九四）

（二条后がまだ春宮の御息所と申したときに、御屏風に竜田川に紅葉が流れている絵を描いてあったのを題として詠んだ歌

業平朝臣

神世にも聞いたことがない。竜田川が韓紅色に水をくくり染めにするとは）

二条后高子は、実際には歌人たちの集うサロンの有能な後援者だった、と考えられている。しかし、春宮、つまり皇太子であった後の陽成天皇の母であるような貴顕の女性が、かつての恋を秘めて歌を詠ませていると見れば、業平の歌にも昔を追懐する気持ちを読みたくなる。とたんに歌がなまめかしくなる。「大原や」の「神世」とは、恋仲だった昔のことか、とか、紅に染まった川面は、紅涙を絞った袖のことか、などと。ただしここでは歌の言葉をまずは見つめたい。どちらも「神世」というはるかな世界にずんずんと入り込んで、しかもそれをぐいと

この世に引き寄せている。人の世と神の世と、どちらにも自由に行き来できるような、そんな自由自在な存在であると思わせる。業平はそういう相反する二つの世界の、境界で歌うことができるのだ。

さて、業平にはまた、次のような歌もある。

右近の馬場（むまば）のひをりの日、向かひに立てたりける車の下簾より女の顔のほのかに見えければ、詠むでつかはしける　在原業平朝臣

見ずもあらず見もせぬ人の恋しくはあやなく今日やながめ暮らさむ　（古今集・恋一・四七六）

返し　よみ人し知らず

知る知らぬなにかあやなくわきて言はむ思ひのみこそしるべなりけれ　（古今集・恋一・四七七）

（右近衛府（うこんえふ）の馬場で騎射の真手結（まてつがい）があった日、馬場の向こう側に停めてあった牛車の下簾（したすだれ）隙間から女の顔がほのかに見えたので、詠み贈った歌　在原業平朝臣

見てないともいえず見たともいえない、そんな人が恋しくて、おかしなことに今日一日悩み暮らすのだろうか。

返し　よみ人知らず

見たとか見ないとか、どうしてそんなことを無意味に区別するのですか。恋心を道しるべにな
されればよいのに)

業平の歌の「見ずもあらず見もせぬ」というところなど、対句法でどっちつかずの状態を表し、それが自分でも捉えがたいまでに高ぶった恋心をよく表している。二分法のどちらでもなく、しかもどちらでもあるような場所にあえて入り込み、境界的な場所で歌う作者は、斎宮とのやりとりや、「月やあらぬ」の歌の作者のあり方に通じるところがある。つまりそれが業平の個性といってよいであろう。

こんな歌も有名である。

惟喬(これたか)の親王(みこ)のもとにまかり通ひけるを、かしらおろして小野といふ所に侍りけるに、正月(むつき)にとぶらはむとてまかりたりけるに、比叡(ひえ)の山のふもとなりければ雪いと深かりけり。しひてかの室(むろ)にまかりいたりて拝みけるに、つれづれとしていと物がなしくて、帰りまうで来て詠みておくりける　業平朝臣

忘れては夢かとぞ思ふ思ひきや雪踏み分けて君を見むとは　(古今集・雑下・九七〇)

(惟喬(これたか)親王のもとに出入りしていたところ、親王が出家して小野という所におられましたので、正月にお訪ねしようと下向しましたが、比叡山(ひえいざん)の麓(ふもと)で雪がたいそう深く積もっており

ました。難儀して親王の僧坊に着いてお顔を拝しましたが、所在なげでひどく物悲しかったので、帰宅してから詠み贈りました。

業平朝臣

ふと現実を忘れると夢ではないかと思います。思いもしませんでした。雪を踏み分けてあなた様にお逢いすることになろうとは)

小野に隠棲(いんせい)し、大きく境遇が変化した惟喬親王の暮らしぶりを、夢かと表現している。過去と断絶したような今。現実感を喪失してしまう現在を歌うという点で、「忘れては夢かとぞ思ふ」という言い方は、「月やあらぬ」の歌にも一脈通じるところがある。そのような動揺する主体が、第三句以下の「思ひきや……とは」という倒置法を用いた表現に出会うとどうなるか。「思いもしなかったよ、こんなことになるなんて」とはずいぶん強い訴えかけだ。過去の自分をむしろ本当の自分と考えている。過去と現在にともに足を懸けていながら、そのどちらにも安住できないことを自覚している。夢と現実のはざまに生きている人物であり、やはり境界で歌っているといってよいだろう。

生と死の境界

境界とは、異なる世界をつなぐものでもあるが、人間にとってもっとも異なる世界とは、生と死の世界だろう。

病して、弱くなりにける時よめる　業平朝臣

つひにゆく道とはかねて聞きしかどきのふ今日とは思はざりしを

（古今集・哀傷・八六一）

（　病気になって、衰弱したときに詠んだ歌　業平朝臣

最後に行く道だと以前から聞いてはいたが、昨日今日のこととは思わなかったよ）

まさに死出の旅の途上にあって、あの世とこの世の中間で嘆いているかのようだ。業平を歌物語の主人公になさしめた主因の一つに、この境界に立って歌う主体のあり方を挙げておきたいと思う。

昔、男ありけり。人の娘のかしづく、いかでこの男にもの言はむと思ひけり。うち出で（い）むこと難（かた）くやありけむ、もの病みになりて死ぬべき時に、「かくこそ思ひしか」と言ひけるを、親聞きつけて、泣く泣く告げたりければ、まどひ来たりけれど、死にければ、つれづれと籠（こも）りをりけり。時は六月（みなづき）のつごもり、いと暑きころほひに、宵は遊びをりて、夜ふけてやや涼しき風吹きけり。蛍高く飛びあがる。この男、見ふせりて、

行く蛍雲の上まで去ぬべくは秋風吹くと雁に告げこせ

（伊勢物語・四十五段）

（飛び行く蛍よ。雲の上まで行けるものなら、秋風が吹いてきたと雁に知らせておくれ）

「行く蛍」の歌は、『後撰和歌集』（以下『後撰集』）にも入っているが、そこでは何も詞書が付されていない。もしかしたら、後から物語が作られたのかもしれないが、その前後関係はさておき、歌と物語の言葉の響き合いに注目すべきだろう。男は死んだ女の魂のゆくえに思いを馳せ、あたかもそれに届かせようとするかのごとく、歌を詠む。あの世とこの世をつなぐものとして、和歌がある。

ここでも境界性は顕著である。まず時季の設定が、六月のつごもりであり、夏と秋の境目である。雁は常世の国からこちらへやって来る。鳥一般が霊界と地上を行き来する境界的存在だが、わけても雁にはそのイメージが強い。その雁と男をつなぐのが蛍であり、これも境界的な存在として取り上げられているといってよいだろう。そんな蛍に託して、あの世とこの世を行きつ戻りつする、浮動する魂を象っている。

境界に立って詠む業平の歌は、物語を促したり、あるいは物語に誘い出されたりしつつ、衰えかけていた和歌に、新たな魂を吹き込んだのだった。

紀貫之——言葉の想像力を展開する

六歌仙の時代から『古今和歌集』へ

在原業平・小野小町・僧正遍昭らの活躍した六歌仙の時代を経て、和歌の地位はますます向上してきた。とくに仁和三年（八八七）に践祚した宇多天皇の時代に入ると、急速に和歌好尚の傾向は強まっていく。背後には、和歌によって天皇家と私的な関係を取り結ぼうという藤原氏の思惑と、やはり和歌によって宮廷の人々の紐帯を緊密にしようという天皇の側の意欲とが、両面から和歌活動を支えたことが考えられる。

具体的には、『寛平御時后宮歌合』『是貞親王家歌合』など規模の大きい歌合がしきりと催され、そこで詠まれた和歌が、菅原道真の『新撰万葉集』に選び入れられた。こうして宇多朝に足固めされた和歌の気運を基盤として、次の醍醐天皇の時代には、最初の勅撰和歌集、『古今集』が選ばれることになった。醍醐天皇から撰進を命じられた撰者は、紀友則・紀貫之・凡河内躬恒・壬生忠岑の四人。最年長は紀友則だったが、彼は完成前に没したらしく、『古今集』の中にその死を悼む歌が収められている。代わって撰者たちの中心となったのが、友則のいとこの紀貫之である。仮名序を執筆しただけでなく、『古今集』に入集した歌も、百二首という群を抜いた歌数となっている。和歌史に燦然と輝く勅撰和歌集第一号を生み出した時代を、この紀貫之に代表してもらうことに、それほど異論は出ないことだろう。

「見立て」をめぐって

「見立て」とは、ある自然の物や現象が、その場には存在しないはずの別の物に見える、という具合に表現する詠み方である。視覚的な錯綜だけではなく、別の音に聞こえるという、聴覚におけるそれを含める場合もある。この「見立て」の技法は、『古今集』の表現を特徴づけているといってかまわないくらい、この集に頻出する。『古今集』が編集された時代に大いに流行していたのである。もちろん貫之もしばしば「見立て」の表現を含む歌を作っている。では、『古今集』の中から、紀貫之の「見立て」の技法を用いた歌を取り上げてみよう。「花」にまつわる「見立て」の歌である。何かを花に見立てる場合もあり、花を別の物に見立てることもある。

雪の降りけるをよめる　紀貫之

霞たち木の芽もはるの雪ふれば花なき里も花ぞ散りける　（古今集・春上・九）

（霞(かすみ)が立ち木の芽も張る、そんな春なのに雪が降ると、花のない里にも花が咲いたよ）

これは、春の雪を花に見立てた例。春になって花の咲くのが待たれる、その期待感が雪を花と誤らせる。そういう心理が潜められている。『古今集』でこの歌の少し前に、

雪の木に降りかかれるをよめる　素性(そせい)法師

春立てば花とや見らむ白雪のかかれる枝に鶯の鳴く　（古今集・春上・六）

題知らず　よみ人知らず

心ざし深く染めてしをりければ消えあへぬ雪の花と見ゆらむ　（古今集・春上・七）

ある人のいはく、前太政大臣（藤原良房）の歌なり

の二首が置かれている。ともに雪を花と見立てた歌だ。そしてともに貫之よりは古い世代に属する歌人の作と見なされる。より古いのは藤原良房（八〇四〜八七二）の作という伝承を記す左注――歌の左側に詠歌事情を補足した文。伝承的な事柄であることが多い――を伴った七番歌で、深い志を持って折り取ったから雪が花に見える、と理由を添えている。一方六番歌は、鶯の目から見て花と見えているのだろうと推量している。奇抜な発想である。雪を花に見立てる点では同じでも、ずいぶんひねりを加えている。素性法師は六歌仙の僧正遍昭の息子で、『古今集』の撰者たちより少し先輩に当たるわけだが、こういう先人たちの試みを目の当たりにして、さて、貫之はどう詠んだか。

貫之の「霞たち」の歌の狙いの眼目は、「花なき里も花ぞ散りける」というあえて矛盾した言い方をしているところだろう。起こりえないことが起こったのだ、と強く印象づけられる。言葉そのものが発する衝撃力といったらよかろうか。言葉の力学を熟知しているのだろう。もう一つ注目したいのが、「霞たち木の芽も」という「はる」を起こす序詞である。「はる」は

「張る・春」の掛詞である。実際に霞が立って、木の芽が膨らんでいなくてもよい。春らしさを演出しているのである。だからこそ花が期待され、それゆえ花の咲かない里に花が咲くなどという奇跡が起こるのだ、というつながりになっている。春への期待感をあふれさせた人の心が、さりげなく暗示されている。実はとても実感の籠もった歌でもある。言葉自体の力学を知り抜いてありえない世界へ想像を広げながら、しかも実感をもしっかり込めている。そこに大きな特色が見えてくる。

歌奉れと仰せられし時に詠みて奉れる

桜花咲きにけらしなあしひきの山の峡より見ゆる白雲　（古今集・春上・五九）

（桜花が咲いたらしいよ。山の谷間から白雲が見える）

今度は、花を白雲に見立てている。「霞か雲か」と花盛りを形容する唱歌もあるように、後の時代にこそ花を雲に見立てることは常套手段となったが、『古今集』の段階では、まだ新鮮さを失っていなかっただろう。そしてこの見立ての流通に貫之もあずかっていたらしい。

山ざくらを見て　貫之

白雲と見えつるものをさくら花けふは散るとや色ことになる　（後撰集・春下・一一九）

山の甲斐(かひ)たなびきわたる白雲は遠き桜の見ゆるなりけり　（貫之集・三二一）

などと詠んでいる。ただし、『古今集』の「桜花咲きにけらしな」の歌は、単純な見立ての歌とはいえない。「白雲のような花が見える」といっているわけではない。作者が目にしているのは、あくまで山の谷あいの「白雲」なのだ。白雲を認めたのち、おもむろに桜花が咲いたらしいという判断につなげている。白雲が見える実感と、花を白雲に見立てる言葉の想像力が、ここでも共存していることがわかる。

亭子院歌合の歌　貫之

さくら花散りぬる風のなごりには水なき空に波ぞ立ちける　（古今集・春下・八九）

（桜花を風が散らしてしまった。その風のなごりとして、水のない空に波が立ったよ）

さて今度は、花を波に見立てている。

谷風にとくる氷のひまごとにうちいづる波や春の初花　（古今集・春上・一二・源当純(まさずみ)）

など、波を花に見立てる歌は、『古今集』にもいくつか見られる。古今集時代にすでに流行していたのだろう。しかし逆に、花を波に見立てる歌は、なかなか見つけられない。貫之の創意といってよいのだろう。もちろん、そういう大胆な表現が成り立つように、彼は用意周到な工夫を怠らない。工夫の一つは「なごり」の語だ。「なごり（余波）」は、風が収まった後に立つ波のこと。花を散らした風は静まったのだが、それが散らした花がまだ空中に舞っている。それを「なごり」の波に見立てたのである。ちゃんと波に縁づけているし、落花に対する名残惜しい気持ちも含ませている。視覚的にも、花びらがいかにもひらひらと浮遊している感じがよく出ている。一方「余波」から言葉の縁をさらに繰り延べるようにして、「水なき空に波」が立つというありえない事柄へと至っている。先ほどの「花なき里も花ぞ散りける」とちょうど同じような言い方である。自然の原理に逆らうように浮遊する落花の姿が印象づけられる。ここにも見た目の実感と自在に展開する想像力とが結合している。

もう一つ、今度は雪を花に見立てる例。

白雪の降りしく時はみ吉野の山下風（やましたかぜ）に花ぞ散りける　（古今集・賀・三六三）

（白雪がしきりと降るときは、吉野山を吹き下ろす風に花が散るのだ）

この歌は作者名が書いてないのだが、『貫之集』にも見えるから、貫之作としてよい。なにより歌からは貫之の匂いがする。雪を花と見る例は、貫之以前から少なくないのだが、吉野山（よしのやま）

に降る雪を花に見立てる試みは新しいものといってよい。後世には花の名所となる吉野山も、このころは雪深い、人里遠い土地のイメージの方が強かった。その吉野に降る雪を、そっくり花に転じようとするのだから、なんとも大胆で、スケールの大きな想像力だ。もう一つ注目したいのが「山下風」である。山から吹き下ろす風で、山おろしのことだが、さて、実際に山下風が吹いているかどうかとなると、どうもよくわからない。「山下風に吹かれて花が散る、そんな光景だ」と考えれば、今は吹いていなくてよいことになる。言葉の流れに素直に従って、今山下風は吹いてはいないと見たい。風に雪があおられる動きのある、しかも図柄の大きな映像によって、新しい言葉の工夫を生かしているのだろう。そういう視覚的な喚起力のあるイメージと、言葉を展開させる想像力とが見られる点で、この歌も相通じるのである。

言葉の展開力

貫之の言葉の展開に見せる想像力について述べた。その想像力が端的に発揮されているのが、縁語を使用した表現である。

青柳(あをやぎ)の糸よりかくる春しもぞ乱れて花のほころびにける　（古今集・春上・二六）

（青柳が糸のような枝を縒(よ)って掛ける春という折も折、花が乱れ咲くのだ）

「糸」「より」「乱れ」「ほころび」が縁語である。これほど縁語を多用すると、嫌みを感じたりうるさくなったりするものだが、この歌ではそう感じない。柳の枝が青々と芽吹き、春風に揺らめいているちょうどそのとき、まるで呼応するかのように花が咲いた。その自然物の呼応する力、自然の運行をつかさどる力が、縁語の偶然性とうまくマッチしているのである。縁語は、人為的な技巧というよりも、むしろ人間の及ばない見えざる力を感じさせるとでもいえばよかろうか。

人を別れける時によみける　貫之

別れてふことは色にもあらなくに心にしみてわびしかるらむ　（古今集・離別・三八一）

（別れということは色でもないのに、どうしてこれほど心にしみて悲しいのだろうか）

東(あづま)へまかりける時、道にてよめる　貫之

糸による物ならなくに別れ路(ぢ)の心ぼそくも思ほゆるかな　（古今集・羇旅・四一五）

（糸に縒(よ)るものでもないのに、どうして別れて行く道はこれほど心細いのだろうか）

両方とも、人との別離の際に詠んだ歌であり、その詠み口もよく似ている。前者は「色」と「染み」が、後者は「糸」と「細く」が縁語になっている。現実に感じているつらい思いを表すのだから、縁語など使わなければよいのに、という気がしてしまう。しかしそれは、あくま

で現代人の感覚だろう。かえって縁語がしみじみとした哀感をうまく導き出している。どうしてか。ポイントは、「あらなくに」「ならなくに」という否定表現にある。これが、「別れは色のようだ」「別れ路は糸を縒るようなものだ」というような上句だったら、と考えてみよう。それはそれで想像力を刺激する言い方かもしれない。それに対して貫之歌には、「別れは色ではないのになあ……」「別れ路は糸というわけではないのに……」、という人生の不条理を自虐的に嚙(か)みしめているような口調が感じられる。ありえないことを想像して自らそれを否定するところに、運命を受け入れる他ないという諦念(ていねん)が滲(にじ)むのである。

その他にも縁語を用いた歌は多い。

題しらず

世とともに流れてぞ行く涙河冬も氷らぬ水泡(みなわ)なりけり　（古今集・恋二・五七三）

（いつまでも流れ続ける涙川、人生泣いてばかりの涙の川。私は冬でも凍らないその川の泡のような存在だ）

「流れ・泣かれ」、「水泡(みなわ)・身」が掛詞で、「涙河」の縁語である。涙川に涙をよそえて縁語仕立てにする歌は貫之以前から多いけれども、「氷らぬ水泡」に集約したところが独自である。はかなく消えては浮かぶ水の泡だからこそ凍りつくこともない。消えてしまいそうに苦しいのに生きながらえてしまう、あやにくな我が身の人生を象（かたど）るにふさわしい。言葉の縁をたどって、鋭い象徴にまでたどり着いている。

『古今集』仮名序の世界

紀貫之は撰者の内でも中心となって『古今集』を編纂（へんさん）し、もっとも多くの歌をこの集に残した。けれども彼の『古今集』での功績はそれにとどまらない。『古今集』の仮名序をも執筆している。この仮名序が後世にもたらした影響力は絶大であった。むしろ貫之の歌よりも大きかったとさえいえるかもしれない。あまりにも著名な冒頭の箇所を引こう。

やまとうたは、人の心を種として、よろづの言の葉とぞなれりける。世の中にある人、ことわざ繁きものなれば、心に思ふことを、見るもの聞くものにつけて言ひ出（いだ）せるなり。花になく鶯、水に住むかはづの声を聞けば、生きとし生けるもの、いづれか歌をよまざりける。力をも入れずして天地（あめつち）を動かし、目に見えぬ鬼神（おにがみ）をもあはれと思はせ、男女の仲をもやはらげ、たけき武士（もののふ）の心をもなぐさむるは歌なり。

（和歌は、人の心を種として、万般の言葉となったものである。この世の中を生きる人は、出会う事柄があれこれあるものなので、心に思うことを、見る物聞く物に託して歌で表現するのである。花の中で鳴く鶯や水の中で暮らす蛙の声を聞いてみれば、あらゆる生き物のうち、どれが歌を詠まないといえようか。力を入れずに天地を動かし、目に見えない鬼や神をも感動させ、男女の仲をうち解けさせ、たけだけしい武士の心をなごやかにさせるのは、歌である）

「やまとうたは、人の心を種として、よろづの言の葉とぞなれりける」。人間の心がもととなって、それが言葉になるという主張そのものは、漢籍の『毛詩』大序などに由来する。ただしここではその表現方法に注目したい。「種」と「葉」という植物に由来する縁語仕立てになっている。歌と同様、こうした縁語を軽んじてはいけない。いかにも天然自然の力に基づいて、歌の言葉が生成してくるという印象が生じるではないか。歌は人が作るものではない、生まれ出てきて、おのずと育つものなのだ、そうであるべきものなのだ、という思いが滲み出ているように感じる。

次の一文「世の中にある人、ことわざ繁きものなれば、心に思ふことを、見るもの聞くものにつけて言ひ出せるなり」は、「ことわざ（事と行為）繁き」ことと後文へのつながりが、少しわかりにくい。これは、社会生活を送っていく上で、さまざまな事柄に関わることが原因となって、多種多様な思いを心に抱くことになる、という文脈と、そうやって生まれた思いなのだから、そういう見聞した事柄に託して表現することになるのだという文脈の、二つの趣旨が合わさっているのだろう。その底には、何かを思うのは外からの影響による受動的なものであって、だから思いの表現も、それ自体を直接表に出すのではなく、何か外界の事物を通して間接的に表現することがふさわしいのだ、という感覚があるのだろうと思う。表現も、想念と同様、受動的であるべきなのだ。これが最初の一文の「天然自然の力」を思わせる縁語仕立てと響いていることは明らかである。

三番目の文「花になく鶯、水に住むかはづの声を聞けば、生きとし生けるもの、いづれか歌をよまざりける」は、鶯も蛙も歌を詠むという趣旨だと解せる。真名序の趣旨とも合致するから、もちろんそれは正しい。ただし「聞けば」という一文節が、若干落ち着きが悪い。「聞くと（わかるように）」と補って理解されたりする。しかしここには、「鶯や蛙の声を聞くと、どんな存在でも心を揺さぶられ、歌を詠まずにはいられなくなる」という文脈も滑り込んでいないだろうか。鶯や「かはづ」の声を聞いて詠んだ歌が数多くあるからだ。そんなややこしい文章を書くだろうか、と疑問に思うかもしれないが、

春立てば花とや見らむ白雪のかかれる枝に鶯の鳴く　（古今集・春上・六・素性）
（春になったので花だと思ったのだろうか、白雪の掛かった枝に鶯が鳴いている）

などの歌では、春の花を見て——実際は誤解したのだが——、それに感応するかのように鳴いている鶯の声を詠んでいるわけだが、言いたいことは、その声に春を感じている作者の思いに違いないだろう。歌を詠む歌人の感覚からすれば、この程度の二重性はごく自然に浮かんでき

たことだろう。創作者の表現感覚に寄り添った物言いなのだと考えたい。そうしてその二重性が、一つ前の文の、さまざまな物事に誘発され、それゆえに種々の物に託して表現するという、想念と表現との二重性と重なる部分があることに注意したい。ここでも主として人の意志に関わる部分は前面に出てこないよう配慮されている。大事なのは、感受・感応という、どちらかといえば受動的な事柄である。その点でつながっているのである。

　第四文「力をも入れずして天地を動かし、目に見えぬ鬼神をもあはれと思はせ、男女の仲をもやはらげ、たけき武士の心をもなぐさむるは歌なり」は、和歌の効用を述べた箇所である。歌の現実に対する働きを、誇張を感じるほど強調している。『毛詩』大序の言葉「動天地、感鬼神、莫近於詩。先王以是経夫婦、成孝敬、厚人倫、美教化、移風俗」を利用しているのであるが、それがここに引かれている意味を考えたい。日常を超えた和歌の呪術的な力を誇示するためだろうとは、おおよそいってよいだろう。それにしても大風呂敷だと拒絶されかねない言い方を、なぜこんな冒頭から持ち出せたのか。短いとはいえ、やはりここまでの文章の流れに助けられてという他あるまい。歌を詠むことの受動性であり、受動的に受け入れざるをえない人間の意志を超えた天然自然の力の存在が、密やかながらしっかりと念押しされていたからである。

　『古今集』の和歌のことを、私たちはしばしば理知的で技巧に富むとか、知巧的だといって、いくぶん否定的なニュアンスさえ持たせることがある。たしかに、見立ての技法が大流行し、縁語・掛詞がしきりと用いられ、理屈が目立つことが少なくない。しかし表面的な表し方に欺かれてはいけない。彼らの表現の背後には、天然自然の力を感受し感応する、繊細な感覚が存在するのである。その意味で、『古今集』の技巧も、祈りの表現の一つと見なすことができる。言葉を展開していく貫之の想像力は、そのような繊細な感覚に支えられていた。こうした固有の言葉の想像力によって、連動する歌の言葉の働きが、初めて明確に示されることになったのである。

もとよりそれは、紀貫之一人だけの表現の成果ではない。『古今集』の他の撰者たち、紀友則・凡河内躬恒・壬生忠岑らとの切磋琢磨の中から生み出されたものが何より大きい。撰者たちだけではない。女房歌人の伊勢、清原深養父・藤原興風といった同時代の歌人たちや、素性法師・藤原敏行といった先輩格の歌人たちとの交流が、これぞ我らの歌だ、という感覚を育んでいただろう。宇多・醍醐天皇は、彼らの活動を後押しし、加速をつけた、ということになろうか。

曾禰好忠——身の想像力を解放する

宮廷をめぐる光と影

『古今集』が世に出た影響は想像以上に大きかった。おかげで、和歌は一挙に宮廷人の間に浸透していった。『古今集』以後、和歌は宮廷生活に欠かせない、コミュニケーションの手段となったのである。その意味では、『古今集』が選ばれたことは、当時の現状を表しているというより、先駆的であったというべきなのだろう。時代が『古今集』に追いついていったのであり、後の人々が支えたことによって、『古今集』は和歌のバイブルとなっていったのである。村上天皇が選ばせた二番目の勅撰(ちょくせん)集『後撰集』(九五一年撰集開始)や、藤原道長の時代に完成した三番目の勅撰集『拾遺和歌集』(以下拾遺集)(一〇〇五〜〇七か)は、その直接の成果である。『古今集』にこの二集を合わせて、三代集と呼び、ここに和歌の基本的な様式は完成したといってよい。

ここで取り上げたいのは、その王朝貴族の宮廷生活をそのまま反映しているような歌ではない。何ごとも光の当たる部分があれば、影の部分がある。光とは宮廷を中心とする世界のことで勅撰集的世界を指す。影とは、摂関制に覆われた当時の宮廷で、立身出世を望めなくなった人々のことを指す。自己実現を果たせない彼らの心情をすくいあげたのも、また和歌であった。ここでは、そんな歌人の中から、とりわけ個性的な和歌を残した、曾禰好忠(そねのよしただ)を取り上げてみる。

民の生活感覚

曾禰好忠は、家系も生没年も閲歴もはっきりしない。その程度の下級貴族である。有名なのは、円融院の催した子の日の御遊に呼ばれもしないのに参加して追い払われ、悪態をついたという、『今昔物語集』などに語られる説話である。もっとも『小右記』などによれば実際には好忠は召されていたらしく、あくまで説話と見た方がよいのだが、かえって彼の歌人としての評価を物語っている話といいえばいえるであろう。常識や制約にこだわらない、奔放で個性的な歌を作る人物だと思われていたに違いない。

さて、彼の家集（個人の歌を集めた歌集）『曾禰好忠集』（『曾丹集』などとも呼ばれる）から、そんな彼の特色あふれる歌を拾い上げてみよう。まずは、貴族ではなく、労働する民たちの生活感覚に寄り添った歌。

荒小田の去年の古あとの古蓬いまは春べとひこばえにけり　（二月中・五一）
（荒れた田の去年の跡の古蓬からは、今はもう春だと古株から芽を出したよ）

去年の蓬の古株から出てくる芽に、春を感じている。地から生まれ出る自然の力を捉える、農民の視線と感覚に近い。

野洲川の早瀬にさせるのぼり簗今日の日よりにいくらつもれり　（三月終り・八八）

（野洲川の早瀬に仕掛けたのぼり簗は、今日の良い日よりにどれほど魚が捕れただろう）

近江国の野洲川に、のぼり簗（川を上る魚を捕る仕掛け）を設けた漁夫の身になって、漁の成果を期待している。

杣川の筏の床の浮き枕夏は涼しき臥所なりけり　（五月初め・一二三二）

（杣を流す川を行く筏を寝床として波を枕にする。夏でもなんて涼しい寝場所なのだ）

材木を伐り出し筏に組んで川を下って運んでいる筏師。その筏師は、夏だというのになんと悠々と涼しげなことか。その心に寄り添って詠む。

深山木を朝な夕なにこりつめて寒さを願ふ小野の炭焼き　（十二月終り・三六四）

（山奥の木を朝晩伐り出して集めては、寒くなることを願うのだよ、小野の炭焼きは）

小野の炭焼きは、朝晩苦労して伐り集めては焼いた炭が売れるよう、寒くなることを願わずにいられない。『白氏文集』「売炭翁」の「心炭の賤きを憂へ、天の寒からんことを願ふ」を取り入れている。そうして炭焼きの心情を思って詠んでいる。この中でも、八八番と一三一番は、いかにもその身になって詠じていることに注目したい。身体ごと成りきっているのである。だから彼ら民の営みが、生き生きと臨場感を伴って活写されることになる。五一・三六四番歌は、若干客観的な立場も保持されているが、それでも農民や炭焼きの身になってみる感覚が生かされていることは間違いない。素材として民が取り上げられているだけではなく、そこにリアリティが派生する理由があることに注意したい。豊かな身体的想像力にこそ好忠らしさがある。
ちなみにここに挙げた歌はすべて、『曾禰好忠集』の中でも、「毎月集」と通称される歌群の中にある歌である。この「毎月集」は、一年の十二ヶ月それぞれを初め・中・終り（果て）の三つに分け、各十首ずつ詠んだものである。つまり三百六十首、ほぼ一日一首という体裁になっているわけである。一年を生活する中でのさまざまな素材、人物、場面が追求されて詠み込まれた結果、多彩で鮮度の高い作品が残されることになった。

皮膚感覚と身体感覚

上（うへ）そよぐ竹の葉波（はなみ）の片寄るを見るにつけてぞ夏は涼しき　（五月果て・一五三）
（上の方がそよいでいる竹の葉の波が片寄るのを見るにつけ、夏も涼しくなる）

竹の葉が一方にそよいでいる様子に、涼しさを感じ取っている。上の方だけがそよいでいるというのだから、竹に吹いている風は、こちらの方までは吹いていないのだろう。つまり竹の動きそのものが涼しさを運んできているのである。視覚と皮膚感覚を融合させているわけである。ただし「見る」といってはいるけれども、当然さらさらという竹の葉ずれの音も聞いているはずで、そこからも涼感を感じ取っているに違いない。聴覚もここには融合しているのであろう。

手もたゆく扇の風もぬるければ関の清水にみなれてぞゆく　（五月果て・一五四）
（扇であおいでも手もだるくなり風もぬるいので、逢坂の関の清水に馴れ親しむのだ）

「みなれ」は「身馴れ・水馴れ」の掛詞。扇であおいでも手も疲れるし、風といっても生暖かい。それならいっそと思い、逢坂の関の清水まで出かけていって水際で涼むことにした。まるで避暑地に出向くように。扇を使う手が、下句では水を掬って飲むことになる。

入り日さしひぐらしの音を聞くからにまだきねぶたき夏の夕暮　（六月終り・一八一）
（夕日が差して蜩の声を聞くとすぐに早くも眠くなる夏の夕暮れ時よ）

カナカナという蜩の声を聞くと、夕方なのにもう眠たくなる！　まるで現代の短歌のように、誰しも体験したことのある感覚が歌われていることに驚く。

朝ぼらけ荻の上葉の露見ればやや肌寒し秋の初風　（七月初め・一九二）

（明け方に荻の上葉の露を見ると、少し肌寒さを感じる、秋の初風の中）

「肌寒し」という語は、実は古い言葉で、『万葉集』に見られる。この時代、『万葉集』の訓読が始まって、この集の古い語句が発掘されて再び詠まれる、ということが多くなっている。皮膚感覚へのこだわりが強い好忠（および彼の周囲の歌人たち）にとって、この「肌寒し」という語は、注目に値するものだったのだろう。一首は七月の上旬の七首目で、まだまだ秋らしさの見いだしがたいころ。明け方のほのかな光の中で、荻の上の方の葉が風に揺れて、露が散るのが見える。それが秋を感じさせ、わずかながら、肌寒さを覚えた、というのである。本来であれば、荻の葉音こそが秋を知らせるものである。もとより葉音もしているだろうが、露のきらめきを前面に出すことで、視覚・聴覚と融合した皮膚感覚が表現されているのである。

藤生野に柴刈る民の手もたゆくつかねもあへず風の寒きに　（十月果て・三〇四）

（藤生野で柴を刈る民の手もだるくなり、束ねることもできないよ、風が寒いので）

「藤生野」は『催馬楽』で唱われた地名で、山城国相楽郡にあったというが、不詳。寒い冬の風に吹かれ、柴刈りの民の手がかじかんでうまく動かず、作業がはかどらないさまがよく出ている。寒さのために薪が求められているだけに、もどかしい。柴刈りの辛苦を体験的に感じさせるのである。

右の歌々からは、好忠の皮膚感覚・身体感覚の表現が、いかに斬新な領域を切り開いているかがよくわかるだろう。そしてその極めつけは、

夜は寒し寝床はうすし故郷の妹がはだへは今ぞ恋しき　（十一月中・三二一）

（夜は寒い。寝床は薄い。故郷にいる彼女の肌が今こそ恋しい）

であろう。独り寝のわびしさを皮膚感覚で捉えていて、平安時代にこんな歌があったのか、とさえ思わせる。実は、こうした歌が好忠の家集にはとても多いのだ。

肌を合わせる恋歌

蟬の羽の薄ら衣になりしより妹と寝る夜の間遠なるかな　（五月中・一四一）

（蟬の羽根のような薄い衣の時期となったのに、彼女と寝る夜は逆に間遠になった）

暑い時期となり、二人の中を隔てるはずの衣は薄くなったのに、暑さを厭って共寝を避けるようになった。「間遠」は「織り目が粗い」の意で粗末な衣を表し、「衣」の縁語である。身勝手な男の論理だが、扇風機もエアコンもない京都の夏であれば、正直な感覚なのかもしれない。しかし男の立場だけではない。

我が背子が夏の夕暮れ見えたらば涼しきほどにひと寝寝なまし　（六月中・一六五）
（彼氏が夏の夕暮れにやって来たら、涼しいうちにひと眠りしようものを）

「背子」は女から男を呼ぶ呼称だから、今度は、女性の身になっていることになる。

うとまねど誰も汗こき夏なれば間遠に寝とや心へだてん　（六月中・一六六）
（嫌いになったわけではないが、誰でも汗だくになる夏なので共寝も間遠に、と距離を置くのか）

訪ねて来なくなった男を思う女性の心情のように思われるが、男女二人を外から見ている、まるで物語作者のような視線をも感じる。

我妹子（わぎもこ）が汗にそほつる寝（ね）より髪（がみ）夏の昼間はうとしとや思ふ　（六月終り・一七五）

（自分の彼女の汗に濡（ぬ）れそぼった寝乱れ髪を、夏の昼間はうとましく思っているのか）

一六六番の内容を男の立場に即して詠んでいる。ただしこれも「うとしとや思ふ」という疑問の形にこだわれば、第三者的な視点が入り込んでいるといえよう。

妹（いも）と我（われ）寝屋（ねや）の風戸（かざと）に昼寝して日高き夏の影を過ぐさむ　（六月終り・一七八）

（彼女と私は寝室の風の入る戸口で昼寝をして、日盛りの夏の日差しをやり過ごそう）

暑くても、何とか工夫して、やはり一緒に肌を寄せ合っていたいと考える男もいる。同じ一人の男ではなく、いろいろな人物を想定して詠んでいると見るべきだろう。

我（わ）が背子（せこ）が我（われ）にかれにし夕べより夜寒（よさむ）なる身のあきぞ悲しき　（八月上・二二一）

（彼氏が自分から遠のいてしまった夕方から、捨てられた身には夜寒の秋が悲しい）

今度も女性の歌である。「かれ」は「離れる」の意で、「あき」は「秋」と「飽き」の掛詞。

我が背子とさ夜の寝ごろも重ね着て肌へを近みむつれてぞ寝る　（九月終り・二七二）

（彼氏と寝巻きを重ね着て、肌を寄せ合いいちゃつき合って寝るのだ）

平安時代には布団などというものはない。互いの衣を重ねて掛けて寝る。いかにも肌を寄せ合い、相手の匂いにくるまれている感じがするだろう。「肌へ」は「肌」に同じで、相当に大胆な言葉遣いである。そもそも女性の立場でこういう思いを表白すること自体が、およそ王朝和歌の常識を破っている。

さ夜中に背子が来たらば寒くとも肌へを近み袖もへだてじ　（十一月終り・三二九）

（夜中に彼氏が来たら、どんなに寒くたって肌を触れ合い袖だって隔てない）

もそうだ。「袖」は「衣」の換喩（部分を示して全体を暗示する表現法）だろうから、衣を隔てまいということになり、これは、裸で抱き合いたいというのに等しい。これらは貴族の女性を歌ったものではあるまい。先ほど見たような、労働民たちの妻を想定しているかと思われる。『万葉集』の作者未詳の民謡的な歌であるとか、「東屋」などの『催馬楽』の歌謡などの世界を再現しようという目論見なのだろう。もちろん、宮廷貴族が『催馬楽』を愛唱するように、それらの民の心根に、貴族たちも託すところがあった。好忠の場合も、民に身をやつして演じることで、想像力を身体的に解放しているように見える。

述懐の表現

自由奔放に見える好忠の歌であるが、「身」の感覚が働いている表現だと見なすとわかりやすい。皮膚感覚や身体感覚という意味での身の感覚を表現できることと、民たちの身になり、恋人たちの身になって表現できる能力とは、文字通りつながっているだろう。

浅緑(あさみどり)山は霞にうづもれてあるかなきかの身をいかにせん　（正月終り・一五）

（薄緑色に山は霞(かすみ)に埋もれて、在るのか無いのかわからない、まるで生きているのかいないのかわからぬ私のように）

春らしい景物である霞を取り上げながら、それを世に出ることのない自らの沈淪(ちんりん)の思いに引き寄せている。霞のかかる山を見ている視点を基本とするのだが、その山に紛れ込んでいるという感覚も込められているだろう。

わが身こそいつとも知らねなかなかに虫は秋をぞかぎるべらなる　（八月終り・二四四）

（私はいつ死ぬのかもわからず生きているが、かえって虫はこの秋が最後だと覚悟して鳴いて

いるようだ）

死期を覚悟せず、のんべんだらりと生きている自分は、短い命を覚悟して精一杯鳴いている虫よりもはかない、と自省している。虫は私と違う、という言い方が、かえって虫の地平に立っている想像力を感じさせる。

柴木（しばき）焚（た）く庵（いほり）に煙（けぶり）たち満ちて絶えず物思ふ冬の山里　（十月果て・三〇〇）

（柴木を焚（た）いて草庵（そうあん）に煙が充満するように、悩みは尽きないよ、冬の山里では）

充満する囲炉裏の煙は、山賤（やまがつ）や遁世（とんせい）者の生活の実際の光景であるとともに、充満する憂いの比喩でもある。そのような立場に立ってみなければ、出てこない言葉だろう。

これらは、この世を生きていることで否応（いやおう）なくこの身にまつわってくる悲しみや苦しみを詠んでいる。我が身の嘆きを訴える歌、言い換えれば「述懐」を主題とする歌である。かといって作者曾禰好忠の心情とイコールだとは単純にいえない。最後の三〇〇番が山賤に身をなしているように、これは仮構の主体である。生きがたい生を生きる身の感覚を、その身になって演じている、というべきなのだ。

鮮やかに開かれた風景

三島江に角ぐみわたる葦のねのひと夜ばかりに春めきにけり　（正月初め・三）

（三島江では一面に角を出すように葦が芽ぐんで、一夜のうちに春らしくなった）

寝屋の上に雀の声ぞすだくなる出で立ちがたに子やなりぬらん　（三月中・七三）

（寝室の上に雀の声が群がっている。子の巣立ちが近くなったのだろう）

榊とる卯月になりぬ神山の楢の葉がしはもとつ葉もなし　（四月初め・九五）

（夏祭りの榊をとる四月になった。賀茂の神山では神事に用いる楢の古葉は少しも残っていない）

河上に夕立すらし水屑せく簗瀬のさ波立ち騒ぐなり　（六月初め・一五七）

（川上では夕立があったらしい。塵芥を堰きとめる簗を懸けた川瀬の波が騒いでいる）

山城の鳥羽田の面を見渡せばほのかに今朝は秋風ぞ吹く　（七月始め・一八七）

（山城の鳥羽の田の面を見渡すと、ほのかに今朝秋風が吹き始めた）

これらの新鮮な角度から切り開かれた風景をよくよく味わいたい。ここには現象を細やかに見つめる目がある。しかしそれだけではない。現象がすべて動きとして捉(とら)えられていることに注意すべきだ。その動きの奥には、もっと大きな自然の力が想像されている。記紀神話に語られる葦牙(あしかび)(葦(あし)の芽)を思わせるような、植物の生成する力を背景とした季節感を捉えたり(三)、屋根の上に雀の子らの生命力を思ったり(七三)、神事を待ち迎えるように新しく葉替えする山の木々を眼前に想起したり(九五)、増水した簗のさざ波から源流の夕立を想像してみたり(一五七)、稲穂を揺らす風を目と耳と全身で受け止めて、秋の到来を感じ取ったりしている(一八七)。より大きな、見えざる力に思いを馳(は)せているのである。微細な観察に基づいて、見えざる大きな世界へと想像力を展開するのが、好忠という歌人なのであった。

河原院文化圏

曾禰好忠の後世への影響は大きかった。その後の和歌史の進むべき方向を先取りしていたのである。ただしいかに彼が天才肌の歌人だったにせよ、たった一人で、このような冒険的とでもいうべき言葉の実験を持続的に行うことができたとは思えない。彼の試みに呼応して後押しする、時には彼の企画を導き促す仲間が存在した。その仲間たちが作り出した文化的な圏域を、「河原院(かわらのいん)文化圏」と呼ぶことがある。河原院といえば、源融(みなもとのとおる)の壮麗を極め、意匠を凝らした大邸宅だ。そこには、当時を代表する文化人たちが集まり、風雅を尽くしていた。もちろん和歌も数多く詠まれた。その後、河原院は曾孫の安法法師が継承していた。かつての文華咲き匂う時代への思慕を理由として、十世紀半ばにも多くの歌人・詩人たちが集い、世に入れられぬ思いが原動力となった作品を残した。

必ずしも河原院に限定せずとも、彼らは相互に影響を与え合ったし、また後世にその精神を受け継ぐ者たちをも輩出した。源順・清原元輔・紀時文ら、『後撰集』を撰進した梨壺の五人のメンバーもその中にはいた。この章の冒頭で、この時代の光の部分を表すものとして『後撰集』・『拾遺集』の編纂を挙げ、それに対する影の部分として、曾禰好忠について語ってきた。しかし光と影に完全に二分されるものではなかったのだ。源順らのように、両者をつなぐような人々も存在したのだ。それによって、表舞台といえる宮廷和歌にも、新しいエネルギーを供給していたのである。

その他平兼盛・源重之・源兼澄といった、天皇家の血筋に連なりながら、摂関政治のもとでは浮かばれることのない者たちがいた。現実の世界で立身出世する方策を奪われた彼らの、なによりの自己実現の手段が、和歌や漢詩だったのである。少し後輩になるが、和泉式部の和歌も広い意味で河原院文化圏の色濃い影響のもとに育まれたといってよい。『源氏物語』の世界でさえも、彼らのもたらした成果を抜きに語ることはできないのである。

源氏物語の和歌——創作感覚を刺激する

『源氏物語』の和歌の影響力

言うまでもなく、紫式部（九七〇？（九七三とも）～没年未詳）が書いた『源氏物語』は我が国を代表する古典である。千年も前に、一人の女性の手によって、これだけ繊細でかつ雄大な物語が生み出されたことを、日本文学史上の、いや世界の文学史上の奇跡だという人もいる。すでに鎌倉時代から古典の地位を確立し、後世の文化に与えた影響は計り知れない。

その『源氏物語』には、七百九十五首ほどの和歌が含まれている。ちょっとした歌集なみの歌数である。それらの和歌も、後の文学史に多大な影響を及ぼした。なぜだろうか。『源氏物語』が傑作だから、それに付随して作中の和歌も大事にされたのだ、とひとまずは考えられる。だが、それだけでは腑に落ちないことが多すぎる。『源氏物語』作中歌は、『古今集』と比べてみたくなるほどの影響力を与えていたのだ。

そこで、歌人ではなく『源氏物語』の和歌の一章を立てることにした。『源氏物語』の作者が紫式部なら、作中歌も紫式部が作ったはず。それなら紫式部という章にすればよいのでは、といわれるかもしれない。たしかに紫式部は『紫式部集』という家集もある、ひとかどの歌人である。そのことはこれから述べることにとっても大事な事実だが、ここではあくまで『源氏物語』の和歌という視点から語りたい。『源氏物語』の和歌は、紫式部という一歌人の力量をはるかに超えた影響力を持った。一人の歌人が歌を詠もうとするとき、物語というものはとても大きな力となるのだ。一方、この物語にとっても、和歌の持つ意味はとても大きい。そのあたりを確かめてみよう。

和歌でできた巻、須磨

『源氏物語』の和歌を網羅的に扱うことはできないので、ここでは須磨巻に焦点を当てよう。『源氏物語』五十四帖の中でもっとも多くの和歌を収め、和歌の働きが非常に重要な巻だからである。和歌でできた巻とさえいえるかもしれない。政敵右大臣の娘朧月夜の君との密通事件に端を発して、謀反の罪すら被ろうとしていた光源氏は、須磨に退去することを決意する。光源氏二十六歳、地位も財産も愛する人も、すべてを手放しての旅立ちであった。

源氏物語絵色紙帖 須磨 詞近衛信尋、土佐光吉作、桃山時代、京都国立博物館蔵、ColBase（https://colbase.nich.go.jp/）

松島の海人

光源氏は遠く離れた女君たちに須磨から文を贈る。まずは憧れて止まぬ藤壺（すでに出家して入道の宮と呼ばれている）だった。以下、歌だけを引く。

松島のあまの苫屋もいかならむ須磨の浦人しほたるるころ　（光源氏）
（松島の海人（尼）の苫葺き小屋はいかがでしょう。須磨の浦人は泣き濡れています）

「松島の海人」はすでに出家して尼となっていた藤壺を表す。「須磨の浦人」は光源氏自身のこと。これに対して藤壺はこう答える。

しほたるることをやくにて松島に年ふるあまも嘆きをぞつむ　（藤壺）
（泣き濡れることばかりをお役目にして、松島の老いた海人（尼）も嘆きを重ねています）

「しほ」、「やく」（役・焼く）、「なげき」（嘆き・投げ木）は、すべて「製塩」に関わる縁語である。この縁語は、歌人紫式部のお得意のものだったらしい。『紫式部集』には、

歌絵に、海人の塩焼くかたを描きて、樵り積みたる投げ木のもとに書きて、返しやる
四方の海に塩焼く海人の心からやくとはかかるなげきをや積む　（紫式部集・三〇）
（方々の海で塩を焼く海人は、自ら進んでひたすらこれほどの嘆きを重ねているのでしょうか）

というよく似た技巧を用いた歌がある。紫式部だけではない。同時代を生きた和泉式部にも、

いみじう文（ふみ）こまかに書く人の、さしも思はぬに
藻塩草（もしほぐさ）やくとかきつむ海人ならで所おほかるふみのうら哉
（和泉式部集・五四七）
（藻塩草をかき集めて焼く役目の海人でもないのに、あちこちに手紙を書いていますね）

とくに「焼く」「役」の掛詞（かけことば）は、この時期に盛んに用いられ始めていた気配がある。藤壺の歌は、同時代の和歌と響き合う表現を持った歌だったわけである。

くゆる煙

さて、光源氏は朧月夜（尚侍（かん）の君と呼ばれている）にも歌を贈っている。須磨退去の直接の原因となった女性への、極秘の文である。なんとまあ、光源氏も懲りない男だ。自分でもそう言っている。

こりずまの浦のみるめのゆかしきを塩焼く海人やいかが思はん
（光源氏）
（性懲りもなくあなたに逢（あ）いたいと思っているが、そんな私を須磨の浦で塩を焼いている海人はどう思うだろうか）

また塩を焼くイメージが使われている。もちろん、藤壺と朧月夜に交流があるわけはないから、光源氏は安心して同じイメージを持った歌をそれぞれに贈ったのだろう。だがここでは読者の立場に立ってみたい。関連するイメージが組み合わされ、共鳴して、響き合っていることがわかるだろう。それが味わえるのは、秘密の手紙を知っている読者に許された特権である。

朧月夜の君の返歌はこうであった。

浦にたく海人だにつつむ恋なればくゆる煙よ行く方ぞなき　（朧月夜）

（浦で塩を焼いている海人でさえ人目を憚（はばか）っている恋なのですから、後悔してくすぶる胸の煙は晴らしようもありません）

光源氏が用いた塩焼くイメージを受け止め、製塩のときに立ち上る煙を引き出した。「くゆる（燻る・悔ゆる）」という掛詞を介して、晴れない心を訴えたのである。須磨の海人の製塩にちなんだ煙を、自分のことに転じたのである。実に見事な切り返しである。「悔ゆる」とは言うけれど、ここまで答えてしまっているのだから、光源氏への思いを消しようもないということさえうかがわせる。この歌は、同時代の歌人に早速影響を与えたらしい。

海人の浦にかき集めたる藻塩草くゆる煙はゆくかたもなし　（大弐高遠集・一二三〇）

（海人が浦でかき集めた藻塩草を焼く煙は晴らしようがない、私の詠草には後悔で晴らしようもない心が込められている）

中川博夫校注『大弐高遠集注釈』（貴重本刊行会、二〇一〇）では寛弘六、七年（一〇〇九、一〇一〇）の作かとされる。すぐに取り入れたくなるほど魅力的な表現だったのであろう。

伊勢の海人

光源氏が文を書いたのは、都人だけではない。伊勢にいる六条御息所にも和歌を贈っている。その和歌は物語の中では語られない。六条御息所の返しの歌だけが記されている。

うきめ刈る伊勢をの海人を思ひやれもしほたるてふ須磨の浦にて　（六条御息所）

（浮き海布を刈り、つらい目を見ている伊勢の海人（私）を思いやってください。泣き濡れているという須磨の浦から）

この返歌から想像すると、やはり須磨で「藻塩たる」（製塩をする、泣く）という言葉が用いられていたようだ。読者はここでも、交響する須磨の浦人の塩焼きのイメージを味わう。少し時代をさかのぼる斎宮女御徽子女王にも、

上より、間遠にあれやと聞こえ給へる御返に

馴れゆけばうきめ刈ればや須磨の海人の塩焼き衣間遠なるらん

（冷泉家時雨亭文庫本斎宮女御集・八四）

の歌があるように、それらは歌を詠む人間ならば当然思い浮かぶ、共通理解となった歌の表現といいうる。御息所の歌も、ひとまず穏やかに受け答えをしている趣がある。

ところが一転、御息所は次のような歌を詠み出す。

伊勢島や潮干の潟にあさりてもいふかひなきはわが身なりけり

（六条御息所）

（伊勢島の干潟で探し回っても、貝もなければ生き甲斐もない、そんな私なのです）

これはちょっとしびれるような歌だ。光源氏の歌に合わせ、いったんは自分を伊勢の海人にたとえてみた。ところが、その比喩に満足できなかった。それでは自分を表せない。心の奥底に潜めた叫びが漏れてしまうように、「（伊勢までやって来て探し回っても）いふかひなきはわが身なりけり」という言葉が出てきてしまうのだった。さてこの「いふかひなきはわが身なりけり」には、第四句と第五句をひっくり返した、

潮の間に四方の浦々求むれど今はわが身のいふかひもなし　（和泉式部集・二七五）

という歌が、和泉式部にある（寛弘五年（一〇〇八）十月ごろか）。「貝」「甲斐」の掛詞も同じだ。同時代の人を惹きつける表現だったのだろう。

泣く音にまがふ浦波

枕をそばだてて四方の嵐を聞きたまふに、波ただここもとに立ちくる心地して、涙落つともおぼえぬに枕浮くばかりになりにけり。琴すこし掻き鳴らしたまへるが、我ながらいとすごう聞こゆれば、弾きさしたまひて、

恋ひわびて泣く音にまがふ浦波は思ふかたより風や吹くらん　（光源氏）

（恋しさに耐えかねた泣き声に紛れ聞こえる浦波は、恋い慕う方角から風が吹いてくるからだろうか）

これもいい歌だ。ただ解釈は簡単ではない。「恋ひわびて泣く」のは誰だろう。素直に考えれば光源氏だが、都人と見る読み方があり、むしろ最近はその方が有力である。その場合、「思ふ」も光源氏ではなく都人で、浦波が都人の泣き声に聞こえるのは、私を思ってくれる都

の方から風が吹いてくるからか、という意味となって、論理的に一貫する。たしかにこの解釈は魅力的だ。しかし、ちょっと考えてみよう。「恋ひわびて泣く」という言葉が歌の中で発せられて、それが作者の心を表さない、というのでは、歌らしくない気がする。

波たたば沖の玉藻も寄りくべく思ふかたより風は吹かなん　（内閣文庫本躬恒集・二七四）

という例もある。これも自分が思うのであろう。

歌は論理ではない。あくまで作者の心情を表すものだ。「思ふ」も、やはり作者が思うのが第一義だろう。どうしてこんなに波音に涙を誘われ、波音だか泣き声だかわからなくなるのだろう、そうか、都から風が吹いて起こした波だからかと気づく。そうなってみると、波音は都から自分を思ってくれる人々の泣き声にも思えてくる。そんなふうに言葉が広がっていくのだと思われる。少なくとも、昔の歌人たちは、そのように読んで、次々とイメージが繰り広げられる、言葉の大胆な展開に酔いしれたのではないだろうか。藤原定家は、この光源氏の歌を本歌として、

袖に吹けさぞな旅寝の夢も見じ思ふ方より通ふ浦風　（新古今集・羇旅・九八〇）

（袖に吹きつけよ、それこそ旅寝の夢も見ないだろうから。恋い慕う方角から通ってくる浦風

よ）

という秀歌をものにした。

主体の揺らぎ

いくつか例を挙げてきたが、ここで注意しておきたいのは、歌の中で作者の主体が揺らぎ出す、という現象が見られることである。

先ほど取り上げた「恋ひわびて」の歌では、作者なのか、都の人々なのか、解釈の揺れが生じていた。これは、物語に登場した素材を、我がことによそえようと強く引き寄せたあまりに、さまざまな含みが生まれたのだろう。物語の文脈が、そのような詩的な言葉の跳躍を促したといってよさそうである。

この「恋ひわびて」と同じような主体の揺らぎは、次の歌にも見られる。

友千鳥もろ声になく暁はひとり寝覚めの床もたのもし　（光源氏）
（友千鳥が一緒に鳴いているのを聞くと、暁の床に独り目を覚ましていても心強い）

「友千鳥」は、群れになった千鳥という意味に違いないが、『源氏物語』以前には、少なくとも和歌の言葉としては、用例の見いだしがたい語である。だからといって、ただちに紫式部の造語であると決めつけるのは早計であろうが、しかしこの物語の中で独特なアクセントをつけて用いられているのは明らかである。「もろ声になく」というのは、群れになって千鳥が鳴いているのであると同時に、光源氏がともに泣いているのでもある。極め付きは最後の「たのもし」である。もちろんこれは反語的に言っているのであって、光源氏は孤独を噛み締めているわけである。寝覚めの床で、ほかに誰がいるわけでもないのに、そう強がってみせるしかない心根が、読者の哀感を誘う。しかし、「たのもし」という言葉から、やはりそこに一筋の希望を見いだしもする。都に残してきた人とともに泣いているのではないか、と。「たのもし」という語と呼応することで、せめて都人と悲しみだけでも共有している、という意味合いをいつの間にか受け取ることになる。「友千鳥」「もろ声」「たのもし」という個性ある言葉のつながりが、読者も含めた、孤独感の共有を可能にしたのである。

これまで見てきた作中歌は、物語の中に出てきた素材を、縁語などの力もかりて、飛躍をものともせず連動させていく力を持っていた。あるいは、そういう歌を生かすような地の文を作るのも作者の特権であったろう。ともあれ、歌の中の主体が揺らぎ出すような含みの多い歌の詠み方は、様式化の強まった当時の和歌の世界に、大きな刺激を与えたにちがいない。こんな詠み方もできるのだ、とばかりに。あるいはそういう詠み方をした大胆な同時代の作の表現を、早速に取り入れることもあった。これもまた読者を刺激したであろう。

その詠み方の要の部分には、言葉の連動のさせ方の巧みさがある。言葉のネットワークを作り上げることによって、場面と関わり合いながらも、個別の主体に制約されない世界を作り上げているのである。後世の和歌・連歌への影響力の一端も、そこにうかがいたい。『源氏物語』の和歌は、連動する言葉の力によって、和歌史をも動かしたのである。

雁の歌の唱和

秋の夕暮時、光源氏は、須磨にまでつき従ってくれた供の者たちと、海を見やっていた。雁の声を聴き、

初雁は恋しき人のつらなれや旅の空飛ぶ声の悲しき　（光源氏）
（初雁は恋しく思う人の仲間なのか、旅の空を飛ぶ声が悲しい）

雁を都の恋しい人の「列（つら）」ではないか、という疑問を呈する。列になって飛ぶ雁の姿を踏まえた言い方である。雁の声を都人の泣き声と聞いた。しかし下句を見ると戸惑う。「旅の空」にあるのは、自分たちの方だろう。ここにも主体の揺らぎがある。雁の声が都人のそれに重なり、いつの間にか我が声とも重なる。そのような主体のたゆたいとともに、悲しみそのものが純化されて漂い始めるのである。

光源氏の歌は、まず良清(よしきよ)の歌を生んだ。

かきつらね昔のことぞ思ほゆる雁はその世の友ならねども　（良清）

（次々と昔のことが思い出される。雁はそのときの友ではないのだが）

光源氏の歌の趣旨を、敷衍(ふえん)したような歌である。「つらね」「友」が「雁」の縁語となっている。「つらね」は、いうまでもなく光源氏の「つら」に文字通り連ねて、寄り添っている。それとともに雁に自分を重ねている。下句で「その世の友ならねども」と、まずは雁をかつての友と見ることを否定しつつも逆接の接続助詞で結ぶ。すると、今このとき、思い出を共有し、悲しみを共にしている友が浮かび上がってくる。

次は民部大輔(みんぶのたいふ)。

心から常世(とこよ)を捨てて鳴く雁を雲のよそにも思ひけるかな　（民部大輔）

（自分から常世を捨てて鳴いている雁を、これまで自分とは無関係だと思っていたよ）

第四句「雲のよそ」は「無関係の」の意で、「雲」が雁の縁語となり、かつ光源氏の歌の「空」から導かれた形となっている。自分から進んで常世を捨てたと歌うこの歌は、いささか破調をもたらしかねない激しさがある。四首の歌を起承転結に当てはめれば、三首目だからというだけでなく、内容からも転に当たろう。雁を思う存分自分に引きつけたのであり、その分、常世すなわち都との隔絶ばかりが際立ってしまった。

それを救ったのは、最後の前右近将監（さきのうこんのぞう）の歌であった。

常世出でて旅の空なる雁がねもつらに遅れぬほどぞなぐさむ　（前右近将監）

（常世を出て旅の空にある雁も、仲間と一緒にいる間は心慰むのだ）

「旅の空」「つら」で光源氏を受けるのはもちろん、「つら」は「友」の意だから良清の歌ともつながり、かつ「常世」の語によって民部大輔の歌をも受け止めている。内容的にも、絆（きずな）を確かめ合って落着させている。都とのつながりは失ったけれども、その代わり「つら」・「友」との紐帯（ちゅうたい）を得たわけである。ここには、ひとまとまりの、歌の言葉の網の目が出来上がっている。歌の配列や、言葉の連繋（れんけい）にはたしかに巧みさは見せているが、個々の歌の出来栄えという点では、標準的な水準だろう。それだけにかえって、読み手は無理なくその網の目に身をゆだね、共感を持つことができる。ここで強調したいのは、その網の目は、ただ言葉上でつながる、というだけでなく、また読者が関連性を感じ取るというだけでなく、歌を詠む感覚、すなわち創作する感覚とかなり近いのではないか、ということである。

創作する感覚

『古今和歌六帖』という書物がある。四千五百首ほどの和歌を、五百余りの題・項目によって分類したものである。『万葉集』や『古今集』『後撰集』の歌も数多く含んでいる。編者も成立もわからないが、十世紀後半にはまとめられたようである。編集意図も正確なところは不明だが、題や項目のもとに歌を分類したということで、少なくとも歌を詠むときの手引きとして活用されたことは間違いない。その『古今和歌六帖』の、第六・「かり」の項目の中には、次の歌群が見える。

躬恒五首

年ごとに雲路まどはしくる雁は心づからや秋をしるらん
（四三六九、後撰集・秋下・三六五・躬恒）

天の原雁ぞとわたる遠山の梢はむべぞ色づきにける
（四三七〇、後撰集・秋下・三六六・よみ人知らず）

ふるさとに霞とび分け行く雁は旅の空にや春を過ぐらん

（四三七一、拾遺集・春・五六・よみ人知らず）

憂きことを思ひつらねて雁がねのなきこそわたれ秋の夜な夜な

（四三七二、古今集・秋上・二一三・躬恒）

初雁のはつかに声を聞きしより半空（なかぞら）にのみ物を思ふかな

（四三七三、古今集・恋一・四八一・躬恒）

凡河内躬恒の雁の歌として五首まとめて所収されている歌群である。先の四首と共通する言葉に破線を付した。二首目以外は、この場面といくつかの言葉の関わりを持っている。内容的にも共通する。何もこれらが『源氏物語』の発想の源泉だと主張するわけではないが、光源氏一行の和歌の言葉使いが、『古今和歌六帖』のような作歌手引きの性格の色濃い書物の内容と、ほど近いものであることは認めてよいだろう。和歌を詠む人間からすれば、いわば教科書的な、ごく標準的な歌ことばのつながりが感じられたであろう。そういう歌詠みを読者として想定するなら、読者の歌ことばを運用する感覚に寄り添っている、といえよう。歌ことばがしかるべく用いられているという、確認の感覚である。その感覚が、登場人物が歌によって絆を確認し合う心情と重なるのである。

『源氏物語』の同時代の読者は、基本的に歌を詠む人々であった。とすれば、彼ら読者は『源氏物語』の中の和歌を、物語を飛び越えて、直接に味わうということもあったであろう。ドラマやミュージカルの挿入歌が、流行歌となるような現象に近いかもしれない。それには、『源氏物語』作中歌が、和歌を詠む創作者の感覚を刺激するところがあったことも一因となっていると思う。連動する言葉のつながりに共振し、それを母胎として自ら歌を作る感覚である。いずれにしても『源氏物語』の和歌は、和歌史を動かす存在となったのである。

和泉式部——生と死を越境する

魅力のありか

ちょうど西暦一〇〇〇年前後の数十年は、摂関政治の中でもその最盛期を謳われる藤原道長・頼通の政権期であり、王朝文化がもっとも栄えた時代である。政治的にも重要な意味を持つ後宮には、優れた歌人たちが蝟集した。とくに藤原道長の娘中宮彰子の後宮には、きら星のごとき女房たちが集められた。そんな歌人たちの中でも後の時代での人気を含めれば、やはり和泉式部が、圧倒的な光彩を放っているといってよいだろう。時代が下っても、その評価は高まりこそすれ、衰えることはなかった。近代に入ってからも、その多彩な男性遍歴と、奔放自在な和歌とが相乗効果を生んだこともあって、支持者は後を絶たなかった。

もちろん、かくいう筆者もその一人で、和泉式部の家集『和泉式部集』(正集と続集とがある)を必要が生じて一度開くと、読みふけってしまって仕事が遅滞してしまう。大した読書量ではないが、少なくとも私がこれまで出会った家集の中で、飛び抜けて魅力にあふれていることは間違いない。男女の恋のさや当てがあるかと思えば、孤独に苛まれた呻吟があり、死者哀悼の絶唱がある。ユーモアに満ちた即興詠を挑みかけるかと思えば、独自な表現にまで彫琢された珠玉の作品を残す。とにかく中身が千変万化で、飽きさせない。もとよりここでは問題を絞り込まざるをえない。和泉式部の歌はどうしてこれほど読者に魅力的に映るのか。それを和歌史という観点から探ってみたい。

藤原道長とのやりとり

『紫式部日記』に語られる、和泉式部評はかなり有名である。「歌はいとをかしきこと」（歌はとても興味深い）と歌人としての和泉式部をまず評する。歌の知識や理論、価値判断は大したことはなく、真っ当な歌人とはいえないが、口にまかせて詠んだ歌などにも、必ず一つ注目される点がある、「口にいと歌の詠まるるなめり」（口をついて歌が自然と出てくるようだ）というのである。即興性をこそ、彼女の特色と見なしていたのだろう。『和泉式部集』の次のやりとりはこれもよく知られている。

ある人の、扇を取りて持ち給へりけるを御覧じて、大殿、「誰がぞ」と問はせ給ひければ、「それが」と聞こえ給ひければ、取りて、「うかれ女の扇」と書きつけさせ給へるかたはらに

越えもせむ越さずもあらん逢坂の関守ならぬ人なとがめそ　（和泉式部集・一二二五）

（私が逢坂の関を越えようが越えまいが、その関守でもない方がおとがめなさいますな）

ある男性が、式部の扇を取り上げて持っていた。それを道長が目ざとく見とがめて、誰の扇か、と尋ねた。彼が式部のだと答えたので、道長はその扇を取り上げて、「浮かれ女の扇」と書きつけた。それでその隣に式部が和歌を書いた、というのだ。「浮かれ女」とは遊女のことである。ただしここではあくまで歌の表現に注目しよう。わけても、「越えもせむ越さずもあ

らん」という同語を繰り返すことも厭わない物言いに。同語の重複は和歌では避けるのが基本的なルールである。ところが式部には、同じ言葉をあえて反復して用いる傾向がある。それは、言葉と戯れる軽妙なユーモアであったり、男への強い切り返しであったり、時には切迫した心の高ぶりを表すものであったりする。

和泉式部の同語を重ねた歌の中で、もっとも有名なのは、

冥きより冥き道にぞ入りぬべきはるかに照らせ山の端の月　（一五〇・八三四）
（煩悩の闇から闇へと迷い込んでしまいそうだ。はるか遠くまで照らしてほしい、山の端の月よ）

であろう。「冥きより冥き道に」「入る」というのは、『法華経』化城喩品の文言を導入した言葉だが、経文の中から、これは歌の言葉になると発見してのける、彼女の言語感覚の鋭さがまず思われる。生の闇から死後の闇へ、出でぬ月から空の月へ。ここには境界を越える表象が詰まっている。一方、救済を求めるような深刻さはさらさらないとはいえ「越えもせむ」の歌も、関を越すか越さないかに強くこだわっている。越境へのこだわりである。「浮かれ女」と言われて、「逢ふ」を掛ける「逢坂の関」を持ち出すことは、相手の術中に嵌まりかねない危険な行為だったはずだが、それでも彼女は誘いかけていると勘ぐられそうなこういう言い方をする。

もちろん、そのような役割を演じることが、彼女には期待されていたのであり、それに応えた精一杯のパフォーマンスなのであろう。演技ならば、真情は表現されていないだろう、と考えてはいけない。演技することを強く求められているからこそ、彼女らしい表現法が存分に示される、と考えるべきだ。なにせ、道長という相手にとって不足のない共演者なのだから。越境すること。式部の歌の魅力の要因はここにあるのではないだろうか。人と人の垣根を越えて、懐に飛び込んでくるような気がするのである。

死を思う贈答歌

和泉式部の歌の魅力の一つは、間違いなく贈答歌にある。贈答歌といっても、式部の歌だけ残されているケースが大半なので——だから相手が歌を詠んだかどうか定かでない——、他者との応答の中で詠まれた和歌と、広く捉えておく。その中でも注目したいのが、死を話題に出す詠み口である。これが和泉式部の歌を特徴づけているところがある。

語らふ女ともだちの、世にあらんかぎりは忘れじと言ひしが、音もせぬに

消えはつる命ともがな世の中にあらば問はまし人のありやと　（一七八）

（私の命など消え果ててしまえばいい。そうすれば、この世に生きていたらもしかして尋ねてくれるような人がいたろうかと、考えることができるから）

解しにくい歌だが、訳のように理解した。死後の自分の心のうちを想像するという入り組んで現実離れした場面を構想したために、表現がわかりにくくなった、と推測しておきたい。

今宵今宵と頼めて人の来ぬに、つとめて

今宵さへあらばかくこそ思ほえめ今日暮れぬ間の命ともがな　（二〇七）

（今晩も生きながらえていたら、またこんなつらい思いをするのだろう。今日暮れぬうちに死んでしまいたい）

今晩行くと言いながら何度も空手形を繰り返す男に、夕暮れ時に待ち続ける、こんな苦しい思いをするくらいなら死んだ方がましと、痛烈に言い放つ。ただそれはこの場合だけに限らないようだ。別な状況ながら、まったく同じ下句を持つ歌も詠んでいる。

物に詣でて籠もりたる局の傍らなる人の、語らはむなどいふに、明日は出でなむとて、かくいふ

尋ねずは待つにも堪へじおなじくは今日暮れぬ間の命ともがな　（七五二）

（私を訪ねてくれなければ、待つことに堪えられなくなるでしょう。それくらいなら今日暮れぬうちに死んでしまいたい）

和泉式部にとっては、なじんだ発想だったのだろう。逆に表現は同じではないが、一七八番歌とよく似た状況の歌もある。

亡くならん世までも思はんなどいふ人の、わづらふころ、音せぬに
しのばれん物とも見えぬわが身かなある程をだに誰か問ひける　(二一六)
(もし私が死んでも偲んでもらえるとは思えません。生きている間でさえ誰も尋ねてくれないのですから)

死後までも思い続けようと誓った人が、私が病気になってても梨のつぶてだったので詠んだ、とある。人と人が出会い、わかり合って心許し合うのは、生と死の懸隔を飛び越えるようなものだと、そういう言い方を好んでするのである。

物にまゐりたるに、尋ねんかたもなきこととといひたる人に
生きてまた帰り来にたり郭公死出の山路のことも語らん　(四一三)
(生きてまたこの世に帰って来た。時鳥よ、お前と同じだ、死後の世界のことでも語り合おう)

山寺に参籠していたが、どこにと言っておかなかったために、訪ねようがなかったといわれたので詠んだ歌。時鳥はおそらくその鳴き声からであろう、「死出の田長」と呼ばれた。冥界から死出の山を越えてやってくる鳥と観念されていた。それゆえ疑似的な死の体験ともいえる山籠もりから帰って来たことが、時鳥に重ねられる。死後の世界のことでも親しく語り合うことができようと。そして語り合うのは相手に他ならない。ということは、「郭公」は、自分であり、相手でもある。面白い構造である。自分と相手とを言葉の上で一体化して、関係をつなぎ止める役割を果たしている。

死を悼む歌

人間にとって、最大の越境は、幽明境を異にすること、すなわち死ぬことだろう。和泉式部は、死者を歌うとき、軽々とこの境を越えていく。それゆえ、おかしな言い方だが、実に精彩を放った哀悼の歌を詠む。表現者としての本領を発揮する。たとえばそれ、『和泉式部日記』には帥宮敦道親王との恋愛の顚末が語られているが、その帥宮の死を悼む歌などに顕著である。『和泉式部続集』には、『新編国歌大観』番号で三十八番以下、百二十二首の「帥宮挽歌群」と呼ばれる歌々がある。その中で次の歌に注目したい。なお詞書は省略する。

①捨て果てむと思ふさへこそ悲しけれ君になれにし我が身と思へば　（五一）

（この身をすっかり捨ててしまおうと思う、そのことまで悲しい。あなたに馴れ親しんだ我が身だと思うと）

②思ひきやありて忘れぬおのが身を君が形見になさむ物とは　（五二）

（思いもしなかった。生き残ってあなたを忘れずにいる我が身を、あなたの形見にしようとは）

①・②は我が身が死者の形見だという。読者は一種の慰安を感じないだろうか。死者は生者の記憶の中で生きる。「形見」というのは、生々しいまでのその記憶のことだろう。これほどの記憶であれば、死者はかえって実在感を強める。死はすべての終わりなどではけっしてない、と実感させられるのである。

③死ぬばかり行きて尋ねんほのかにもそこにありてふことを聞かばや　（五七）

（死ぬほど行って訪ねたい。かすかにでもあなたがどこにいるかを聞きたい）

④なぐさめにみづから行きて語らはん憂き世の外に知る人もがな　（六四）

（心慰めに自ら行ってあの人と語り合おうと思う。憂き世の外の世界に精通している人はいないか）

③・④は冥界を訪ねようという。③の初句「死ぬばかり」は、死ぬほど、と行きたい気持ち

を強調するとともに、死ぬぐらいのことをしてみて、の意味をも含んでいるのだろう。いっそ死んでみようというのである。

⑤身を分けて涙の川の流るればこなたかなたの岸とこそなれ　（八〇）
（我が身を二つに裂いて涙の川が流れるので、二人は此岸と彼岸に分かれるのだ）

「身を分けて」涙川が流れるというのは、我が身の奥底まで悲しみが至るということだろう。涙の川が我が身を分断したから、あの人と私は彼岸と此岸の両岸に分かれた、と理屈立てる。理屈といってもけっして論理的ではない。涙川、すなわち悲しみは、二人を分断しない。むしろ逆だろう。住む世界を分かたれるから悲しいのだけれども、その悲しみで二人はつながれるというべきだろう。涙の川によって彼岸と此岸を越境するのである。

⑥鳴けや鳴けわがもろ声に呼子鳥呼ばば答へて帰り来ばかり　（一〇二）
（鳴きつくせ、私と一緒に。呼子鳥よ、呼んだらあの人がそれに応えて帰って来るくらいに）

⑦わが恋ふる人は来たりといかがせんおぼつかなしや明けぐれの空　（一五七）
（恋い慕う人が戻ってきたらどうしよう。はっきり見えない、明け方のほの暗い空のもと）

ともに、冥界から思い人が帰って来るという設定である。⑥は呼子鳥の声に応えて来てほしいという願望にとどまるが、⑦は夜明け方、つまり夜と朝の境界のほの明るい空間に、ほのかに死者が立ち現れるかのようだ。

死者への思いは、和泉式部の越境性を際立たせるといえそうである。

和泉式部百首から

『和泉式部集』の冒頭に、「和泉式部百首」などと呼ばれる歌群がある。「百首」とはいっても、実際には九十七首しかないのだが、春・夏・秋・冬・恋に区分された整然たる構成からいって、百首を意識してまとめたものであることは間違いない。それも、すでに詠んだものから集めたのではなく、百首歌として新作したものが主であろうといわれている。十世紀後半に流行していた百首和歌の詠作形式を、和泉式部なりに試みようとしたと考えられるのである。いつ詠まれたかも判然としないが、二十歳代前後の、比較的若いころかとも推測されている。だとすれば、この百首には、歌人としてレベルアップしようとする意欲が込められていることになる。後に勅撰（ちょくせん）集に撰入された歌も多く、作品としての達成を見せていることは間違いない。和泉式部の表現者としての姿勢をうかがうのにもってこいの歌々である。

まず恋の歌から見てみよう。冒頭に来るのは次の歌である。

いたづらに身をぞ捨てつる人を思ふ心や深き谷となるらん　（八〇）

（空しく我が身を捨ててしまうことだ。人を恋する思いが深い谷となるのだろうか）

激しい歌だ。けれどただ激しいだけでは済ませられない。めまいを誘うようなところがあり、それが激しさを増幅させている。「身を捨つる」の主語は「心」と見るべきだろう。心が我が身を捨てて暴走したのである。いわゆる身と心の分裂を詠む歌の類型と思われる。ところが、言葉の論理の上では、心は深い谷になったのかとされている。我が身が投げ出される場所というこ とになる。めまいの原因はこれだった。投げ出す主体と投げ出される場所が、両方ともわが心だということになってしまうのだ。身と心だけではない、心そのものも分裂していたのだが、計り知れぬ深淵（しんえん）たる谷間（たにあい）という形象によって、つなぎ止められている。身を躍らせて心の動きを体現しながら、その心のさまを外から見つめて対象化している。こういう、自ら自分を引き裂きながらそれを力業でつなぎ合わせて歌の形にしていくところが和泉式部ならではの表現だと思うのであり、それを今越境性と名付けたのである。

次に並んでいる恋歌はこうだ。

つれづれと空ぞ見らるる思ふ人天降（あまくだ）り来（こ）んものならなくに　（八一）

（つくづく空に見入ってしまうよ。恋しいあの人が天降ってくるわけでもないのに）

「天降る」などと、相手がまるで神であるかのように待望している。もちろん、「ならなくに」（ではないのに）と、言った先から否定されるわけなのだが、現れがたい高貴な人というイメージは、かえって強く残存する。思う心を起動力とし、見やるという行為を媒介にして、天上を地上へとぐいとたぐり寄せようとしている。強引なまでの越境力である。

百首はさらに次のように続く。

見えもせむ見もせむ人を朝ごとに起きては向かふ鏡ともがな　（八二）

（あの人に姿を見せもしようし、あの人を見もしよう。ああああの人が毎朝向かう鏡であったらなあ）

「見えもせむ」は珍しい。自分の姿を見られたい、見せたいというのである。ずいぶん露骨な言い方といってよい。鏡を見るように、恋する人の姿を見たい、という言い方は『万葉集』の時代からある。それに「見ゆ」を加えて、ご丁寧に対置までするのは、奇想の域に近い。しかし考えてみれば、鏡に見えるのは、現実的には自分の姿である。それを相手の視線に置き換えている。だから鏡は「見ゆ」「見る」という言葉の縁から紡ぎ出された比喩でありながら、妙に生々しい現実感がある。男の視線を実感しているのである。このリアリティと言葉の縁によって、式部は逢えない相手との逢瀬(おうせ)を果たそうというのである。これもまた、越境を目指す歌である。

他者の視線と自分のそれを入れ替えるようにして、男女の間を越境する。

背子(せこ)が来て伏(ふ)ししかたはら寒き夜(よ)は我(わ)が手枕(たまくら)を我(われ)ぞして寝る　（七七）

（彼がやって来て共寝したかつての夜、今はその傍らが冷え冷えするので、自分で自分に腕枕をするのだ）

「背子」は、曾禰好忠の章でも言及したが、『万葉集』から見られる語で、女性から男性を呼ぶ言葉である。だから女性の立場から唱(うた)った歌のはずなのだが、どうもそう簡単には割り切れない。「かたはら寒し」というのは、かつて肌を寄せ合って寝た記憶があるために、身体の片側が寒くてならない状態を指す。そもそも「かたはら」という語自体が和歌では非常に珍しい語で、漢詩文や散文で用いられる、即物的な印象をもたらす語である。しかも「かたはら寒し」とは、『源氏物語』幻巻で光源氏が亡き紫の上を追懐しつつ、「御かたはらのさびしきも、いふかたなくかなし」と言っているように、男性的な言葉遣いである。腕枕をするという行為も男性にふさわしい。「背子」という呼称と矛盾しかねないのである。こういうことが起こるのは、式部が男性の身になって詠んでいるからだろう。そして男女の距離を飛び越えようとしているからだろう。ここにも越境性が見られる。

黒髪の乱れも知らずうち伏せばまづかきやりし人ぞ恋しき　（八六）

（黒髪が乱れるのもかまわず倒れ伏すと、まず髪を掻き上げてくれたあの人が恋しい）

著名な歌であり、後世への影響も甚だしい。女の乱れた艶美な姿態をこれほど生き生きと描いた歌も稀であろう。だが第二句に気をつけてほしい。「乱れも知らず」と言っている。であれば自分の姿はわからないはずだろう。それを外から見ている男の視線を獲得している。惑乱する心のさまを、惑乱した状態のままで人は語ることができない。だが、他者の視線を介在させることによってなら、イメージさせることができる。心と姿、あるいは自己と他者が、ここでも越境している。

かく恋ひば堪へず死ぬべしよそに見し人こそおのが命なりけれ　（九一）

（こんなに恋い慕ったら、堪えきれず死んだっておかしくない。以前は縁のない人だったあの人が、今では命綱となったのだ）

相手を思うがゆえに死にそうにもなるが、しかしその相手に逢いたい一心で生きている、命の源でもある。以前は無関係だった人に、今は私の命まで翻弄されている。自分にとって矛盾した存在であり、その矛盾が、「死ぬべし」「命なりけれ」とはっきりと言い切る形で、直接にぶつけられている。命と死の間を、作者はひらりひらりと、自分の意志ではなく、無理矢理に越境させられている。しかも、相手の持つ意味が、他人だったかつてとは、劇的に変貌している。ここにも一つの越境がある。

現実と想念の中にある向こうの世界とを、我が身を抛ってでもつなぎ止めようとする和泉式部の歌は、多くの人の心を惹きつけ続けた。その表現は、ただ彼女の資質だけによるものではなくて、宮廷を中心とする社交の場でのやりとりや、百首歌という試みの中で育てられたものなのであった。

源俊頼——連動する言葉と想像力

源俊頼の代表作

院政と呼ばれる政治形態が始まるころ、和歌史を大きく動かすことになる、一人の天才が現れた。源俊頼である。彼の和歌の業績は、数多い。まずは五番目の勅撰和歌集『金葉和歌集』(以下『金葉集』)の撰者になったことが挙げられる。その他、初の本格的な歌論書『俊頼髄脳』を著作し、重要な歌合の判者(勝負の判定者)にも何度も迎えられた。『堀河百首』の作者の一人にもなった。彼の家集『散木奇歌集』には、極めて個性豊かな歌々が収められている。藤原基俊というライバルはいたが、院政期初めの和歌の世界の第一人者であったことは間違いない。このころ、和歌の詠み方の定式化が進み、和歌史も停滞しつつあった。その中での彼の存在意義を探ってみよう。

まず彼の代表作を見てみよう。俊頼が編集した『金葉集』に、自分で選び入れた歌から抜粋する。当然それらは、私の代表作はこれだ、と自ら考えた歌々だということになる。そこからは、どんな特色がうかがわれるだろうか。

比喩の卓抜さ

最初に俊頼の特色として訴えたいのは、比喩の卓抜さである。

山ざくら咲きそめしよりひさかたの雲居に見ゆる滝の白糸　(春・五〇)

（山桜が咲きはじめてから、空に白糸のような滝が現れた）

桜をたとえるのに、まず滝を持ち出している。さらにその流れを、白糸に見立てる。比喩の中に比喩を持ち込んだ、二重の比喩である。ずいぶん入り組んだ技巧なのだが、ごたごたした感じはしない。天馬空を行くような、直線的な上昇感があるからである。

その比喩の中でも、景物を人にたとえた、独特な擬人法が俊頼らしさを発揮している。

山の端に雲の衣を脱ぎ捨ててひとりも月のたちのぼるかな　（秋・一九四）

（山の端に雲の衣を脱ぎ捨てて、ひとりで月が空へ昇っていく）

嵐をや葉守り(はもり)の神も祟る(たたる)らん月に紅葉のたむけしつれば　（秋・二一七）

（嵐に対して葉守りの神も祟るだろう。月に紅葉の手向けをしたというので）

ひらりと衣を脱ぎ捨てて行く月。まるで天女のようだ。「葉守りの神」（葉に宿る神。とくに柏(かしわ)にいう）は、せっかく自分が守っている葉をこんなに散らして、と嵐に祟る(たた)のじゃないか。なんともユニークな比喩だ。ユーモアたっぷりなのに、俗っぽくはない。スケールの大きさと緊張感のある文体のせいだろう。

風景描写の巧みさ

次に、風景の描写の巧みさを挙げたい。

風吹けば蓮の浮き葉に玉こえてすずしくなりぬひぐらしの声　（夏・一四五）

（風が吹くと、浮いた蓮の葉の上を露の玉がころがり越えて、涼しくなったよ、蜩の声の中に）

鶉鳴く真野の入江の浜風に尾花波よる秋の夕暮　（秋・二三九）

（鶉が鳴いている真野の入江を吹く浜風で、薄が波のように靡いているよ、この秋の夕暮れ時に）

故郷は散るもみぢ葉にうづもれて軒のしのぶに秋風ぞ吹く　（新古今集・秋下・五三三）

（見捨てられたこの家は散りしきる紅葉の葉に埋れてしまい、軒に生えたしのぶ草に秋風が吹くばかり）

いずれも、流れるように淀みなく、細やかに風景が描写され、目の前に見ているようだ。見るだけではない。涼しさという皮膚感覚や、鶉の鳴き声、吹く風の涼感など、他の感覚も動員されている。だから風景に立体感がある。もっとも注意したいのは、「玉こえて」「波よる」「うづもれて」という動作表現だ。これによって、風景に動きが出る。立体的な映像になっているのだ。

我が事とする力業

俊頼の特色の三つ目として挙げたいのは、風景や景物を強引なまでに、自分のことにしてしまう離れ業を見せていること。

さりともと画(か)くまゆずみのいたづらに心細くも老いにけるかな　（金葉集・雑上・五八六）

（いくらなんでもこのままではあるまいと画(か)き続けた黛(まゆずみ)も空しいままに、心細く老いはててしまった）

世のなかは憂(う)き身にそへる影なれや思ひ捨つれど離れざりけり　（雑上・五九五）

（世の中はつらいこの身に寄り添った影法師のようなものか。捨てようと思うが離れないのだ）

　下臈(げらふ)に越えられてなげき侍りけるころよめる

せきもあへぬ涙の川ははやけれど身のうき草は流れざりけり　（雑下・六〇九）

（せきとめることもできず涙の川の流れは速いけれど、我が身のつらさは浮き草のように流されてはくれないのだ）

五八六番は、白居易「新楽府（しんがふ）」の「上陽白髪人」を詠んだもの。黛（まゆずみ）は、眉（まゆ）を描く化粧道具であり、「心細く」の「細く」を導き出しているとともに、実際にしても無意味な化粧をする女性（上陽の人）をも表している。「さりともと」（いくらなんでも、と）が、まるでその人物の吐息まじりの台詞（せりふ）のようだ。五九五番は、世の中を影法師にたとえている。そして捨てようとしても離れられない、という結論を導いている。実にうまい。けれどよく考えてみれば、影のようなものは、存在感の薄い自分自身にふさわしい。そういう我が身が影のようなもの、というイメージをも連想させつつ、説得力をもたらしている。六〇九番は、自分を涙川——もちろん、涙の比喩である——に浮かぶ浮き草にたとえている。涙はとめどなく速く流れるけれど、身の憂さはぴったりとこの身にとどまって離れない。この動きの対照があることによって、川と浮き草のイメージは強引に我が身に引き寄せられている。

躍動するリズム

それにしてもこの川のイメージの流れは、それこそ流れるようだ。そこで、四つ目として挙げたいのは、歌のリズム（韻律）の流麗さである。さらさらと淀みなく調子よく進む、というのともせず、強い水圧で流れゆくリズムである。躍動するリズム、といってもよい。しかしそれをものとも少し違う。時にはうねるように、またあるときは飛沫(しぶき)をも上げながら、しかしそれをも

思ひ草葉ずゑにむすぶ白露のたまたま来ては手にもかからず　（恋上・四一六）
（思い草の葉先に置いた白露の玉――たまさかにやってきたあなたは手の中にとどまることもなく、消え失せた）

「たまたま」は、「白露」の「玉」に、たまさかに、の意を掛けている。上句は、「たま」の同音を媒介として、「たまたま」を導く序詞(じょことば)である。それとともに、葉の先に置いた露が手にためることもできずはかなく消えてしまうように、あの人も我が手の中にとどまらず、つれなくも消え去った。上句は比喩にもなっている。しかもその露が置く草は「思ひ草」なのだ。「思ひ草」はナンバンギセルかといわれているが、実体はそれほど問題にならない。その言葉の響きの方が大事である。「物思いの種」という意味が浮かび上がる。すると当然、「白露」も涙を思わせる。涙をためながら、しょんぼりとうなだれている、可憐(かれん)な花（女性）が浮かび上がるだろう。言葉が、音の響きとしても、比喩としても生かされる、間然するところのない言葉の繰り出し方なのだ。

もちろん、右の四つの特色は、一首に一つずつ見られる、というわけではない。一首でいく

つも兼ね備えている場合がむしろ多い。その代表は、やはり、『百人一首』に取られた、

うかりける人を初瀬の山おろしよはげしかれとは祈らぬものを

（千載集・恋二・七〇八、百人一首）

だろう。これは、四つの特色をすべて兼ね備えている。藤原定家も、「これは心深く、詞心にまかせて、まなぶともいひつづけがたく、まことに及ぶまじきすがたなり」（内容に深い味わいがあり、言葉づかいは自由自在で、真似ようとしてもしがたく、本当に手の届かない類の作品の完成度である）（『近代秀歌』初撰本）と、絶賛している。

俊頼の創作方法への接近

では、こうした作品はどのように生み出されたのか。個性あふれながら、説得力に満ちたこうした言葉は、どういう方法で可能になったのだろうか。もちろん、俊頼自身が、私の創作方法はこれこれだ、と直接語っているわけではない。しかし、それに準じるものはある。それが『俊頼髄脳』である。この本は、藤原忠実の命を受け、その娘で後に鳥羽院の皇后となる高陽院泰子の歌学びのために記したものである。一一一一～一一一四年成立と推定される。俊頼五十代後半の執筆と見られる書物である。このとき泰子は十代の後半であり、初学者の歌の勉強

のために書かれたものだから、俊頼の高度な方法をそのまま語れるわけがない。しかし、大事なことをわかりやすく語ろうとするとき、人はえてして自分の中にあるもっともナイーブなものに触れてしまう。相手の身になって一生懸命に話そうとして、自分でも気づかなかったような本音を吐いてしまうことがある。俊頼は、どうやらそういう人物であったらしい。

　題をも詠み、その事となからん折の歌は、思へばやすかりぬべき事なり。たとへば春の朝（あした）にいつしかとよまむと思はば、佐保（さほ）の山に霞（かすみ）の衣（ころも）を掛けつれば、春の風に吹きほころばせ、峯の梢をへだてつれば、心をやりてあくがらせ、梅の匂ひにつけて鶯を誘ひ、子日（ねのひ）の松につけても、心の引く方ならば、千歳を過ぐさん事を思ひ、若菜をかたみに摘みためても心ざしのほどを見え、残りの雪の消えうせぬるに我が身のはかなき事を嘆き、花咲きぬれば人の心もしづかならず、白雪にまがへ、春の雪かとおぼめき、心なき風を恨み、人ならぬ雨をいとひ、青柳（あをやぎ）の糸に思ひより

（題を与えられて詠むというような、どういう状況を詠むと決められていないときの歌は、思えば簡単なはずなのだ。
たとえば春の朝に早くも、と詠もうと思ったら、佐保山に霞の衣を掛けておいて、春の風が吹いてほころぶようにし、峰の梢を隔てて、思いを馳せ（は）て心をさまよい出させ、梅の匂いに添えて鶯を誘い、子日の松に関わらせて、もし好意を寄せている人だったら、千年も長生きしてほ

しいと思い、若菜を籠にたくさん摘むことで敬愛を示し、残雪が消え失せたことに我が身のはかなさをよそえて嘆き、花が咲いたら人の心も落ち着かず、白雪に見間違え、春の雪かと判断に迷い、花を散らすものとして無情な風を恨み、人でもない雨を厭い、芽吹いた柳の糸のような枝をより合わせ）

冒頭の「題をも詠み、その事となからん折の歌は、思へばやすかりぬべき事なり」。これは、題を与えられて詠む場合など、特定の状況・心情が前提となっていない場合でも、歌を詠むことは、実はたやすいことなのだ、という意味である。表現すべき事柄が最初から決まっていなくても、四季折々の風物・風景に言寄せて、表現すべき「こころ」を生み出すことができる、というのである。

どういうことだろうか。ひとまず文章を読んでみよう。「春の朝にいつしか」というのは、春になった朝に早速、という意味だから、立春の日の朝のことである。そのときには、「佐保(さお)山(やま)に霞(かすみ)の衣を掛ける」のだという。

いつしかと朝(あした)の原にたなびけば霞ぞ春のはじめなりける　（堀河百首・霞・四八・河内）

などの歌を想起することが求められているのだろう。ただし朝の霞といえば、このように「朝の原」の歌枕が連想されるのが普通だ。読み手は、その飛躍にはっとさせられつつ、そうか佐保山もあるのかと、初春の風景を描く材料として、さまざまな歌枕に思いを及ばせるよう導かれる。

そして選ばれたこの佐保山は、実に縁語に富んでいる。「佐保」は、読めば「サオ」で「竿（さを）」に通じ、衣を掛ける、につながっている。また佐保山は春の女神佐保姫（さおひめ）のおわすところだから、女神の天衣無縫の「衣」へと、その意味でもつながっている。これは、

佐保山に霞の衣かけてけりなにをか四方（よも）の空はきるらん　（散木奇歌集・八）

という俊頼自身の歌を作るときの連想と重なっている。「きる」は「霧（き）る」と「着る」の掛詞（かけことば）で、霞の衣の縁語。さらに霞を女神の衣に見立てたところから、次には、「春風が吹いてほころばせる」という縁のある言葉が展開される。

言葉（景物）どうしが、意味あるいは音によって相互に結びつけられている。こういう言葉からこういうふうに言葉をつなげていけばよい、そして発想を展開していけばよい、と具体的に例示する。展開した言葉どうしがまた結びつき、まるで網の目のような錯綜（さくそう）した関係性が生まれる。しかしその網の目は、きっちりと固定したものではない。飛躍やずらしが含まれていて、ゆるやかである。いつでも他の言葉と新たに結びつけるように、かりそめの関係を結んで

いる、といえばよかろうか。ゆるやかだからこそ、実際に一首の和歌に用いられるより何層倍も多い結びつきの可能性が示される。示されるだけではない。それがあるならこういう言葉だって結びつくはずだ、という想像の広げ方もわかってくる。選択肢の幅が用意されるわけだ。そしてそこに、何か新しいアイデアの種が投げ込まれることで、歌の言葉つづきが具体化してくる。俊頼ならではの連動する言葉へのまなざしが、ここに見て取られるのである。

「鶉鳴く」の歌の実例

鶉鳴く真野の入江の浜風に尾花波よる秋の夕暮

先にも掲げた「鶉鳴く」の歌で、確かめてみよう。後世に秀歌として喧伝(けんでん)された歌である。この歌は、「薄(すすき)」という題で詠まれたことがわかっている。俊頼は、「薄」からどう想像力を広げたのだろうか。薄はなんといっても、動物のしっぽのような穂（花）が特徴で、だから尾花の別名を持つ。秋の野にしばしば群生して、花が風に靡(なび)く姿が印象的だ。さて、どういう場所に咲かせようか。そこで俊頼は、「真野の入江」という場を思いつく。「真野」という地名は、『万葉集』にすでに見られ、真野の浦の淀の継橋（つぎはし）心ゆも思へや妹（いも）が夢（いめ）にし見ゆる　（万葉集・巻四・四九〇・吹芡刀自（ふふきのとじ））

などと詠まれている。この万葉歌の場合は、所在不明とされたりするが、俊頼の時代には、近江国の琵琶湖の沿岸と考えられていた。つまり、水辺と野原を同時に表せる場所なのだ。どうしてそういう場所が選ばれたのか。白い尾花が風に靡く様子を白波にたとえたいと思い、それにぴったりの場所、というわけだ。風は当然、浜風——浦風でもよかったのだろうが——ということになる。

もう一つ俊頼が狙ったのは、「寂しい」という言葉を使わないで、寂しさを表すこと。薄が靡く姿はもちろん寂しい。夕暮れ時も寂しい時間。鶉の鳴き声も、

君なくてあれたる宿の浅茅生（あさぢふ）に鶉鳴くなり秋の夕暮　（後拾遺集・秋上・三〇二・源時綱）

などとあるように、古び、荒れ果てた空間で鳴く、というイメージがあり、寂しげなものである。これだけ寂しいイメージを集めたことで、肝心の「薄」について「波よる」という動きのある描写をしているにもかかわらず、全体としてはしっかり幽寂な雰囲気を醸し出している。

そしてもう一つ、この歌には狙いが密（ひそ）かに込められている、と私は思う。この歌の背景に、

草も木も色かはれどもわたつうみの浪の花にぞ秋なかりける

（古今集・秋下・二五〇・文屋康秀）

という歌があるのでは、と思うのだ。この文屋康秀の歌は、草木も変色し、周囲はおしなべて秋らしく変わってしまったが、花にも見える波には、秋らしさは見えないよ、という歌だ。俊頼は、この歌に答えるように、いや、波が打ち寄せているかのような尾花は、とても秋らしいではないか、と訴えたいのだとにらんでいるのである。

連動する言葉への繊細な意識と、奔放自在な想像力とが、絶妙に嚙（か）み合っているというべきだろうか。源俊頼は、行き詰まりかけていた和歌史に、有力な方向性を与えたのである。

西行——変貌を演じる

遁世歌人、西行

平安時代の半ばのいわゆる摂関政治の時代、それは貴族社会の最盛期でもある。だが、いずれかの階層が隆盛を見せているとき、それは別の新たな階層の勃興期でもあるのが歴史の通例である。

和歌の分野も例外ではない。宮廷貴族、とくに女房歌人らを中心に、はなやかに和歌史が彩られていたころから、和歌を担う新たな階層が形成されてきた。一つは、宮廷政治の中心から疎外されていた、中・下級官人たち。いま一つは、その階層を主として出身とする、遁世者たちである。彼らは、末法思想の流行、浄土信仰の深まりとともに、量的な拡大を見せてゆく。歌を詠む遁世者、いわゆる遁世歌人らは、しばしば現実・現世の理不尽さへの思いを吐露し、かくあるべき理想を和歌に託した。前者は厭離穢土の観念に、後者は欣求浄土や悟りの観念に重ねられることもあった。平安時代の終わり百年ほどを指す院政期になると、もはや彼ら抜きでは和歌史が成り立たないほどに成長してゆく。

西行が登場するのは、そんな時代である。西行は実は複雑な歌人である。たしかに世を捨てて各地を旅し、その生涯に多くの歌を残した遁世歌人という特色ははっきりしているが、その生涯を考えると、謎だらけ、ともいえる。たとえば西行の家集にしても、『山家集』が有名だが、その他にも、『山家心中集』『西行法師家集』『聞書集』『残集』がある。いずれも西行自身が編纂したものが基になったと見なされている。自分の歌がどう伝わり、どう評価されるか、

五十鈴川と伊勢神宮（T-Urashima/PIXTA）

ということにずいぶんこだわった人なのだ。

そんな中で、家集の一種のバリエーションといってもよいのが、『御裳濯河歌合』『宮河歌合』という、二つの歌合である。これらは、彼が七十歳前後の最晩年になって、自分がそれまで詠んだ歌の中から秀歌を選び出し、それを歌合形式に整えて、伊勢大神宮の内宮と外宮に奉納したものである。歌合というのは本来、左方と右方の二つのグループが、互いに一首ずつ歌を出して勝ち負けを争うゲームである。それを全部一人でやってしまう――これを自歌合という――のは前例のないことだったらしい。なぜこんな形式で？　しかも仏教徒であるはずの西行が、どうして神さまの総元締めである伊勢大神宮に奉納したのか？　謎は尽きない。ここでは、彼が、ただ世を捨てただけではなく、貴族をも含めて広くこの世の民を思い、人々のために祈念していた、ということだけを確かめておきたい。西行は、実は社会派の歌人という顔も持っていた。

最初と末尾の歌

『御裳濯河歌合』の構成は、なかなかユニークである。全部で三十六番、計七十二首から成っているが、最初の十番は、すべて左が桜、右が月の歌となっている。いかに西行が、花と月を愛した歌人であるかがわかる。それ以降、十一番〜二十三番が四季、二十四〜二十八番が恋、二十九〜三十六番が雑（神祇（じんぎ）・釈教を含む）という構成である。花月の歌の他に、恋歌が目立つというのも、西行の特色を表している。

さて、この歌合は、次の番から始まる。

一番　左持　　山家客人

岩戸（いはと）あけし天つみことのそのかみに桜をたれか植ゑはじめけむ

（天の岩戸を開けて出てきた天照大神の昔に、誰が桜を植え始めたのだろうか）

右　　野径亭主

神路山（かみぢやま）月さやかなる誓ひありて天（あめ）の下（した）をば照らすなりけり

（神路山では月がさやかに天下を照らしている。それは万民を救う天照大神の明らかな誓いがあってのことなのだ）

左の歌は、桜の始原が、「天つみこと」つまり我が国の始まりの神である高天原の神々と結びつけられている。右の歌は、神路山（伊勢大神宮の神域にある）に照る月は、神の誓いの証しとしてさやかに天下を照らしているという。神話や始原の世界に思いを馳せ、また一方であまねく世の中のことを祈っている姿が浮かび上がる。一つ注意したいのは、「山家客人」（山里を訪れた客）、「野径亭主」（野の道のほとりに住む人）という作者表記である。いずれも遁世者のことで、西行自身を指しているわけだが、そうわざわざ名乗ること自体に、いささかの演技性が認められるだろう。この例だけではない。全体に西行の歌を見ていると、一面で生々しい現実性を感じつつも、また一面で、あえてそういう状況や心情に自分を追い込んでいるような、強い演技性を感じざるをえない。演技という観点をキーにして、西行の和歌を見てみよう。

なお、この歌合の末尾の歌は、

三十六番　右（持）

流れ絶えぬ波にや世をば治むらん神風すずし御裳濯の岸

（流れの絶えぬ川の波のように神はこの世を治めているのだろう。神風が涼しく吹く御裳濯河の岸で思う）

というものである。いにしえより続く伊勢大神宮の内宮の神、すなわち天照大神(あまてらすおおみかみ)に、世の治まることを祈念する西行の思いがあふれている。和歌に託した「心」を、西行がどこに向けようとしていたかが、わかる。演技というと、何か嘘くさい、作り物めいた印象があるかもしれないが、自分一人の心情ではなく、それを世の人のものへと開こうとしたからこそのものだ、と考えられるのである。

花の歌

五番　左持

思ひかへす悟りや今日はなからまし花に染めおく色なかりせば

（今日悟りを開くこともなかったろう、花に執着する情がなかったなら）

花に執着した心があったからこそ、それを翻すことで悟りへと至る今日があった、という。自分が悟ったなどというのは、ずいぶん自信過剰な歌だという気もする。けれどこの歌は悟りに主眼があるのではなく、「思ひかへす」こと、つまり執着という煩悩が、仏道心へと「回心」することが大事なのであろう。煩悩を煩悩として自覚することが悟りにつながる、そういう逆転の発想を、演じて見せているのである。

八番　左勝

花に染む心のいかで残りけむ捨て果ててきと思ふ我が身に

（花に執着する心がどうして残っていたのだろう。捨てきってしまったと思っていた我が身に）

西行の代表作の一つだが、この歌については、次の二点に注目したい。一点は、

同じころ、尼にならむと思ひてよみ侍りける　　和泉式部

捨て果てむと思ふさへこそ悲しけれ君になれにし我が身と思へば

（後拾遺集・哀傷・五七四）

といった、人に訴えかける情念の強い歌の表現を継承していること。「花に染む」の歌のように、身と心の分裂をことさらに歌うのは、王朝女房たちが得意とするところであった。それは切々と相手に訴えかける力を持っていた。

もう一点は、

賀陽院の花盛りに、忍びて東面の山の花見にまかりありきければ、宇治前太政大臣聞き

つけて、「このほどいかなる歌か詠みたる」など問はせてはべりければ、「久しく田舎にはべりて、さるべき歌なども詠みはべらず、今日かくなむおぼゆる」とて、詠みてはべりける

能因法師

世の中を思ひ捨ててし身なれども心よわしと花に見えぬる　（後拾遺集・春上・一一七）

これを聞きて、太政大臣「いとあはれなり」と言ひて、被物などして侍けりとなん言ひ伝へたる

の歌の影響が見られることである。能因は、頼通邸賀陽院（高陽院）の花盛りのころ、密かにその東面の築山の桜を見に出向いた。それを聞きつけた頼通は、能因にめぼしい近作の歌を尋ねた。久しい田舎住まいで碌な歌はないが、今日の思いを示せば、として能因は一首の歌を詠んだ。俗世を思い捨てた我が身であるが、桜の花には意志薄弱だと見てとられてしまった、と。さらに左注は、歌に感じた頼通が褒美を与えたと伝えている。西行歌の訴えかけの力は、この能因の述懐的な歌にも由来している。ちなみに「述懐」というのは、不遇を嘆き訴えることで、和歌の重要なテーマである。

一方で能因歌と違う西行の歌の大きな特色は、上句にある。「捨て果てきと思ふ」身から、花に染まってしまう今の我が心への、大きな変貌である。一首には、俗世を捨てきったと思う自分から、花に執着する弱い自分への、自己像の転換がある。「捨て果てきと思ふ」という

自分を追い詰めていく言い方は激しく強い。しかしそれは「いかで残りけん」と述懐に至らざるをえない。「身」という言葉を接着剤として、二つが直接に向き合わされている。我が身の上に起きたドラマが、強度の高い文体で描かれている。強さから弱さへの変貌。前の五番の歌が執着から悟りへの変貌を歌っていたのからすれば、ちょうど反対になっている。両者が共存するのは、奇異でもある。しかし心の変貌そのものが主題であり、それを演じているのだと考えれば、違和感もなくなるだろう。彼は人の心に起こりうるドラマを、我が身を舞台に演じ、訴えかけているのだ。

月の歌

六番　右勝

うき身こそいとひながらもあはれなれ月をながめて年の経にける

（不運なこの身がいやになりながらもいとおしい。月を眺めて長年過ごしてきたとは）

我が身を厭わしい憂き身と思いつつ、しかし永年月を眺めて生きていたことを考えると、いつくしみの思いがわいてくる。「あはれ」というのは、そもそもは、月に対して抱いていた気持ちだろう。月を「あはれ」と思う心情が、翻って我が身に浸透してきたのだろう。「あはれ」

というのは対象と深いところで同調するような思いだから、対象への思いが、いつのまにか自分へのそれと変わることがあっても、けっして不自然ではない。穏やかながらやはりここにも心の変貌が歌われている。変貌とはいっても、長い時の蓄積を経た、切々としたものである。

七番　右（持）

こむ世には心のうちにあらはさむ飽かでやみぬる月の光を

（来世には心の中に現し出そう。ついに飽くことのなかった月光を）

「心のうちの月の光」とは、「真如」（仏法の真理）のことと考えてよいのだろう。悟りといってもよい。ここにもやはり心の変貌がある。変貌の結果こそ、来世に預ける形ではあるけれども。それによって、月ゆえに悟りへと導かれてゆく心が表現されている。

「心なき身」

十八番　右（負）

こころなき身にもあはれはしられけり鴫たつ沢の秋の夕暮

（情趣を解さない私にも、この風景は胸にしみる。鴫（しぎ）が飛び立つ沢辺の秋の夕暮れ時）

西行の歌の中でも、もっとも著名なものの一つである。しかしとくに上句に関しては、「天地万有の虚無感、寂寥感を直感したのではないか」（窪田空穂『完本新古今和歌集評釈』）などと深く、また「この自ら鼓動している様な心臓の在りかは、上三句にある」（小林秀雄『無常といふ事』）などと高く評価される一方、「ポーズのごときものを見せているのも、晩年の熟した歌境とはいいがたい」（窪田章一郎『西行の研究』）と、あまり評価しない立場もある。たしかになぜわざわざ自分のことを謙遜しなくてはならないのか、ひっかかりを覚えないではない。しかし、風景の美を感受する「心」の有り無しを問題とするのは、なにも西行が初めてというわけではない。

正月ばかりに津の国にはべりけるころ、人のもとに言ひつかはしける　　能因法師

こころあらむ人に見せばや津の国の難波わたりの春のけしきを　（後拾遺集・春上・四三）

能因のこの著名な歌が端緒となっていることは、明らかである。しかも、

百首歌たてまつりける時、春歌とてよめる　　藤原季通朝臣

心なきわが身なれども津の国の難波の春に堪へずもあるかな　（千載集・春下・一〇六）

というように、能因の「心の友」にふさわしくない、という意味で用いられている「心なき」が、西行の同時代にすでに見られた。だから当時の歌人たちにとって、それほど違和感があったとは思えない。いやむしろ、こういう謙譲表現は、人の共感を誘う装置でもあるだろう。そう思うことに値しない自分だけれども、この思いはとどめられない、と言われれば、人は耳を貸す。「心なき」には、共感を作り出す機能があることをまず確認しておこう。

作者は、秋の夕暮れ時の沢辺で、鴫の飛び立つ羽音を聞いた。静寂を破るその音に、われ知らず感動を覚えた。取りあえずその感動を「あはれ」と名付けたが、どう詳しく説明したらよいのか、そもそも説明に値するものなのか、よくわからない。それだけ彼の「身」に深く迫るものだったのだろう。たしかにいえるのは、この感動を知らない前の自分は、「心なき身」としか形容できないことだ。なんと朴念仁だったことか、と。一つの感動が、自分を根本から変えてしまう。人が一生の間に何度も経験するとはいえない何かが、西行にも訪れた、と見る他はない。それが何かははっきりしない。

この歌合の判者である藤原俊成は、判詞（勝負の判定の理由を記した文章）の中で「『鴫たつ沢の』といへる、心幽玄に姿およびがたし」（「鴫たつ沢の」という辺りが、作者の思いが奥深くて捉えがたく、表現も及びがたい）と言っている。このうち「心幽玄」というのは、その感動がどういうものだったか判然としないということを、できるだけ否定的な印象が残らないように配慮して用いた言葉なのだろう。いずれにしてもここには、思いも寄らぬ感動によって、自分が一新されてしまうような体験を、「心なき身」の変貌という形で、読み手に共感させようという願いがあふれている。

恋の歌

二十八番　右（持）

知らざりき雲居(くもゐ)のよそに見し月の影を袂(たもと)にやどすべしとは

（思いもしなかったよ。無関係だと思っていた月の光を、この袂にやどすことになろうとは）

「雲居のよそに見し月」という表現は、手の届かない高貴な女性のことだとする見方があり、それは中世における、西行が高貴な宮廷女房に恋をして破れ、出家したという伝承（『源平盛衰記(げんぺいじようすいき)』などに見られる）と結びつき、支持されることが少なくない。たしかにこの月は恋の相手のことをさすのだろうし——でないと、恋の歌にならない——、「雲居」はしばしば宮中を指す語となるが、はたしてこの場合もそうだといえるだろうか。

「よそに見し」の「し」という過去の助動詞に注目したい。「雲居のよそに」見たのは過去のことで、「袂(たもと)にやどす」、つまり恋に苦しんでいるのは現在の状態のはずである。初句で「知らざりき」と言っている以上、過去と現在との間には、大きな状況の変化が内包されていなければならない。とすれば、「雲居のよそに見し月」とは、恋をする以前の、自分とはまったく無関係で無縁だと思っていた人、と考えるのが自然であろう。たとえば、和泉式部に、

かく恋ひば堪へず死ぬべしよそに見し人こそおのが命なりけれ　（和泉式部集・九二）

の例がある。下句は「関わりないと思っていた人こそが、私の命・生きる力なのであった」（久保木寿子『和泉式部百首全釈』風間書房、二〇〇四）などと訳される。無縁・無関係だと気にも留めなかった人と、いつしか情を交わすようになり、今では涙におぼれるばかりとなった、と解するのである。西行の「よそに見し」も、これと同様の意味だと思われる。「雲居のよそに」見た段階では、恋をしていなかったと見るのである。恋をしたせいで自分が劇的に変化させられてしまったこと、それこそが一首の主題というべきだろう。ここにも変貌する我が身がある。自己の変貌する劇が描かれている。

「雲居の月」をわざわざ持ち出したのは、相手を称賛するとともに、自分を卑下する述懐的発想が宿っているのだろう。「心なき身」と同様の発想である。あらためて現代語訳すれば、「思いもしなかったよ。大空の月のように遠い無関係な人と思っていたあなたを、そう思う他なかった自分が恋い慕い、こうして泣き濡(ぬ)れた袂にその月を宿すようになろうとは」となる。述

懐的な表現は、相手への哀訴の響きを生み出す。この場合でいえば、とても自分など相手にできる方ではない、とはわかっていたのですが、こうして私を涙におぼれさせる存在となってしまったのです、自分が自分でなくなった、こんな私の心をぜひともわかってほしい、という訴えとなるのである。

西行は、変貌する心を、我が身をもって演じている。そしてそれを人々に効果的に訴えかけようとする。それを宗教的行為といったら、誰しも戸惑いを覚えるだろう。けれども、信仰というものを、今ここにあるごく身近なものとして考えてみたとき、少なくともそこに、日常的な自分からの劇的な変貌があることは間違いないだろう。「祈り」とは、違う自分になろうと心底から願うことでもある。心の奥底までの変貌の劇は、だから「祈り」に近づく。遁世者西行が歌を詠み続けた理由には、やはり信仰への篤(あつ)い思いがあったと思われるのである。

藤原俊成・定家——「古典」をつくる

十二世紀の後半から十三世紀前半の時代に注目しよう。保元(ほうげん)の乱や平治の乱があり、治承・寿永の争乱、すなわち源平の合戦があったころである。中世の始まりといってよい。時代は、武家が力を持つ社会へと、大きく動こうとしていた。もはや貴族の心情表現である和歌など、時代から取り残されていくだけかと思われた。そうなってもおかしくなかった。しかし実際には違った。不思議なことに、和歌はいっそう広まっていったのである。どのようにして和歌は、新しい時代の人々の表現手段となったのか。この時期に、和歌が続いていく基盤を作った、二人の人物に注目することでそれを考えよう。一人は、藤原俊成であり、もう一人はその息子藤原定家である。この親子はどのように和歌を新たなものにしたのか。一言でいえば、和歌を通して「古典」を成立させたのである。

歌学の発達と歌の家の形成

源経信(みなもとのつねのぶ)・俊頼のきらめくような才能に後押しされて、和歌の歴史は新たな方向へ大きく動き出した。和歌の生まれてくる基盤も広がっていく。宮廷生活の時節や場面に密着した歌から、空間的にも宮廷の外へと、担い手としても宮廷貴族以外へと、拡大してゆく。そしてより普遍的な価値を持つ和歌が求められてくる。和歌は、文芸として自立してくるのである。

源経信と俊頼が親子であったことを思い出したい。俊頼の子俊恵(しゅんえ)も、周囲の歌人に大きな刺激を与えつつ、活発な和歌活動を行っていた。歌の業が、親から子へと、血筋をもとに受け継がれている。これは偶然ではない。内容的にも、担い手の上でも広がってゆく和歌を支えるために、和歌のさまざまな知識の授受が要請される。その知識を歌学と呼び、歌学をまとめた書物を歌学書というが、和歌を教授する人物には、その知識を継承しているかどうかが、問われる。また、当時書物は貴重な財産だが、和歌の世界でも、その財産である歌書を相続しているかどうかも問題とされる。「歌の家」――のちには歌道家と呼ばれる――が形成されてきたのである。背景には、平安時代後期ごろから明確となってきた、特定の血縁集団が特定の職能を請け負っていくという貴族社会の潮流があった。

　歌の家として、院政期に入って急速に台頭してきたのが、六条藤家である。藤原顕季を始祖とするこの家は、顕季の子顕輔（勅撰集『詞花和歌集』撰者）、さらにその子清輔（歌学書『奥義抄』『袋草紙』などの著者）・顕昭（歌学書『袖中抄』などの著者）と継承され、とくにその該博な知識において、歌界の一大勢力となった。

　しかし、和歌が文芸として本当の意味で自立するためには、もう一つ重要な要素があった。和歌によって初めて可能になるような、独自の世界を示すこと。それでこそ、和歌は新しい時代に即した文学として生き返ることになる。それを成し遂げたのが、藤原俊成であった。彼の業績は、和歌実作・勅撰集編纂・歌合判・歌学に大別される。共通する方向性に注意しながら、個別に見ていこう。

俊成の和歌――述懐による抒情の回復

まず俊成の代表作を、『千載和歌集』（以下『千載集』）に自撰した作品から考える。それは自信作であるとともに、『千載集』編纂を支える彼自身の和歌観が凝縮した作品でもある。

さりともと思ふ心も虫の音も弱りはてぬる秋の暮かな　（秋下・三三三）

（いくらなんでもこのままでは終わるまいと思う気持ちも虫の声も、弱りきってしまった秋の暮れよ）

住みわびて身を隠すべき山里にあまり隈なき夜半の月かな　（雑上・九八八）

（暮らしかねて身を隠そうとする山里に、あまりに隈ない夜の月がさしてくる）

憂き夢は名残りまでこそかなしけれこの世の後もなほや嘆かん　（雑中・一一二七）

（つらい夢を見たときは目覚めた名残りまで悲しい。来世まで嘆くのだろうか）

世の中よ道こそなけれ思ひ入る山の奥にも鹿ぞ鳴くなる　（雑中・一一五一）

（世の中とはまあ、逃れる道はないのだった。思い詰めて入りこんだ山の奥にも、このように鹿が鳴いている）

まず、これらの歌の、あふれ出し、流れ出るような抒情に注意しよう。ただ心情が表れているというだけではない。心が、外側に存在する世界と、しっかり手を取り合って連動しているのである。「いくらなんでもと思う心」と「弱り果てた虫の音」が、「暮らしかねて身を隠そうとする心」と「山里の隈なき月」が、「つらい夢を見た名残りの悲しさ」と「来世への思い」が、「俗世に生きることを断念して隠棲を決意する気持ち」と「山奥の悲しげな鹿の鳴き声」が、それぞれしっくりと重なり合っている。だから、心情が一回的な、個人的なものにとどまらず、普遍的な、多くの人の共感を得るものになるのである。その心情そのものにも、はっきりとした共通性がある。望みが叶えられない挫折感、自分が衰えてゆくわびしさ、生きていくのがつらいという敗北感。そういうマイナスの感情ばかりである。これらを当時の言葉では、「述懐」と呼ぶ。述懐を抒情の基盤としたこと、これも大きな共感を得る方法であった。一般的に、挫折感・敗北感・諦念は共感を呼びやすいものだが、それだけではない。そうした負の感情は、逆に理想への求心力を高める。「述懐」とは、理想状態の裏返しなのだ。理想を求める和歌の力が、あらためて復活してきたのである。

錯覚の利用

もちろん、それだけではない。新しい表現の工夫も随所に見られる。それらは、大雑把にくくって、錯覚を利用する方法と名付けることができる。

春の夜は軒端の梅を漏る月の光もかをる心地こそすれ（春上・二四）

（春の夜は軒端の梅を漏れてくる月の光も薫るような気がする）

すぎぬるか夜半の寝ざめの時鳥声は枕にある心地して（夏・一六五）

（過ぎていったのか。夜半の寝覚めに聞いた時鳥の声は、枕もとに残っているように思われる）

軒端の梅が馥郁と薫っている。月光がそれを明るく照らしている。まるで光が薫っているみたいだ。夜中に時鳥の声で、目覚めた。耳を澄ますがもう聞こえない。通り過ぎてしまったのか。しかしその声は、夢うつつの私の耳に残っている。まるで枕元に落ちてきたかのように。美への感動を、錯覚であるかのような比喩で表す。だから、比喩でありながら現実感が滲み出るのである。

五月雨はたく藻の煙うちしめり潮垂れまさる須磨の浦人（夏・一八三）

（五月雨のせいで藻塩を焼く煙も湿ってしまい、涙をつのらせているよ、須磨の浦人は）

まばらなる槙の板屋に音はして漏らぬ時雨や木の葉なるらむ　（冬・四〇四）
（隙間だらけの槙の板葺き小屋に音をたてながら漏れてこない時雨は、木の葉なのだろうか）

浦づたふ磯の苫屋の梶枕聞きもならはぬ波の音かな　（羇旅・五一五）
（浦伝いにやってきて磯の苫葺き小屋や梶を枕に寝ようとすると、聞き慣れぬ波の音が耳につく）

照射する葉山が裾の下露や入るより袖のかくしほるらむ　（恋一・七〇二）
（火をともしてする猟のために木の葉茂る山裾に入ったら、したたる露でこれくらい濡れるだろうか。恋をし始めた私の袖の涙のように）

まずは、それぞれの歌の傍線部をしげしげと眺めてみよう。どれも、ある具体的な空間を描写している。その空間の中にいる人物の目や耳や身体感覚を動員しているから、読者も自然にその中にいて、一緒に味わうことになる。皆わびしげな状況だ。ところが、その直後に、まるで罠が仕掛けられていたように違和感が立ちあがり、思いもしなかった別の世界へと誘われる。
一八三番歌は、須磨の海岸で藻塩木を焼いているが、五月雨（梅雨の雨）が続いているために、煙までもぐっしょりとしている風景が描写される。ところが「潮垂れまさる須磨の浦人」に至ると、衣服がさらに海水で濡れることに加え、涙でいっそう濡れそぼっている状態が加わる。雨でびしょぬれのさまから、うまく塩が作れず海民が泣き濡れている様子へと展開する。それだけではない。「須磨」という場面設定から、須磨に流れてきた光源氏が想起され、ああ、失意の中にいる彼が、自分の悲しみを浦人に託していたのだ、とあらためて気づくのである。

　文字通りの錯覚は、四〇四番歌にはっきりと見られる。粗末な板葺き小屋に作者はいる。時分は、もの皆静まった夜だろう。屋根にぱらぱらと音がする。時雨だろう。なんてわびしげな音だ。おや、しかし雨が漏ってこない。ああ違った、木の葉の散りかかる音だった。時雨に落ち葉の音を重ね、彼の孤独は深まるばかり。みすぼらしい小屋に独り耳を澄ませる人物と同様、読者もまた錯覚を誘われるように仕組まれているのである。

　五一五番歌は、浦から浦へと伝いながら移動している人物が、磯辺の貧しい苫葺き小屋に宿っている。やはり夜、枕もないので、梶（櫓や櫂の類）を枕にするほかない。そうか、漁師か何かのことだな、と思い込んでいると、「聞きもならはぬ」という語句で裏切られる。そこにいるのは、本来は波音など聞き慣れない人物なのだ。都で暮らす、高貴な貴族だろう。それがこんな逆境にいる。やはり光源氏などが思い出される。菅原道真や在原業平、あるいはその兄の行平でもいいけれども。一挙に世界は、物語を抱え込んで広がるのである。

　傍線部の言葉が言葉として展開する世界がまず示され、それへの違和の形で心情が語られる。

言葉が言葉として自律的に展開していく力をつかみ取り、それを利用する方法だといえよう。連動する言葉への、新たなまなざしである。

物語の世界との重層性

俊成歌と物語の世界とのつながりを、もっと追求してみよう。

夕されば野辺の秋風身にしみて鶉(うづら)鳴くなり深草(ふかくさ)の里　（秋上・二五九）

（夕方になると野辺の秋風が身にしみるように吹いて、鶉が鳴いているよ、深草の里では）

傍線部には、やはり寂しげな風景が描かれている。秋の夕方、野原に秋風が身にしみるように吹いている風景である。さらにそこに鶉(うずら)の鳴き声が聞こえて来る。読者は、さぞ作者はわびしさをつのらせているだろうと想像して、その寂寥(せきりょう)感に感染していく。が、最後に「深草の里」とあることで、待てよ、と思う。『伊勢物語』だ、と気づくからである。『伊勢物語』百二十三段では、一緒に暮らしていた女に飽きた男が、

年をへて住みこし里を出でていなばいとど深草野とやなりなむ（男）

と女に歌いかけた。自分が出て行ったら、ここは文字通り草深い野になってしまうかな、と。するると女はこう答えた。

野とならば鶉となりて鳴きをらむかりにだにやは君は来ざらむ（女）

そうなったら鶉になって鳴いていましょう、あなたが狩りにでも仮りそめにやってくるでしょう、と。この歌に感動した男は、愛情を取り戻し、また女と暮らした、という話である。俊成の歌はこれを踏まえている。とすれば、鶉は女の化身だったのじゃないか。たしかに物語ではハッピーエンドだったが、それを悲しい結末に仕立て上げ、鶉に変身してまで男を待っていた女を歌っているのでは、と思い始める。すると、「身にしみて」というのは、鶉が秋風を痛切に感じているのかもしれない。そういえば、「秋」には「飽き」が響いていそうだ。隠し扉が開かれるように、言葉の世界が深まっていくのである。

歌合の判

俊成がその本領を発揮し、彼を歌界の第一人者に押し上げた要因には、歌合の判者（はんじゃ）としての成功が大きくあずかっている。その判詞（はんし）（判定の理由を示した文章）を見てみよう。建久四年（一一九三）ごろの『六百番歌合（ろっぴゃくばんうたあわせ）』である。

三十番　別恋

左勝　女房（藤原良経）

忘れじの契りを頼む別れかな空行く月の末を数へて

（忘れはしないという約束を信じて別れたよ。空を行く月がめぐり、まためぐり合うまでの月日を数えながら）

右　家隆

風吹かば峰に別れん雲をだにありし名残りの形見とも見よ

（風が吹いたら峰から別れていく雲。せめてその雲を私の名残りの形見とだけでもしのんでください）

左歌、右方、感気有り。右歌、左方、頗る宜しきの由申す。

判じて云はく、左歌は、空行く月に末を数へ、右歌は、峰に別るる雲を形見とせり。両首、姿詞、ともに優に侍るを、右は、「雲をだに」といへるや、末に叶はぬ様に侍らん。左、「忘れじの」と置けるより、首尾相応せるにや。仍りて左を以て勝となす。

「左歌、……」の一行は、対決している二つのグループである左方と右方それぞれによる、相手方の歌への評価である。難陳という。非難を与えるのが普通だが、この場合は、珍しく双方が誉め合っている。「判じて云はく」以下が俊成の判詞である。

最初に、「空を行く月がめぐり合うまでの日数を数えて再会を心待ちにする」という左歌の下句の趣旨と、「峰に別れゆく雲をせめて形見とする」という右歌の趣意を挙げる。それがいいとも悪いとも言っていないが、次に「両首は、姿詞がともに優美だ」と言っているのだから、両方ともその狙いがうまく表現に表されている、というプラス評価なのだろう。「姿詞」とは、歌の表現のうち、内容や心情をひとまずおいて、とくに詞の連続のさせ方の外形的な側面を、肯定的に示す際に用いられる用語である。ここまで狙いを理解した上でよい評価をしてくれれば、作者も悪い気はしないだろう。よくわかってくれた、と感激しそうだ。

では、両方とも問題なく優れているのかと思うとそうではなくて、右歌の第三句の「雲をだに」と第五句の「形見とも見よ」とが適合していないという。たぶん「せめて雲をだけでも」というのなら、「形見とも見ん」（形見として見よう）というような切ない願いとして表す方がふさわしい、というのではないだろうか。ともあれ、言葉の運びは美しいが、少し踏み込んで心を味わおうとすると、ちぐはぐな感じがする、ということに違いない。一方首尾照応という点では、左歌は無難だろうという。

比較の仕方も見事だし、こういう言い方なら、優劣がはっきり出る。「姿詞」というような、あくまで外形的な側面に絞る視点が、こうした長所をしっかり認めながら、欠点も明らかにする批評方法を可能にしていることに注意したい。それは言葉の自律的な展開を捉(とら)える視点であり、彼の創作方法と連動している。俊成の歌人としての地位を不動のものにした歌合判者の実績は、たしかに彼独自の視点がもたらしたのである。

古来風躰抄——「読みあげたるにも」の名言

俊成は、晩年の歌学上の主著である『古来風躰抄』で、次のような有名な言葉を吐いた。

歌の良き事を言はんとては、四条大納言公任の卿は金の玉の集と名づけ、通俊卿後拾遺の序には「詞縫物のごとくに、心海よりも深し」など申したためれど、かならずしも錦・縫物のごとくならねども、歌はただ読み上げもし、詠じもしたるに、何となく艶にもあはれにも聞こゆる事のあるなるべし。もとより詠歌といひて、声につきて良くも悪しくも聞こゆるものなり。

(歌の素晴らしさを言い表そうとして、藤原公任卿は秀歌撰を『金玉集』と命名し、藤原通俊卿の『後拾遺集』の序には「表現は刺繡のようで、内容は海よりも深い」などと申しているようだが、必ずしも錦や刺繡のようでなくても、歌というものは、ただ読み上げたり、詠唱したりしたときに、何となく優美にも哀切にも聞こえることがあるに違いない。そもそも詠歌という言葉もあるように、詠唱する声によって良くも悪くも聞こえるものなのだ)

歌というものは、必ずしも技巧を凝らしたり、華麗な表現を用いたりするのでなくても、読み上げたり、歌い上げたりする声に伴って、優美にも、哀感深くも、良くも悪くも聞こえたりするものだ、という。ほら「詠歌」（歌を作る、あるいは歌を詠唱する）というでしょう、それだけ声は大事なのです、と。

もちろん、歌の出来不出来はどうでもよい、読み上げ方次第だ、などと言いたいのではない。作者の意図や狙い、あるいはぱっと見たときの目立つ印象などで、本当の歌の良さははかれない、それらとは次元を異にする表現のある部分に、歌の真価は表れる、ということだろう。表現のある部分とは何か。俊成本人が、それは言葉では言いがたい、と言っているのだから、説明は難しい。ただ、少なくとも、人為的な工夫といった領域を超えたものであることは確かだ。そして、この『古来風躰抄』が、いにしえから今までの歌の風体（＝姿）の書物という書名を持っていることがヒントとなるだろう。

本書の大部分は、『万葉集』から『千載集』までの歌を選出することで成り立っている。それらの「姿」を会得することが、歌を知る道だという執筆意図であることは明確である。先の文言も、歌の姿について言及していると判断できる。『六百番歌合』の判詞でも見たように、歌の姿とは、人為を超えて、歌の言葉が自律的に展開する世界に関わる。連動する言葉への視点である。藤原俊成は、文学表現として和歌を自立させようとしたのである。

この世には和歌という特別な言葉がある。うまく説明することさえできないような言葉だが、しかし間違いなく存在している。それは古くから続いた、高い価値を持つもの、すなわち「古典」と呼んでよいものだ。そして和歌をしっかり学ぶことで、現在の私たちも、そうした和歌を作ることができる。長い長い和歌の歴史に連なることができる。古典に参加することができる。俊成が切り開いたのは、そういう道であった。

藤原定家の業績

藤原定家（一一六二〜一二四一）は和歌史に巨大な足跡を残した歌人である。父であり、師匠である俊成の指導を受け、その方法を受け継ぎながらも、独自の世界を築き上げた。仕事を後世に遺（のこ）すという点では、はるかに父を凌駕（りょうが）している。歌人として、歌学者として、撰者として、古典学者として、前人未踏の世界を切り開いた。

歌人として定家は、生涯に四千首を優に超える歌を残している。たとえば久保田淳『藤原定家全歌集』上・下の、二〇一七年に改訂されたちくま学芸文庫版によれば、定家の歌かどうか疑いの残る歌も含めて、四六三一首が集成されている。もちろん、数量だけのことではなく、詩的イメージを重層的に駆使する華麗な表現世界は、当時も、また後世も高く評価された。数多いその詠歌を支える方法もしくは思想を一言で概括すれば、古典主義ということになる。これまでの言語遺産を受け継ぐことを第一とする。ただし古ければ何でもいいわけではない。洗練を経た、優れた遺産を継承するのである。もちろん、何を優れたものとするかも問われる。

定家の場合、言葉の可能性を感じさせる、含みの多い歌を評価する傾向があったようである。そうした古歌を生かす手法として、本歌取り技法の大成者などとしばしば紹介されるように、本歌取りを中心に古歌・古典を縦横に生かした独自な方法を開発した。これはしばしば古歌に潜在していた可能性を、新たな照明のもとに発現させるものであることが多い。

歌学書にも健筆をふるった。『近代秀歌』『詠歌大概』などがある。本歌取りの方法に触れるなど、創作と密接に結びついている。それまでの歌学書が知識に重点を置いていたのとは、一線を画すものがある。創作の機微に触れるという点では、『毎月抄』がもっとも面白いが、定家の歌学としては丁寧すぎる印象がぬぐえない。定家は基本的に公式的で簡潔な物言いをする人で、あまり相手の理解度などをおもんぱかって、きめ細かな物言いをする人ではない。その点では父親とだいぶ違う。定家著ではないとする意見が昨今では有力になってきている。おそらく後人が、定家に仮託した書なのであろう。むしろ仮託書が生み出されるくらい、定家の言説が後の人々から求められたことを重く見たい。定家ならどう述べただろうと、知りたくてたまらない人々がいたのである。

定家は、史上初めて、二つの勅撰和歌集の撰者となった。『新古今集』と『新勅撰集』である。その他にも、秀歌撰をしばしば編集した。八代集から抄出した『定家八代抄』や、『近代秀歌』や『詠歌大概』に付載された秀歌なども存する。『源氏物語』と『狭衣物語』の和歌から選抜した『物語二百番歌合』もある。もっとも有名なものは『百人一首』であろうが、これは定家が選んだかどうか確実ではない。ただ少なくとも原形（『百人秀歌』がそれと思われる）はやはり彼の手になるものと見なされる。これら秀歌撰は古歌から成るわけだが、それは本歌取りする際の本歌となったものが少なくなく、あるいはその可能性を見いだされた歌ということもできる。

この他、『古今集』『伊勢物語』『源氏物語』などの古典作品の書写・校訂・注釈など、古典学の業績も忘れがたいが、今は省略に従う。

本歌取りという自己表現

これら定家の幅広い業績は、相互に密接に関連している。とくにいずれも創作と関わっている点が見過ごしがたい。そしてその中心に位置するのが、本歌取りである。本歌取りは、和歌の技法の一つにとどまらず、定家の和歌活動を集約するものといえよう。

定家にとっての本歌取りの意義を考えてみよう。普通は、本歌取りをした一首を取り上げて、本歌と比較し、どのように新しさを盛り込んだか、あるいは新たな展開を見せたか、といった方向から考察することが多い。ここでは少し視点を変え、一つの本歌を、どのように取り入れていったかという面から考えてみる。定家の家集『拾遺愚草（しゅういぐそう）』から例を出そう。

取り上げる本歌は、『古今集』の壬生忠岑の、

有明のつれなく見えし別れより暁ばかり憂きものはなし

（恋三・六二五）

（有明の月がすげなく見えた別れのときから、暁ほどつらいものはない）

である。なぜこの一首を選んだかといえば、『古今集』の中でも、撰者忠岑の著名な歌だから、というだけではなく、他ならぬ定家が、「これほどの歌、一つ詠み出でたらん、この世の思ひ出に侍るべし」（顕註密勘）と、最高級の褒め言葉を与えているからである。ちなみに『顕註密勘』というのは、ライバルであった顕昭の『古今集』の注釈書に、定家がコメントを付けた書である。

賀茂社歌合　御幸日　暁帰雁

花の香もかすみてしたふ有明をつれなくみえて帰る雁がね

（拾遺愚草・二一五一）詠作年次不明

（花の香も霞んで慕っている有明の月を、すげない顔で北へ帰っていく雁よ）

「暁帰雁」という題であるから、暁という時間帯と、春に北国へ帰る雁との結びつきにどう必然性を与えるかが問われることになる。定家は暁を有明の月で表した。これはごく常識的な方法である。そして、花の香がまるで霞となって月を慕っているかのような、えも言えず美しい朧（おぼろ）な有明の月を、しかし雁は見捨てて北へ帰っていく、と詠む。本歌では「つれなし」は主として月の形容であったが、こちらでは雁のことになっている。そのせいで、あたかも有明月が女、雁が暁に帰る男であるかのようにも感じられる。本歌の言葉のつながりを転換した、という角度から把握されがちだが、もう少し創作の意識に寄り添いながら想像をめぐらしてみよう。『古今集』の「有明の」の歌を女の立場の歌と捉えてみたらどうなるか――実はそういう解釈も可能である――、そういう想像をあれこれとめぐらして味読していた段階がまずあり、それを母胎としつつ、題をきっかけにして押し出されるようにして生み出されたのがこの一首だったのではないか。

おほかたの月もつれなき鐘の音（おと）に猶（なほ）うらめしき在明（ありあけ）の空　（拾遺愚草・一〇九一）
（およそ有明の月はつれないものだが、これもつれない夜明けの鐘の音のせいで、恨めしささえ覚える有明の月のかかる空よ）

後に『千五百番歌合』に結実する百首歌での作。定家はこれを建仁元年（一二〇一）七月に詠んでいる。雑の部の歌（十首中の第一首）だが、いったい何が恨めしいというのか、わかりにくい。こちらは忠岑の歌の逆を行こうとしたのではないか。忠岑の歌は、つれない別れのときから、暁がつらい時間となっていた。ということは、恋の歌から多少脱線して、人生上の感慨を表す「雑」の部の領域に入り込みかけているともいいうる。それなら、最初から雑の歌として詠んだらどうなるか。あたかも思考実験をしてみたような歌なのではないだろうか。そのために定家は、夜明けを告げる鐘の音、いわゆる晨朝（じんじよう）の鐘を持ち込む工夫を見せた。これを導入することによって、つれない有明の月に加えて、その月とも別れなければならない状況を構える。愛するものとのさまざまな別れを想起させられることによって、有明月のかかる時空全体が恨めしくなる。これはもう不条理な人生への恨めしさに届いているといってよいだろう。「憂し」にとどまっていた本歌の感情は、「恨めし」へと深まり、やはり恋の気分は濃厚に漂わせてはいるが、世への思いを吐露する「雑」の歌へと変容しているのである。

面影もまつ夜むなしき別にてつれなく見ゆる有明の空　（拾遺愚草・二五四〇）

（一晩中空しく待っていたあの人の面影も別れのそれに変わり、空には無情な姿で有明の月がかかっている）

建仁二年（一二〇二）の『水無瀬（みなせ）恋（こい）十五首歌合』において、暁恋という題で詠んだ歌。暁の恋といえば、きぬぎぬの別れを想起するのが一般的である。この題で定家は、一晩中男を待っていた女性の立場で詠んだ。相手の面影ばかりを胸に抱きしめていたのだが、なんとその面影も、別れの姿に変わってしまったのだった。かつての逢瀬（おうせ）の思い出に入り込みすぎて、別れの記憶まで掘り起こしてしまったのである。別れのときにも月はかかっていた。月が、さらでものことを思い出させたのである。そんな酷な仕打ちに出ながら、有明の月は素知らぬ顔で空にかかっている。

実は、恋する人の面影が、別れのそれに変化する、というのは定家のこだわった発想であった。

面影の別れに変はる鐘の音(おと)にならひ悲しきしののめの空　（拾遺愚草・八六六八）

（あの人の面影が、鐘の音によって別れのそれに変わった。そんな習いというものが悲しくてならない、東雲(しののめ)の空よ）

これは建久四年（一一九三）秋に詠んだ、『六百番歌合』での詠である。「面影の別れに変はる」が同じ発想を見せている。この歌合では、慈円と対決して残念ながら負けてしまった。定家としては、九年後に同じ「暁恋」題で、リベンジを試みたのだろう。そのとき定家は、本歌の「有明の月」「(きぬぎぬの) 別れ」が、定家固有の発想を生かせる、と気づいた。本歌はまさに別れの記憶を歌ったものだから、この場合にぴったりである。おまけに月は面影を想起させるものなので、この二語は密接な連想関係にあるといってよい。しかも有明の月によって、明け方近くまで待ったということも表せる。本歌は定家自身の発想と表現を展開するための媒介になっているのだった。連動する言葉の相互関係を最高度まで密にし、創造の母胎とする。本歌取りはその方法と深く関わっていた。

本歌取りは、本歌に新しい工夫を加算しただけのものではない。自らの発想と表現を活性化する媒介になるものであった。古き良き作品に出合うことで、自己表現が促される。藤原俊成・定家は、和歌史において「古典」を成立させたといってよいのである。

京極為兼と前期京極派——あわいにひそむ意志

京極派の出現

十三世紀の終わりごろから十四世紀の半ばにかけて、一目でそれとわかる特異なスタイルの和歌を詠む一派が登場し、和歌史の上で燦然と輝く活躍を見せた。彼らは、この一派の指導者京極為兼の名を取って「京極派」とも呼ばれ、またその歌風を、この党派が主導して遺した、風変わりな名を持つ二つの勅撰集から「玉葉・風雅」の歌風とも称する。しかしその数十年の目を見張る活動を唐突に終えた後は、きれいにその足跡を消し去ることになる。文字通り彗星のように現れて、幻のように消えたのだ。勃興と衰滅がこれほどくっきりと歴史に刻まれた和歌の運動は、これまでにも、またこれ以後にもない。

理由は簡単である。彼ら京極派の活動は、あまりに政治との関わりが深かったからである。いやいや、天皇や宮廷と密接に関係を持ち、しかもコミュニケーションの手段でもある和歌なのだから、広い意味での政治と、まったく無縁な和歌の方がむしろ珍しいではないか。たしかにそうなのだが、これほど露骨に政治と関わった和歌活動は、少なくともこれ以前にはなかったといえよう。政治と深く関わった和歌、その意味でいえば政治的な和歌。そう聞けばおそらく誰しも文学的興味を失うだろう。政治的な詩歌などに感動できるものではない、と。ところが、そんな彼らの生み出した和歌が、近代になると驚くほど高く評価され、文学性を喧伝されることになる。なんとも皮肉な顛末だが、どうしてそういうことが起こりえたのか、考えてみたいと思う。

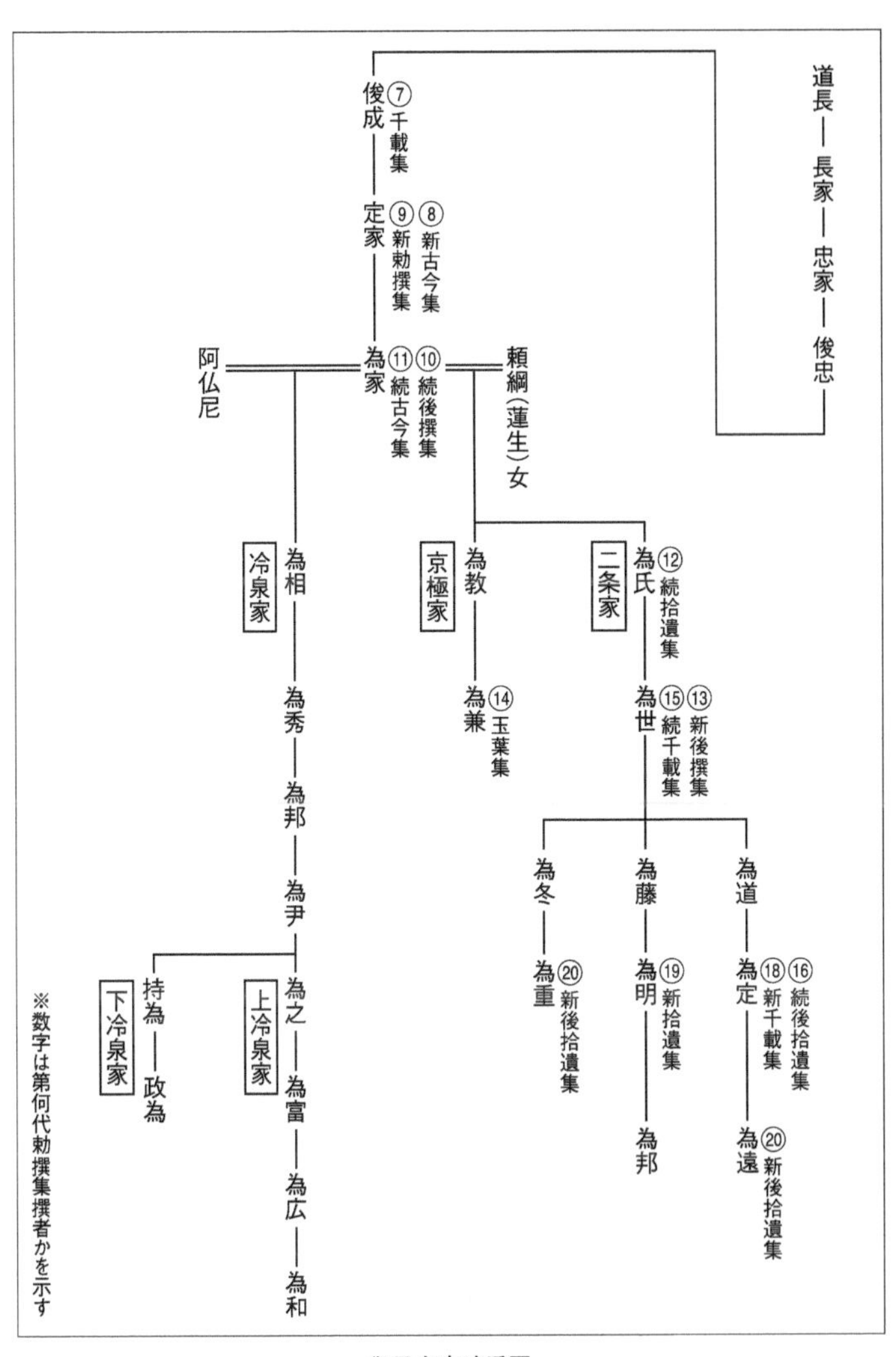
道長
長家
忠家
俊忠
俊成
⑦千載集
定家
⑧新古今集
⑨新勅撰集
為家
⑩続後撰集
⑪続古今集
頼綱(蓮生)女
阿仏尼
為氏
⑫続拾遺集
二条家
為世
⑬新後撰集
⑮続千載集
為道
為定
⑯続後拾遺集
⑱新千載集
為遠
⑳新後拾遺集
為藤
為明
⑲新拾遺集
為邦
為冬
為重
⑳新後拾遺集
為教
京極家
為兼
⑭玉葉集
為相
冷泉家
為秀
為邦
為尹
為之
上冷泉家
為富
為広
為和
持為
下冷泉家
政為
※数字は第何代勅撰集撰者かを示す

御子左家略系図

風雲児京極為兼

京極為兼（一二五四～一三三二）は、藤原為家の孫で、京極為教の息子。春宮時代から伏見天皇に仕え、その支持を力にして独自の歌風を広めるに至る。佐渡に配流された（一二九七～一三〇三）が、まもなく政界に復帰し、伏見院下命の『玉葉和歌集』（一三一二、以下『玉葉集』）撰者となる。が今度は土佐に配流され（一三一五）、帰京を果たすことができないまま没した。歌論書に『為兼卿和歌抄』（一二八五～一二八七ごろ成立）がある。

鎌倉時代になると、御子左家という定家の子孫の家柄が、歌の家として確立した。以降の勅撰集は基本的にすべて――最終二十一番目の『新続古今和歌集』（以下『新続古今集』）を除いて――この家の人々が編集を担当した。しかしだからといって、歌の世界を完全に制圧したというわけではない。鎌倉時代中期には、定家の跡継ぎである為家に反旗を翻した真観（藤原光俊）らの活躍もあった。ついで鎌倉時代の終わりごろには、藤原定家の家柄である御子左家の内部でも、激しい主導権争いがあった。

とくに定家の曾孫である二条為世の時代に、その覇権争いは激化した。嫡流の為世に対抗したのは、同じく定家の曾孫の京極為兼である。彼は、当時分裂していた皇統の一方、持明院統――対立するのが大覚寺統――の伏見天皇に密着することで、庶流のハンディキャップを乗り越え、ついに勅撰集の撰者となる。『玉葉集』である。それだけではない、伏見天皇を中心とする持明院統の宮廷・後宮を基盤に、今日京極派と呼ばれる、強固な連帯を見せる和歌の一派を作り上げた。京極派は、和歌の表現の上でも、独自のスタイルを完成させた。

『玉葉集』自撰歌

『玉葉集』に彼自身が自撰した和歌を見てみよう。きっとそれは彼の自信作であるはずである。

春歌の中に　　前大納言為兼

①思ひそめき四の時には花の春はるのうちにもあけぼのの空　（春下・一七四）

（最初に心にしみたのだ。四季の中では花咲く春が、そして春の中でも曙（あけぼの）の空が）

夏暁といふ事を　　前大納言為兼

②月のこる寝覚めの空の時鳥さらに起きいでて名残りをぞ聞く　（夏・三四〇）

（寝覚めて時鳥（ほととぎす）の声を聞いた。有明の月が残っている空をその余韻に浸りながら味わっている）

夏歌の中に　　前大納言為兼

③枝にもる朝日の影の少なさに涼しさ深き竹の奥かな　（夏・四一九）

（枝から漏れる朝日の光は少なく、奥深い涼しさを湛（たた）えている竹林の奥よ）

前大納言為兼

④露おもる小萩が末はなびきふして吹きかへす風に花ぞ色そふ　（秋・五〇一）

（露が重たげに置き小萩の葉末は靡き伏していたが、吹き返す風に露が散って花を色鮮やかにした）

題をさぐりて歌つかうまつり侍りし時、冬木といふことを　前大納言為兼

⑤木の葉なき空しき枝に年暮れてまた芽ぐむべき春ぞ近づく（冬・一〇二二）

（木の葉の散った何もない枝に年が暮れて、また芽ぐむことになる春が近づいた）

海路眺望を　前大納言為兼

⑥波の上にうつる夕日の影はあれど遠つ小島は色暮れにけり（雑二・二〇九五）

（波の上に夕日が映っているが、遠くの小島はすっかり暮れた色合いだ）

山家嵐　前大納言為兼

⑦山風は垣ほの竹に吹きすてて峰の松よりまたひびくなり（雑三・二二二〇）

（山風は垣根の竹を吹いて通り過ぎた。すると峰の松からまた風の音が響いてくる）

春日社にまうでてよみ侍りし　前大納言為兼

⑧頼むべき神とあらはれ身となれりおぼろけならぬ契なるべし（神祇・二七五八）

（頼もしい春日明神となって示現し、ついに我が身となった。ただならぬこの因縁よ）

なんと不思議な魅力を持つ歌々であろう。古典を大切にし、そこにどのように自分を調和的に位置づけるかに腐心する当時の歌の常識を、軽々と破っている。

①「思ひそめき」は、『歌苑連署事書(かえんれんじよことがき)』という、『玉葉集』を非難するために書かれた当時の歌学書に、「日頃から自信作だと自負しているという噂だ。けれどただ「春の曙」が良いと言っているだけではないか」と批判されている。自分の心の原点へと遡行(そこう)していって、ついにそれを春の曙の空という理想的な風景として探り当てたこの歌の良さは、彼らの理解の埒外(らちがい)にあったのだろう。童(わらべ)の数え歌を思わせる素朴な口調が、かえって、幼いまでの美への目覚めにふさわしいではないか。

②「月のこる」は、寝覚めの床からわざわざ起き出して、有明の月を見て先ほどの時鳥の声を反芻(はんすう)しているのだが、それを「名残りをぞ聞く」と表現しているところが大胆。聞こえないはずの声を、まるで他の人間が聞き損なっているかのように聞き顕(あら)わしているのである。

③「枝にもる」は、酷暑を予告する外の明るさ、竹林のほの暗さ、その奥の方の暗さ、というグラデーションのある明暗の度合いが、涼しさを浮かび上がらせている。奥行のある視界が、皮膚感覚を可視化しているのだ。

④「露おもる」は、露に靡いていた萩を、風が吹き返し、ぱあっと露が散ったその瞬間を捉(とら)える。宝石のような露のきらめきが、萩の花の美しい色合いを乱反射する。カメラのない時代ではあるが、シャッターチャンスを捉えた、という言葉をこれほど使いたくなる歌も珍しい。そういえば、カメラは現実には知覚できない瞬間を写真にとどめ、まるでそれを自分がたしかに見たような気にさせるものだ、という言葉を聞いたことがある。

⑤「木の葉なき」は、冬極まった歳暮に裸の枝を見て、そこにこれから芽ぐんでこようとする、春の気配をかぎとる。まだ見ぬ季節を引っ張り出そうとするのだ。

⑥「波の上に」。海面にはきらきらとまぶしく夕日が映っている。しかし遠方の小島はすっかりシルエットとなって暮れている。まもなく辺りは、すべてその暮色で覆われるだろう。小島は、その予示なのだ。

⑦「山風は」。山頂から木々を鳴らして吹き下ろしてきた山風は、我が宿の垣根の竹を最後とするかのように吹き騒がせて、過ぎていった。と思ったのも束(つか)の間、次の山風の音が山頂の松に聞こえた。さあ、また我が家へと……遠近の奥行のある空間の中へ、ある時間の「はざま」に作者は立っている。耳を澄まし、その時を選んで立っている。思えば、⑤や⑥も、過去と未来の時の「はざま」である現在に作者は自ら立って、感覚を研ぎ澄ましていた。過去と未来をつなぐ要(かなめ)の位置にいる自分を、鮮明な絵で描き出すかのように。彼もまた境界に立つ歌人であった。

それは、今ここにいる自分に対するこだわりであり、過去と未来をつないでいる現在を誇示していると言い換えることもできるだろう。⑧「頼むべき」を見てほしい。藤原氏をまつる春日(かすが)社の祭神アメノコヤネノミコトが、頼みとする神として出現し今我が身となるに至った、というのである。なんとも誇らしげである。希代の政治家でもあった為兼の面目が表れている。このことを重視するなら、①〜⑦で垣間見(かいまみ)た「現在」の形を際立てようとする為兼の詠みぶりの底には、ある種政治的な意志に通じるような志向が存在しているといえるかもしれない。しかし彼は正和四年（一三一五）四月に催した、身の程を越えた盛大な春日社参詣（さんけい）を契機に失脚し、土佐に配流されて、生涯を終えることとなる。

『為兼卿和歌抄』

大方、物にふれて、事と心と相応したるあはひを能々（よくよく）心えんこと、必ず草木鳥獣ばかりに限るべからざる故に、よろづの道の邪正もこれに志（こころざ）すとていへるにこそ。景物につきて心ざしをあらはさむにも、心をとめ深く思ひ入るべきにこそ。「必ずよく四時に似たるを用ひよ。春夏秋冬の気色（けしき）、時にしたがひて心をなしてこれを用ひよ」とも侍れば、春は花のけしき、秋は秋のけしきに心をよくかなへて、心にへだてずなして、言にあらはれば、折（をり）節（ふし）のまこともあらはれ、天地（あめつち）の心にもかなふべきにこそ。「気性は天理に合ふ」とも侍るにや。

（だいたい、物に触れて、物事と心とが適合している関係を深く把握する、ということは、必ずしも草木や鳥獣だけに限定されるはずもない（つまり人間にだって当てはまる）のだから、あらゆる道の是非善悪も和歌の道に励むことによって判断されるのだ。景物に対して思いを表現しようとするなら、愛着を持ち深く沈潜しなければならない。「必ず四季折々にふさわしい景物を選び用いよ。春夏秋冬の様子は、その時に心を一致させてこれを表現せよ」(文鏡秘府論)と言いますから、春には花の様子、秋には秋の様子に心を適合させ、心との距離を取り払って、おのずと言葉として顕われるようにすれば、時節の真実も顕現し、「天地の心」とも適合するはずだ。「人間の生まれつきの性質は、宇宙の理法に合致する」(文鏡秘府論)とも言われているではありませんか)

「事と心と相応したるあはひ」がまず注意される。物事・景物と我が心との関係性をよく理解せよ、という。この関係性は、「草木鳥獣」という自然物が挙げられているように、自然としての人間の本源的なあり方に基づくものである。大きな自然との、呼応である。それを表現できれば、「折節のまこと」すなわち、その時節・機会に適った真実が表現され、「天地の心」、この宇宙の真理にも合致するというのである。草稿かと思われるその文章は一部乱れたところがあり、論理的な飛躍も少なくない。とはいえ、為兼の和歌観がかなり思想的であり、理念的なものであることがわかる。為兼は「詞」との関係では「心」の自由を求めたが、それ以上に、「心」と自然や景物との関係性を大事にしたのであり、それによって、人間とこの世界との合一という理想を体現しようとしたのだ。先ほどの例歌で、ある特定の瞬間を描き出そうとしたり、世界の「はざま」にいる自分にこだわったりしたのも、そのような理想を歌で顕わそうとしたからではなかったろうか。思想主義的で、理念的な色彩の強い歌論であることは間違いないが、かなり舌足らずで性急・生硬な面が強い。人々を結びつけるために理論武装したい、という意図も一方で感じざるをえない。その意味で、やはり政治的な意志をうかがうことができるのである。

前期京極派の歌人たち

伏見院

伏見院（一二六五〜一三一七）は後深草天皇の皇子で第九十二代の天皇である。彼は、為兼を抜擢（ばってき）し重用して、『玉葉集』を選ばせた。院がいなかったら、為兼も頭角を現すことはできなかったろう。そして伏見院は、ただのパトロンにとどまらず、彼自身が京極派の中心歌人だった。時に強引ささえ感じさせる為兼のあくの強い方法意識を、天皇らしいおおどかさで受け止め、柔らかく包み込んでいる。

五十番歌合に秋露をよませ給うける　院御製
われもかなし草木も心いたむらし秋風ふれて露くだるころ　（玉葉集・秋上・四六二）
（私も悲しいだけでなく、草木も心を傷めているらしい。秋風が触れて露がこぼれ落ちるころ）

私と秋の草木が同調するように、傷み悲しんでいる。「秋風触れて露くだる」という下句は、普通なら「秋風吹きて露落つる」などというところだろう。やや特異な動詞を使った擬人法である。それもあって、季節の運行をつかさどる自然には意志があって、草木をも我をも等しく感応させていることが印象づけられる。

初春の心をよませ給ひける　　伏見院御歌

霞たち氷もとけぬ天地(あめつち)の心も春をおしてうくれば　　（風雅集・春上・六）

（霞(かすみ)が立ち氷も解けた。天地の心もおしなべて春を受け入れたので）

「天地の心」は、先ほどの『為兼卿和歌抄』にも見えていた語句である。まさに自然の摂理とでも呼びたくなるような、季節の運行をつかさどる力のことであろう。その力を感受することを、天皇としての自らの使命と考えているに違いない。

院御製

さ夜ふけて宿もる犬の声たかし村しづかなる月の遠方(をちかた)　　（玉葉集・雑二・二一六二）

（夜が更けて番犬の声が高く澄んで聞こえる。月が村を静かに照らす、そのはるか遠くから）

月光に照らされ、ただひたすら静謐(せいひつ)な夜の村落の風景を、番犬の声で表現している。ここには、民の生活の安らかさを願う心も籠(こ)もっているだろう。

永福門院

永福門院(一二七一〜一三四二)は、西園寺実兼(さいおんじさねかね)の娘で、伏見天皇の中宮であった女性。嘉元三年(一三〇五)『永福門院歌合』を主催し、『玉葉集』に四十九首入集(第八位)し、『風雅和歌集』に六十八首入集(第二位)するなど、堂々たる京極派の中心歌人であった。永福門院の和歌は、繊細な中にも、情感の深さと意志の強さとを併せ持っており、京極派の中でも際立って魅力的である。

秋の御歌の中に　　永福門院
うす霧の晴るる朝けの庭見れば草にあまれる秋の白露　(玉葉集・秋上・五三六)
(薄霧が晴れた明け方の庭を見ると、草葉から余るほど秋の白露が置いている)

薄い霧のベールが開かれてみると、草葉にあふれんばかりの白露が広がっていた。はかない物の代表といってよい露が、まるで秋の生命力——これも矛盾した言い方だが——を顕わし出すかのようだ。

待恋の心を

音せぬが嬉しき折もありけるよ頼み定めて後の夕暮　永福門院

（玉葉集・恋二・一三八二）

（連絡がないのが嬉しいときもあったのだ。信頼していこうと心に決めてからの夕暮れには）

行けない、来られない言い訳の手紙などいらない――そんな気持ちで通じ合った二人の心。不安や動揺を幾たびも経験し、それによって鍛えられたあげくに、ようやく心の平安にたどり着いた。もちろん、ただ穏やかなだけではないのだろう。そこには強がりや諦めも混じっているに違いない。しかしそういう複雑さを抱え込んだ心の厚みを、落ち着いて形にしてみせる点では、細かい心理の分析に走りがちな京極派の歌――それはそれで興味深いが――の中で、異彩を放っている。

夕花を

花の上にしばしうつろふ夕づく日入るともなしに影消えにけり　永福門院

（風雅集・春中・一九九）

（花の上にしばらく夕日が差していたが、日が没したとも気づかぬうちに、その光は消えた）

日がな花に見入り、日没にさえ気づかぬほど没入していた心の深さを、光が消え去り、花の姿が沈み込んでしまった後になって気づいた。忘我と覚醒のあわい。多言を費やしても表しがたいそれを、悠揚迫らぬ最小限の言葉としぐさで浮かび上がらせた。類い稀な達成である。

冬雨を　　　　　　　　　　　　　　　　　　　　　　永福門院
寒き雨は枯野の原に降りしめて山松風の音だにもせず　（風雅集・冬・七九七）
（雨は寒々と枯れ野原一面に降りしきっていて、いつもの山の松風の音さえも聞こえない）

山の松風の音にわびしさをつのらせていた。そんな日々はまだ序の口だったと今気づかされた。ただただ枯れ野いっぱいに降りしきる、寒々とした雨の音に包まれるように過ごしていて。描かれているのは、究極のわびしさである。だが驚かされるのはわびしさでも寂寥感でもない。それを全身で受け止めながら少しも揺らぐことのない、懐深い強さである。細やかな観察を見せる京極派の傾向は踏まえながら、そうした強さに至るところに、永福門院の得がたい個性があるといってよいだろう。

京極派和歌の特徴

「歌風」という言葉がある。ある時代や集団、流派が特徴的に示している和歌のスタイルを指す。といっても、歌風は通常、一口には規定できない場合がほとんどである。歌の題材も詠み方も、長い和歌の歴史を反映して、さまざまなものがあるのだから。しかし、こと京極派の和歌に限っては、誰が見ても明瞭(めいりょう)な歌風がある。そのこと自体が特異な現象で、われわれはまずそれに驚く必要があるだろう。よほど意識的にスタイルを作り上げようとしない限り、不可能だからである。これに近いのは新古今時代の歌風であるが、京極派に比べればはるかにバラエティに富んでいて、ここまでの統一感はない。しかも従来の伝統的な表現とは一線を画す独自性を打ち出そうとしたために、後に異風と忌避されるほどの個性的歌風を示すに至った。

京極派和歌の特徴は、しばしば叙景歌にあるといわれる。まるで実際に目で見、肌で感じているかのような現実感に富んだ描写力を見せている。四季歌の場合は細密で動的な空間描写となり、恋歌の場合は詳細な心理描写として示される。写実主義の立場から、近代になって高く評価されることになったのもそのためである。しかし、描写とはいってもパターンを持っており、それが京極派歌人相互の模倣を可能にしている。そこには、非常に強い結束力と、方法意識の共有が想定される。集団の結合力が表現の類似性を生み、表現の類似がまた結合力を高めたのであろう。京極派の和歌は、全体としてはやはり、政治的な産物だといえるのである。また写実に徹しているかに見える彼らの叙景歌も、主たる狙いは、景と我とのあわいを表現することにあった。あわいとは、境界と言い換えることができよう。境界を突き詰め、これを微分して見せようというのが京極派の叙景歌であった。彼らなりの理想を託した現実の姿を現しているのであろう。

頓阿——正統派和歌の普及者

南北朝時代的な現象

十四世紀に入り、鎌倉幕府の基盤も根底から揺らぎ始める。そしてついに瓦解し、後醍醐天皇の新政が開始される。がそれも直ちに潰えて、世は室町時代へと突入する。その室町時代の初めの半世紀余りは、南北朝時代と呼ばれ、京都の北朝と吉野の南朝とが対立し、それに連動して全国的な内乱のうち続いた時期であった。こうした時代に和歌はどうしていただろう。和歌を支えた貴族たちの没落とともに、衰微していったろうか。それがそうでもないから、不思議である。すでに京極派の活動を垣間見た。また、南朝でも和歌は熱心に詠まれた。それだけでなく、和歌は武家を含めたより広い階層にも広まっていった。それを推進した歌人は少なくないが、確実にキーマンだといえる人物を一人取り上げよう。頓阿である。一般的にはあまり知られていない歌人かもしれない。が、彼の仕事の持つ意味は重い。

頓阿（一二八九〜一三七二）は、二階堂氏の出身で、俗名を二階堂貞宗といったと考えられている。頓阿という法名は、名の前後に「阿」や「阿弥」を付けるいわゆる阿弥陀号で、世阿弥などが有名だが、時衆や浄土宗の僧侶に多く、頓阿も時衆だったと思われる。御子左家嫡流の宗匠、二条為世の弟子であった。弟子たちの中でとくに優れた四人を、為世門の四天王と呼んだ。頓阿・慶運・浄弁（または能与）・兼好がそれに当たる。中ではやはり頓阿が、ずば抜けた業績を残している。家集には『草庵集』とその続編である『続草庵集』があり、ともに自撰であるが、両集からは、公家・武家・僧侶などさまざまな社会層に及び、しかも出身や身分にこだわらない、幅広い交流を持っていたことが察せられる。このことからも、彼が和歌の流通に果たした役割の大きさが想像される。歌学書に『井蛙抄』、二条良基の質問に答えた『愚問賢注』がある。この二書も、『草庵集』も、非常に多くの中世・近世の写本が伝えられている。室町時代はもとより、近世に至っても大事にされていた証拠である。

勅撰和歌集の編纂にも関与している。延文四年（正平十四年、一三五九）に完成した十八番目の勅撰集『新千載集』は、足利尊氏が執奏し、後光厳天皇が下命した集で、撰者は二条為世の孫の為定。まずはこの集の編纂に助力した。ついで、貞治三年（正平十九年、一三六四）に成立した十九番目の勅撰集『新拾遺集』（後光厳天皇下命、撰者二条為明）では、撰者の為明が編纂半ばで病没した後を引き継いで完成させた。この集は、尊氏の子で室町幕府第二代将軍、足利義詮が執奏した。執奏とは、武家執奏ともいい、将軍が天皇に、特定の案件につき申し入れることである。つまりこの場合は勅撰集編纂を発議したわけであり、尊氏や義詮は実質的な下命者といってもよいことになる。宮廷文化の枠であった勅撰和歌集が、武家の主導のもとに編まれるようになったわけである。そして、最終的にこの勅撰集の撰集作業を支えたのは、頓阿という、僧位僧官も持たない地下の僧にすぎない人物であった。旧来の文化は根底から変化しようとしていた。頓阿はそういう時代を象徴的に表している。和歌史は、和歌だけでこれほど「成り上がる」人物を生み出すようになったのである。

二条良基の証言

ここでもう一人、頓阿についての証言者となる、重要な人物を紹介したい。二条良基である。ここでは証言者にとどまってもらうが、文学史、文化史、政治史へと視野を広げれば、頓阿よりずっと格上の有名人である。二条良基（一三二〇～一三八八）は、公家の頂点である摂関家の一つ二条家の出身である。摂関家は鎌倉時代に五家が成立し、以後摂政・関白を独占した。良基は、初め後醍醐天皇に、その後には北朝の五代の天皇に仕え、摂政・関白に就任すること四度に及び、最終的には准三后（太皇太后・皇太后・皇后と同様の待遇を受ける）となった。足利尊氏・義詮・義満の三代の将軍に親近したが、とくに三代将軍義満に有職故実を教える立場となったことが特筆される。古典学全般に秀で、朝廷の復興に力を尽くした。和歌はもちろんのこと、とくに新興文芸の連歌を愛し、その社会的地位の向上に努め、連歌師救済とともに付句集『菟玖波集』を編集し、准勅撰とした。連歌論書も『連理秘抄』『撃蒙抄』『筑波問答』『九州問答』など数多い。頓阿にとっても、この当代最高の文化人に和歌を指導する立場であったことは、大きな意味を持っていただろう。良基の和歌に関する問いに頓阿が答えるという形式の歌論、『愚問賢注』を二人で著している。

さてその二条良基に、『近来風体』という歌学書がある。彼の体験した歌の世界の回想録といった趣の書だが、その中に、頓阿に関わる記述も出てくる。

頓阿は、かかり幽玄に、すがたなだらかに、ことごとしくなくて、しかも歌ごとに一かどめづらしく当座の感もありしにや。

（頓阿は、歌のたたずまいがえも言えず優美で、一首全体の流れも渋滞感や屈折感なく滑らかに感じられ、大げさな表現を用いることもなく、それなのに、詠む歌ごとにひときわ目立つ新鮮さがあって、その場の人々をも感動させたといえましょうか）

激賞といってよいような褒め方である。みやびで古典的な表現に即していて、けっして自己主張は強くないが、しかしはっとするような新しさもある、といったところであろうか。頓阿が、歌を詠む際に新しさを求めつつもそれを表立てず、伝統に則（のっと）った穏やかさ、端正さを第一としたことは、同じ『近来風体』に伝えられている。工夫がありながらも伝統に溶け込むような和歌を詠んだのである。このことをどう理解すればよいだろう。彼を典型とする二条派の和歌が、広く社会に受け入れられたことからすれば、たんなる個人的な傾向で済まされる問題ではないだろう。あえて一般化していえば、これは、個的存在としての自我が、しかるべき秩序の中に位置づけられることを意味するといってよいと思われる。私たちはついつい穏やかな表現に個性の無さや陳腐さを見てしまうけれども、動揺を続ける社会の中では、なだらかな表現もラジカルな意味を持ちえたのではないだろうか。頓阿の和歌の社会的意義を、ひとまずそのように大づかみにしておきたい。

題詠の達人

頓阿に対する二条良基の評価を、私なりに別の側面から一言でいうなら、さしずめ題詠の達人ということになろう。与えられた題を歌にしてゆく手際が絶妙なのである。

建武二年内裏千首に、春天象

朝ぼらけ霞へだてて田子の浦にうち出でて見れば山の端もなし　（草庵集・四六）

（明け方、霞を隔てて田子の浦に出て見てみると、そこには山の端さえ見えない）

まず詞書にある「建武二年（一三三五）内裏千首」に留意しよう。鎌倉幕府を打倒した後醍醐天皇は、新たな、しかし天皇を中心とする復古的性格の強い政策を断行した。いわゆる建武の新政である。二条為世の娘為子を妃とした後醍醐天皇は、和歌にも積極的だった。この新政下で催したもっとも大きな和歌行事が、この千首歌である。合わせて千首となるよう三十人以上に題を担当させた。「天象」は、日・月・星などの天体の現象のことだが、和歌では大空の様子を表現することが多い。春らしい空の様子とは、まずは霞が想起される。霞は、春になって遠方がぼんやりと見えにくくなる現象だからだ。ここで頓阿は、『百人一首』でも有名な、山辺赤人の、

田子の浦にうち出でて見れば白妙の富士の高嶺に雪は降りつつ　（新古今集・冬・六七五）

を本歌取りするというアイデアを出した。『新古今集』では冬の歌として扱われている本歌を、春に転用した。だから直接には言及されていないが、富士山があることが期待される。ところがそこには山の端さえ見えない。すなわち大空も含めて、一面にすべて霞がかかっていることが、言外に示される。ここに題意が表されている。霊峰富士の姿も、見えないことによって、遠い昔の本歌とともに浮かび上がるという寸法である。ちなみにそれまで文献上に明示されることのなかった『百人一首』について、初めて語ったのは頓阿である。『百人一首』が有名になるきっかけを作ったといってよい。

閼伽井宮(あかいのみや)にて、古渓花を

立ちならぶ花のさかりや谷陰に古(ふ)りぬる松も人にしられん　（草庵集・一八四）

（立ち並んでいる花の盛りがあるからこそ、谷の陰にある松も人に知られるのだろう）

閼伽井宮(あかいのみや)とは、亀山院の皇子で、醍醐寺の座主(ざす)も務めた道性(どうしょう)のこと。『草庵集』には、道性が催した歌会での詠がいくつか見られる。親しい交流があったのであろう。「古渓花」という題だが、ここで難しいのは、「古」の表し方である。そもそも「渓（谷）の花」に新旧があるものだろうか。もちろんこういう場合、「古い」という語はできるだけ使わないで詠むのが題詠の作法であり、これを、題を「回して詠む」という。そこで頓阿が工夫したのが、白居易の諷喩詩『新楽府』中の一編、「澗底松」を利用することだった。「澗底松」は、谷底に生えている松の大木が、誰にも知られぬまま老死していくことを詠んだ漢詩である。優秀な人材が埋もれていくことを嘆いている。しかし、そんな古びた澗底の松も、花と並んで立っているために、花盛りには人に知られるだろう、と発想したのである。人跡稀なる谷底まで花を探し求める、という趣旨がおのずと生まれる。主題である花にきちんと焦点を当てているのである。

等持院贈左大臣家に歌よまれしに、花随風

さそひゆく嵐ばかりや桜花散るぞわかれと思はざるらん

（草庵集・二〇八）

（誘っていく嵐だけが桜花が散るのを別れと思わないのだろう）

等持院贈左大臣とは、足利尊氏である。ここで「回して詠む」べき題の字は、「随（したがふ）」である。これをいかに直接言わず、しかしはっきりそうと納得させられるかが鍵となる。人は皆花が散るのは別れだと思っているのに、嵐だけはそう思わないだろう、なぜなら、誘いかけるや花は付き従ってくれるのだから、という。花と嵐が恋愛関係にあるかのような擬人法によって、落花を惜しむ人の、打ち捨てられたような心を匂わせている。

民部卿家老若歌合に、風前夏草
夏草の茂みに見えぬ荻の葉を知らせて過ぐる野べの夕風　（草庵集・三四六）
（夏草の茂みの中に隠れて荻の葉があることを、知らせるようにして野辺の夕風が吹き過ぎる）

民部卿は、二条為世の二男為藤。頓阿は彼の教えも受けていた。この題では、風に吹かれる夏草、という内容を詠まなければならないが、鬱陶しく茂る夏草と、涼しげな風とをどう関係づけるかに手腕が問われる。夏草が風に靡いている風景で終わらせてしまっては、未熟を笑われかねない。そこで頓阿は、茂った夏草の中に紛れていた荻の葉が、風に吹かれる音でそこにあったとわかる、と構想した。秋を先取りする、涼しげな風の音の到来を表したのである。ここで生きてくるのは、荻の葉音が、人、とくに恋人の来訪かと聞き誤る、という和歌上の通念である。秋風を待ち望む気持ちが醸し出されるだろう。

前関白殿にて、九月尽夜といふことを
迷ひても立ち帰れとや行く秋の別れを月は送らざるらん　（草庵集・六六一）
（迷って立ち戻れというのか、月は行く秋との別れを惜しむことなく隠れたままだ）

前関白は二条良基を指す。「九月尽」とは九月最後の日、つまり秋の終わりを詠むことになる。「夜」が意外と難しい。時間帯を示すだけでなく、秋との別れに必然性を持たせて結びつけなければならない。そこで頓阿は、月を持ち出した。これには皆驚いただろう。月末最後の日は、「つごもり（月籠り）」であり、月は出ていないのだから。むしろ月が見えないことを逆手にとって、それは暗くて秋を迷わせ、立ち戻らせるためであろうかと推測する形をとった。合わせて月の美しかった秋との別れを惜しむ人の心を滲ませた。

これらからは、頓阿の方法の一端をうかがうことができる。題とは常識的には次元が異なると思われる観念や景物を対置して、そこから中心となる題材を照らし出す、という方法である。これによって、新しさを盛り込むとともに、肝心なことを想像にゆだねる「余情」を生み出そうとする。余情とは、中世の和歌の世界でもっとも重要視されたものである。いや中世に限らず、短い詩の形である和歌が詩として成り立つためには、不可欠の観念であり、方法だといってよいだろう。想像にゆだねられた肝心なこととは、理想に当たるものだろう。つまり「余情」とは、祈りの一形態だとみなされるのである。

連歌との関わり

では、余情を生み出し生かす頓阿の方法は、どのようにして獲得されたのだろうか。もちろん一口に答えの出る問題ではないが、少なくとも連歌の方法を取り入れるところがあったのではないか、と想像している。鎌倉時代になって飛躍的に人気を広げ、かつ高めていた連歌は、先にも述べたようについに准勅撰集『菟玖波集』を生んだ。和歌でいう『古今集』に当たる、という人もいる。その中に頓阿は十九句を採られている。『続草庵集』にも多くの連歌が収められていて、得意としていたことがわかる。

さて、『草庵集』に次の歌がある。

後岡屋前関白家にて、時鳥未遍

いづくにか今宵(こよひ)鳴くらんほととぎす月も里わく村雲(むらくも)の空　（草庵集・二七二）

（どこで今宵鳴いているのだろう、時鳥(ほととぎす)は。月でさえ里を分け隔てする、村雲のかかる空のもと）

後岡屋(ごおかのや)前関白は近衛基嗣(このえもとつぐ)のこと。「時鳥未遍」（ほととぎすいまだあまねからず）は、時鳥が自分のところではなかなか鳴いてくれないことを歌う題である。月が村雲のために、里を区別して差しているくらいだ、と月と類比することで、時鳥の様子を浮かび上がらせている。「里わかぬ」月光は、『源氏物語』末摘花(すえつむはな)巻の光源氏の歌の言葉であり、それをかすめながら、言葉の運びにみやびな響きを添えている。時鳥から、それと浅からぬ関わりのある月や村雲へと転じていくこの呼吸は、まさに連歌的である。『続草庵集』には、次の付合(つけあい)が収載されている。

暮れ行けば村雲まよふ風吹きて
時雨(しぐれ)も月も里や分(わ)くらむ
（続草庵集・六〇二）

頓阿自身の連歌とも通うところがあるのである。連歌は人々の表現への感覚を、和歌より生き生きと体現するところがあるだろう。頓阿は鋭敏にその感覚を取り入れようとしたのではないだろうか。みやびで流麗な言葉遣いと、はっとさせるような着想の鮮やかさと。両者を兼備すると二条良基も語っている頓阿の個性のうち、少なくとも後者は、連歌と共通するところがあると思う。

金蓮寺という場での詠歌

『草庵集』に、金蓮寺(こんれんじ)という場所での詠が四十首ほど見えている。

金蓮寺にて、暁時雨
うき物と思ひもはてず有明の月にしぐるる村雲の空
（六七九）

（つらいものだと思い切ることさえできない。有明の月に時雨(しぐれ)を運ぶ村雲がかかる、そんな空

模様で）

などである。題とされた暁と時雨を結びつけるのに、作者は月を仲立ちとした。有明の月で暁を表し、それが時雨の雲で定めなく曇る、としたのである。ここまでは比較的常套（じょうとう）的な発想である。工夫の要（かなめ）は、本歌取りに基づく、上句にある。本歌は、これも『百人一首』歌の、

有明のつれなく見えし別れより暁ばかり憂きものはなし

（古今集・恋三・六二五・壬生忠岑）

（有明の月が無情に見えた別れのときから、暁ほどつらいものはない）

である。

有明の月が空にかかる暁は、別れを思い出させつらいものだ、と忠岑は言ったが、そのつらさへの恨みに浸りきることもできない。晴れ曇る時雨の雲に、定めなく月も隠れたり現れたりするから、ということだろう。やはり連歌的な手法を見ることができる。

さてこの金蓮寺であるが、別名四条道場ともいう。時衆（時宗）四条派の祖である浄阿真観（一二七六〜一三四一）が、四条京極の十住心院敬礼寺釈迦堂（きょうらいじしゃか）辺りに創建した、四条派の拠点である。四条河原や祇園（ぎおん）社など、多くの人の集まる場所に隣接し、芸能との関係も密であった。

鎌倉期末から南北朝期にかけて、東山の芸能民と武士と時衆を結ぶ接点であったともいう（廣木一人『連歌史試論』）。こうした場所で、頓阿は庶民と呼べるような人々とも歌を詠んだことだろう。指導も行ったに違いない。彼の和歌・歌学は、そうした人たちに求められもし、逆に鍛えられもしたと考えられるのである。

頓阿は、公家・武家の権門勢家とつながるだけでなく、名もなき人々とも和歌を介してつながり、和歌普及に貢献したのである。

正徹——想念と感覚にまぎれる

南北朝時代の終焉と和歌界

明徳三年（元中九年、一三九二）閏十月五日、南朝の後亀山天皇が神器を北朝後小松天皇に渡し、南朝と北朝は合一を見た。南北朝時代の終結である。足利義満が将軍であった時期であり、室町幕府は最盛期を迎えていく。一方、すでに幕府将軍の後援抜きには考えられなくなっていた和歌界も、幕府の動きと強く連動するようになった。これ以降将軍は、義満、義持、義量、義教、義勝と継承されたが、短命に終わった義量・義勝を除き、義満、義持、義教いずれも和歌には熱心であった。義満は『新後拾遺和歌集』（二十番目の勅撰集）、義教は『新続古今集』（最後の、二十一番目の勅撰集）の執奏を行い、完成させた。天皇・公家の文化的権威を取り込もうとしたのである。

では目立った歌人は誰だったろうか。この時代の和歌界の特徴として、冷泉家の復活と、飛鳥井家の台頭の二つが挙げられよう。冷泉家は、京極家・二条家の断絶後、唯一残った御子左家の歌道家として孤軍奮闘していた。冷泉為尹（一三六一～一四一七）がその中心におり、今川了俊（一三二六～一四一四ころ）がそれを支えていた。為尹は為相の曾孫で、冷泉家の当主。了俊は俗名貞世、九州探題を任されるほどの有力武将であったが、和歌・連歌にも精進した。飛鳥井家は、そもそも『新古今集』の撰者雅経を祖とする家柄として、鎌倉時代から重きをなしていたが、足利将軍の愛顧を受け、雅世（一三九〇～一四五二）に至って、ついに『新続古今集』撰者となる栄誉を得る。御子左家以外の者が勅撰集単独撰者となるのは、中世になって初めてのことだった。奮起していたとはいえ、冷泉家は飛鳥井家の風下に立たされていた。

正徹の登場

その冷泉家方から登場した俊英が、正徹（一三八一～一四五九）である。為尹・了俊の指導を受け歌道に邁進し、頓阿と同様、貴族の出身でもない地下の歌僧であったが、多くの守護大名・連歌師らの支持を受けて活動圏を広げ、最晩年は将軍足利義政に『源氏物語』を進講するまでに至る。家集に、弟子の正広によって編集された『草根集』がある。一万一千首以上を収める膨大な家集だが、それでも五十二歳のとき、火事で詠草の多くを失っていたという。さまざまな折と場に即し臨機応変に、なおかつ水準を保って量産する力がなければ、これほどの和歌は残るまい。では、彼はどのように和歌を詠んでいたのか。

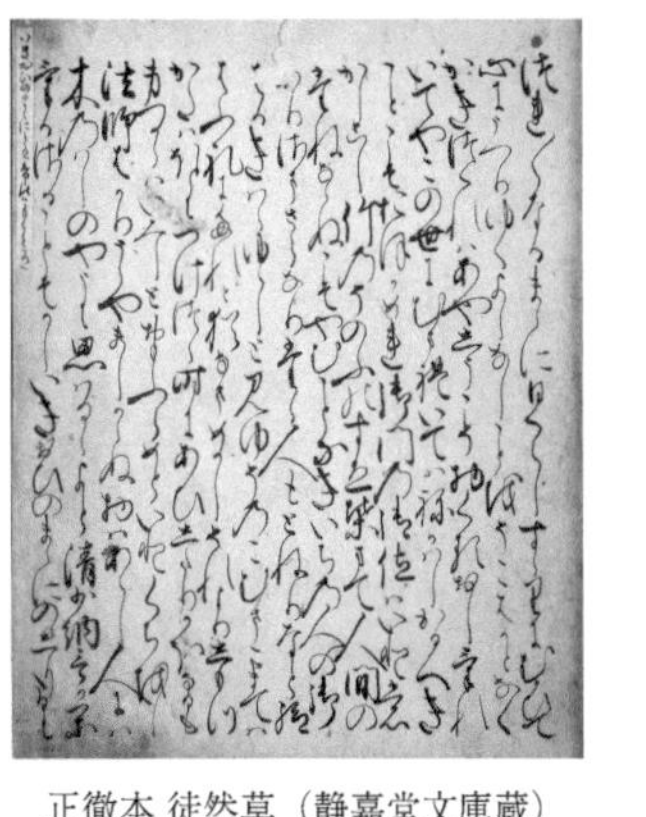

正徹本 徒然草（静嘉堂文庫蔵）

それには正徹の歌論書『正徹物語』が最良の資料となる。成立年代は不明だが、正徹の談話を記した、いわゆる「聞書」の形式をとっている。筆録者には、弟子の正広や蜷川智蘊の名が挙がっているが、決め手はない。実に魅力的な語り口で、ひょっとしたら正徹自身の筆で、談話を仮構した可能性もある。通常聞書はどうしても断片的な教えの列挙になりがちだが、本書は、たしかに短章の集まりだとはいえ、読み手を惹きつけるよう十分に意識した文章になっている。

その『正徹物語』では、冒頭から、藤原定家を理想とし、定家の風体を学べと断じている。たしかに彼の和歌には、定家や『新古今集』のスタイルを感じさせるものが多い。御子左家の流れである冷泉家の門弟として、定家直系の流派であることをあえて強調しようという戦略的な意図もあるのだろう。

そしてこれまでも注目されてきたのが、幽玄の美を鼓吹していることである。やはりこれを手掛かりにしよう。幽玄は従来、あまりに理念的に理解されてきたきらいがある。もっと機能的で実践的に捉えられるべきだと思う。

『正徹物語』の幽玄

落花、

咲けば散る夜の間の花の夢のうちにやがてまぎれぬ峯の白雲（草根集・一四二五）

幽玄体の歌なり。幽玄といふ物は、心にありて詞にいはれぬ物なり。月に薄雲のおほひたるや、山の紅葉に秋の霧のかかれる風情を、幽玄の姿とするなり。これはいづくが幽玄ぞと問ふにも、いづくといひがたきなり。それを心得ぬ人は、月はきらきらと晴れて、あまねき空にあるこそ面白けれといはん道理なり。幽玄といふは、更にいづくが面白しとも、妙なりともいはれぬところなり。「夢のうちにやがてまぎれぬ」は、源氏の歌なり。源氏、藤壺に逢ひて、

見てもまた逢ふ夜稀なる夢の中にやがてまぎるる憂き身ともがな

と詠みしも、幽玄の姿にてあるなり。　（第一八六段）

（落花を詠んだ私の歌、

咲いたかと思えば夜の間に散ってしまった花は、そのまま夢の中に紛れてしまわずに峰の白雲となった。

これは幽玄体の歌である。幽玄というものは、心の中にあって言葉では表現できないものである。月に薄雲が覆っている様子や、山の紅葉に秋の霧がかかっている趣を幽玄の姿だというのだ。この歌はどこが幽玄なのかと問われても、ここが幽玄だとは言いにくいものだ。それを理解できない人は、月がきらきらと晴れて輝き、大空をくまなく照らしているのが美しいときっと言うに違いない。幽玄というのは、けっしてどこが美しいとも絶妙だとも言えない、まさにそういう状態のことだ。「夢のうちにやがてまぎれぬ」というのは、『源氏物語』の歌を踏まえている。光源氏が藤壺と密会して、

逢うことができても次に逢えるのは稀でしかないから、この夢のような逢瀬の中に憂き身を紛れ込ませるようにして死んでしまいたい。

と詠んだ歌も、幽玄の姿である）

まず自分の歌を挙げて、これを「幽玄体」の歌だとする。『源氏物語』若紫巻の光源氏の和歌を踏まえていることを明かしつつ、光源氏の歌もまた、「幽玄の姿」だという。そして、どこが面白いとか、優れているとか言い表せないものであり、むしろ明らかに言えないところこそが幽玄なのだ、と述べている。この場合幽玄と名指しされている中心には、「まぎる」の語があると見てよいだろう。「月に薄雲のおほひたるや、山の紅葉に秋の霧のかかれる風情」という幽玄の比喩も、薄雲や霧に紛れている状態と見ることができるからである。たしかに「幽玄」という語の原義は、奥深く測りがたいということだった。

ここで気をつけておきたいのは、第四句が「やがてまぎるる」ではなく、「やがてまぎれぬ」という否定形であることだ。花は散って夢の中に紛れ込んでしまうかと思いきや、紛れもなく、白雲が峰にかかっている。いや、あれは花なのだろうか……。目に見える風景は明確なのに、その奥にある核心を追い求めようとすると、とたんに正体がわからなくなる。この場合、正体を知る上で不可欠なのは、『文選』高唐賦などに見られる、朝雲暮雨の故事である。

実は『正徹物語』の別の箇所（二一〇段）でも、「幽玄体」の説明で、正徹はこの朝雲暮雨の故事を例に出している。唐土の襄王（正しくはその父懐王）が昼寝をしていて神女が天降り、夢か現か襄王と契った。別れ際名残を惜しむ襄王に、「巫山に朝にたなびく雲、夕に降らん雨を眺め給へ」と言って消え失せた、という形で紹介した上で、「この朝の雲、夕の雨を眺めたる体を幽玄体とはいふべし」と述べている。夢か現実かわからないような存在を、雲・雨といった、変化しやすく明確な形を持っているとはいいがたいものによって偲ぶこと、それが幽玄に当たるらしい。雲や雨は、夢の世界へと至る媒介項になっている。その意味で、この場合夢と現実の中間に位置する境界的存在であり、現実を脱してそこから夢の世界が広がる地点を示す形象である。問題は、なぜこういうことを強調するのかということだ。

正徹の朝雲暮雨を踏まえた歌

それにしても、自作を例にして幽玄を云々するとは、相当に自信がないとできない行為である。よほど実作と理論とが一体となっているに違いない。

『正徹物語』から考えた幽玄をめぐる表現意識を、彼の実作で確かめてみよう。幽玄と関わる先の『源氏物語』若紫巻の場面や朝雲暮雨の故事を詠み込んだ例を、正徹の家集『草根集』から挙げてみる。

逢別恋

夜な夜なの夢にまぎれぬつらさかな返して寝つる衣々の空　（七一三三）

（夜ごとの夢に紛れ込んでいけないこのつらさ。衣を返して寝て得た夢の逢瀬からもきぬぎぬ

の別れを迎えなければならぬ明け方の空よ）

先の『正徹物語』第一八六段の歌同様、これも『源氏物語』若紫巻の歌を踏まえていることは、「夢にまぎれぬ」が共通していることからも明らかである。「逢ひて別るる恋」という題は、本来男女が逢瀬を遂げて別れる場面、つまり「きぬぎぬの別れ」を詠むのが自然となる。たしかにこの歌でも、「衣々（きぬぎぬ）の空」が詠み込まれている。だが「返して寝つる衣々の空」という第四句と第五句のつながりがわかりにくい。「衣」を掛詞（かけことば）として、相手を夢見るために衣を返して寝たことと、逢瀬からの別れとが直結している。衣を返して寝た甲斐（かい）あって夜ごと夢の中で逢瀬を遂げるが、夢が覚めるとともに別れるという内容と考えざるをえない。「衣々」は逢瀬の夢から覚めることを比喩的に表しているのだろう。夢でしかない逢瀬と、現実の別れである「衣々の別れ」の二つの観念が、「衣」を接着剤として力ずくで貼り付けられていることに注意しておこう。もちろんそれだけでは強引のそしりは免れないが、そこに『源氏物語』若紫巻の和歌が重ねられることで、夢なのか現実なのか判然としない状況が生み出されているのである。言葉の重層的なつながりによって、ここでも作者は、夢と現実の境界に立っている。

残花

残るなり誰（た）がうたたねの山桜見はてぬ夢の雲の一むら　（一三八二）

（残ったようだな。誰かのうたた寝の夢の中で咲いた山桜が、見果てぬ夢のごとく、ひとむらの雲となって）

短い間に多くは散ってしまい、わずかに残った山桜を、雲に見立てている。「誰がうたたね」の「誰」は、高唐賦で神女と夢で契った懐王――正徹は襄王だと思い込んでいたが――を想起させようとして、ぼかしているのだろう。「残花」の題であるし、「残るなり」と言っているのだから、桜の花はまだ散りきってはいないはずである。しかし歌の中では、花なのか、花と見まがう雲なのか、わからないようになっている。雲が花の見立てとして用いられてきた、そのつながりを伝って、現実を夢が侵食してきている。ちなみにこの「なり」は推定の助動詞に分類されるもので、意味としては詠嘆である。断定の助動詞と紛らわしいが、あくまで主観的にそう捉えたという、主体の感覚的な把握を表している。花か雲か明確にできないその様子を、散りゆく花のはかなさに響き合わせている歌である。

旅

かへりみる形見ぞ残る夜半（よは）の夢別れし峰にかかる横雲（よこぐも）　（九九七一）

（振り返ればその形見が残っている。夜半に見た夢と別れた、その峰に横雲がかかっているよ）

旅の題であるが、夢と雲を組み合わせ朝雲暮雨の故事の導入をはかっている。初句の「かへりみる」は「後ろを振り返る」意味と「回顧する」意味との掛詞。第四句中の「別れし」は、「別れてやってきた（峰）」の意と、「夢の中で人と別れた」とを重ねている。「別れし峰」は、前者では、恋しい人のいる所を隔てるものであり、後者では、朝雲暮雨の故事によって、思い人を偲ぶ雲がかかる場所となっている。さらにいえば、「峰にわかるる」（『古今集』の壬生忠岑の歌、および『新古今集』の定家の歌）という著名な歌句に由来して、「峰」と「わかる」は語として強い連想関係で結ばれている。つまり別れ、峰、雲、夢などの語は、複合的に結びついているのである。

語と語が多重的に結びついている。風景としては、振り返った山に雲がかかっているという単純かつ鮮明なものなのに、言葉のつながりがおのずと物語（夢の世界でもある）を滲ませ始めて、いつのまにか現実の輪郭が揺らぎ出していく。そういう揺らぎの中で、旅のよるべなさを形象化しようとしているのである。

正徹が幽玄と呼んだ方法の特徴として、二点が見いだされる。一つは、言葉の重層的・複合的なつながりである。もう一つは、現実と夢（物語や想念）の差異が曖昧になる、境界的な地点に立って歌おうとしていることである。この二つはけっして無関係ではない。現実と夢の境界に立つからこそ、現実のくびきに縛られず自由に想像力を広げることができるし、なおかつ、想像の世界に現実感覚を供給することができる。幽玄は、正徹の創作の方法論と密接に結びついていたと思う。

正徹における想念と感覚

もちろん正徹の歌は多様であって、幽玄だけで説明できるわけではない。たとえば、鋭い感覚の冴えを見せる歌も少なくなく、とくに稲田利徳氏によって早く注目されていた、共感覚的表現などが、和歌史の上でも注目される成果を見せている。たとえばそれは次のようなものである。

夜橘

白妙に匂ひぞまさる橘に月の宮人袖おほふらし　（二四九六、正徹千首・一二三〇）

（真っ白にいっそう匂い立つよ。橘の花に月宮殿の人が袖を覆っているらしい）

「白妙」は本来栲（楮などから取った繊維）で織った白い布のことだが、ここでは、白色を表す。橘の花の白さを表している。ところが、「匂ひぞまさる」とは、橘の花の香りがいっそう際立っている状態である。初二句は視覚と嗅覚が唐突に出会わされている。共感覚的表現である。月に照らされることによって、いっそう香りが印象的になったというのである。それを「月の宮人」（月にあるという宮殿に住む人）が袖で覆うという言い回しを用いることで可能にした。橘の花は、とくに昔の人の袖の香りを思い起こさせる——「昔の人の袖の香ぞする」（『古今集』夏・一三九）——ことで知られていたことを利用し、月の宮人の袖の移り香が加わったら、さぞや心にしみる匂いになるだろうと。そもそも「匂ふ」は「照り映える」の意で視覚に用いられることもあり、そのことも結びつきを補強しているだろう。ちなみにイメージの核となっている「月の宮人」は、『草根集』に八例見られる。浪漫的な物語性を感じさせる語句だが、朝雲暮雨の故事を活用したのと同様の方法がここにも見られる。感覚の鋭さはたしかにあるが、それとともに、言葉を複合的に結び合わせ、かつ夢幻的な世界も目指されている。作者は、感覚的に示された現実と想念の世界との、橋渡しをしようとしている。

曙春雨

山風の松に木ぶかき音はして花の香くらき明ぼのの雨　（一五三七、正徹千首・六〇）

（山風が、松にこんもりと茂った音をさせて吹き、花の暗い香りを運んでくる、曙の雨の中）

「木ぶかき音」と「花の香くらき」と一首の中で二度共感覚表現を用いている。山にこんもりと茂った松の木、いかにもそれにふさわしい重々しい音をさせて風が吹いてくる。音をさせるだけではなく、その風は花の香りをも運んできた。曙の時分だが、まだ暗い中を。そうか、雨が降っているからだ。木深さを感じさせる風の音も、そのせいだったのだ、と気づく。何の花とも語られないが、梅と考えるのが自然だろう。「春の夜の闇はあやなし」（古今集・四一）など、闇の中から薫ってくるのは、梅花がふさわしいからだ。「木ぶかき」と「暗き」は言葉としても関連を持っている（木が茂れば木陰が暗くなる）。視覚・聴覚・嗅覚を動員して現実を描写しているようでいて、想念の世界が奥に抱え込まれているのである。

別恋

衣々（きぬぎぬ）の近き形見（かたみ）か寝（ね）し床（とこ）の涙もいまだあたたかにして　（六五七九、正徹千首・六二四）

（近く寄り添い、つい先ほど衣々の別れをした形見であろうか。共寝をした床に落とした涙がいまだ温かさを残して）

「あたたか」という語は珍しい。『万葉集』（三三三六）や伏見院の歌など、ごく限られた用例はあったが、正徹には六例もある。しかもとてもリアルな感覚を歌っている。近代短歌にも通じそうだ。しかし実感に収束するというよりも、古来詠み継がれてきたきぬぎぬの別れの観念を、身体的な感覚によって顕在化しようとしているというべきだろう。「近き」も時間と空間両方の近さの掛詞である。

なお、ここで挙げた歌は、『正徹千首』に選歌されたものである。『正徹千首』は、『草根集』から千首ほどの歌を選んだ縮約版で、撰者は十五世紀最大の文化人で、古典学の分野に不朽の業績を残した一条兼良(いちじょうかねよし)（一四〇二〜八一）かともいわれている。少なくとも正徹からさほど時代を隔てない書物と見られる。中世でも評価された歌々の中に、想念と感覚の境界に目をこらし、縁語関係を駆使する和歌があったことが確認できるのである。

三条西実隆——「みやび」を守るしたたかな精神

宮廷文化を守り抜いた文化人

応仁元年（一四六七）五月、応仁・文明の大乱、いわゆる応仁の乱が勃発し、平安時代以来、文化の中心として栄えた京都の街は大部分が焼失した。室町幕府は統治力を失い、各地に戦国大名が登場し、領国支配をめぐって争い合った。世は戦国時代へと移っていく。おそらく、宮廷にとっても和歌にとっても、歴史上最大級の危機にあった時代といってよいだろう。いつ滅びても不思議はなかった。

そんな時代に、京都を離れず、和歌を、のみならず宮廷文化そのものを、死守し続けた貴族がいた。三条西実隆（一四五五〜一五三七）である。彼はいったいどうすることで和歌を守り抜いたのか、その足跡をたどってみることにしよう。

三条西実隆は、三条西公保の二男で、母は甘露寺親長の姉であった。この叔父に当たる甘露寺親長も、公家文化の継承に力を尽くした人物であり、有力な歌人でもあった。三条西家は、大臣にまで昇進する家柄——大臣家という——である。妻の姉勧修寺房子は後土御門天皇の後宮に入り、妹勧修寺藤子は後柏原天皇の後宮に入って、後奈良天皇を産んだ。その後土御門天皇および後柏原天皇の信任を得て、彼は内大臣に至っている。

実隆はこの時代随一の文化人といってよい。その活動は幅広い。和歌については、宗祇より古今伝授を受けた。宗祇の流れの古今伝授は、宗祇から三条西実隆に相伝されたことによって、不動の地位を確立した。和歌だけではない。連歌・古典学・有職故実・書道・茶の湯など、諸道に秀でていた。『源氏物語』ほか膨大な古典の書写活動を行い、幅広い交友関係を媒介として、古典学の地方普及にも多大の功績を残した。連歌においても、その文芸としての完成した姿を示すといわれる『新撰菟玖波集』の編集に協力している。自撰家集に『再昌』（「再昌草」ともいう）がある一方、他撰家集の『雪玉集』は、近世に大きな影響を及ぼした。

瀟湘八景の和歌

『再昌』は実隆が自ら書き留めた歌日記である。明応十年（文亀元年、一五〇一）から没する前年の天文五年（一五三六）の間に詠んだ和歌・連歌の発句・漢詩句などを、日付順に配列してある。和歌だけでも六千四百首ほどにも及ぶ。詞書も比較的詳しいところがあり、実隆の文化活動を生き生きと今に伝えている。

まずは、文亀元年（一五〇一）の、宗祇との交流がうかがわれる一首を挙げよう。なおこの部分は、和歌文学大系『草根集・権大僧都心敬集・再昌』所収の『再昌』に翻刻されており、伊藤敬氏の注釈ともども参考にさせていただいた。

宗祇法師、屏風に押すべしとて、瀟湘八景の歌みづから詠みて則ち色紙に書きてと申しのぼせたりしし、たびたび否びたりしかども、しひて申せしかば、詠みて書きて遣し侍し、詩は故天隠和尚の詩をなむ書き加へ侍し

山市晴嵐

山風の立つにまかせて春秋の錦は惜しむ市人もなし

（宗祇法師が、屏風に貼るためにと言って、瀟湘八景の歌を私が詠んでそれを色紙に書いてほしいという文を送ってよこし、何度も断ったのだけれども、無理矢理に頼んできたので、詠んで遣わした歌。詩は故天隠竜沢和尚の詩を書き加えました。

山風が立ち、その錦を裁つがままにまかせているが、市人（商人）は銭は惜しんでも春秋の花紅葉は惜しまない）

著名な連歌師であり、実隆に古今伝授を行った宗祇は、全国を回って、文化の普及に貢献した。実隆とも実に密接な関係を持った。ここでは、実隆に瀟湘八景の和歌を詠んで色紙に揮毫してくれ、という依頼の手紙を旅先から何度も送ってきて、断り続けていた実隆も、とうとう根負けして、詠んで書くことにした、という事情が知られる。宗祇はこのとき越後の上杉氏のもとに滞在していた。瀟湘八景の絵の描かれた、相当に立派な屏風に貼る色紙だったのだろう。もちろん、それにはそれ相応の謝礼があった。実隆の日記『実隆公記』のこの年の三月十二日には、「宗祇法師が青蚨や鳥の子等を送ってきた」という記述がある。「青蚨」は銭のことで、「鳥の子」は鳥の子紙（上質な和紙）のことである。

「瀟湘八景」とは、中国長江中流の洞庭湖およびそこに注ぎこむ湘江とその支流瀟水の辺りの八つの風景のこと。中国の宋代以降、画題・詩題として親しまれ、日本にも輸入されて、五山の僧侶を介して和歌にも広まった。引用したのは、瀟湘八景の八つの題の一つ、「山市晴嵐」を詠んだ歌である。「山市晴嵐」とは、晴れた日に靄のかかった山間の集落を描く題である。「嵐」は、本来は青々と靄のかかった山気のことなのだが、実隆は文字通り山風、すなわち嵐のこととして和歌に詠み込んでいる。「市」の題意は、春の花、秋の紅葉にも無関心な商人を想像して表した。気にも留めない人物が配されるからこそ、かえって山中の景の隔絶した美しさが際立つ、という仕掛けである。中国文化で育てられた観念が、巧みに和歌に転じられている。屏風の中の絵と漢詩と、響き合うような効果をもたらしたことだろう。

というのも、実隆は、天隠和尚の漢詩も書き加えているからである。天隠和尚は、この前年死んだ天隠竜沢（一四二二～一五〇〇）のことを指す。当時の代表的な禅僧の詩人で、唐・宋・元の優れた絶句を選んだ『錦繡段』の撰者である。実隆とも交流があった。天隠の瀟湘八景題の漢詩――これは天隠生前、実隆がとくに頼んで作ってもらったものであった――も、書き添えたのである。

実隆は、和歌・漢詩・絵画・書道など、さまざまな文化領域のセンターのごとき働きをしている。そして連歌師を介して、その文化が地方に伝播していくさまを、如実にうかがうことができる。もとよりそれは、実隆を経済的にも潤したのであった。

和歌の側から考えてみよう。実隆の「山市晴嵐」の歌からもわかるように、和歌は柔軟で異文化をも取り込むことができる。むしろ右のように、他の文化領域との関係を積極的に取り持つことで、和歌は命脈を保っていたといえよう。

宗祇の死

和歌の生命力をとくに活性化したのが、連歌であった。連歌は集団で創り上げる文芸である。かなりゲーム的な要素が強い。しかしそのゲームを楽しむには、古典の知識が不可欠であった。五・七・五もしくは七・七という音数で、それなりの深い内容を表し、しかもそれが次々と新たな世界を展開していかなければならない。言葉が背負っている世界を最大限に生かさなければ、そもそも成り立たない。その世界は古典を背景としたものであった。もちろん古典を背景にする点では和歌も同じなのだが、丁々発止のやりとりを楽しむ連歌の興奮度には、かなわない。連歌は古典教育の成果を際立った形で示してくれるものであった。いわば連歌は、古典教育におけるアクティブ・ラーニングであった。

その連歌の世界を中心になって担ったのが、宗祇であった。宗祇は、先ほどの瀟湘八景の揮毫を依頼してきた翌年、旅に生きた彼にふさわしく、相模国箱根湯本で客死した。彼と二人三脚を組むように深い協力関係にあった実隆の嘆きは深かった。訃報を聞いた実隆は、たとえば次のように詠む。

折々田舎下りのいとま乞ひ侍りし時の事など思ひ続けて
幾たびかこれぞ限りといひおきし別れながらもめぐりあひしを
（折々地方に下向する別れの挨拶などしましたことを思い出して
何度もこれが最後と言い残して別れながら、またあぐり合えていたというのに）

これ以降も、『再昌』には、宗祇の弔いに関わる歌と記事を見ることができる。

『源氏物語』を学ぶ

同じ文亀元年には、次のような歌のやりとりが見える。

粟屋左衛門尉親栄もとより、源氏物語の事につきて
見えそめし夢の浮橋末かけていつかむかひの岸にいたらむ
（見え始めた夢の浮橋の最後を目指して、いつ対岸に渡ることができよう）

返し
思ひ入る心しあらば末かけてなどか見ざらん夢の浮橋
（強い意志で最後を目指してさえいれば、きっと夢の浮橋を見ることができるだろう）

この粟屋左衛門尉親栄は、若狭の守護、武田氏の被官であった。被官とは、守護に従属する在地の領主のことである。彼はこの年の六月二十日から、実隆の『源氏物語』の講釈を受けていた。その熱心さは、時に実隆をもあきれさせるほどだった。戦陣の中にあってさえ、『源氏物語』帚木巻の注を実隆に所望しているくらいである。親栄が少々特殊だったのかとは思われるが、それにしても、地方の武士たちの向学心、文化への憧れがいかに烈しいものであったかがわかる。

公宴の和歌

次に宮廷と関わる歌を見てみよう。文亀二年（一五〇二）八月二十四日のことである。

廿四日、公宴　短冊

低為広卿題

雲のよそに思ひしものを雁がねの麓の小田に落つる間近さ

（雲の向こうのものと思っていたが、麓の小田に落ちてくる雁の声はひどく間近だ）

少

月高く明けなんとする空の星や見し世の友の数ばかりなる

（月が中天高くかかったまま明けようとする空に残るわずかな星は、昔の友の数ほどだろうか）

厚

海山をのせて動かぬあらがねの土はいかなる力とか知る

（海や山を載せて動くことのないこの大地は、どんな力を持っているか、計り知れぬ）

忙

世の中よ明けぬ暮れぬとまぎれ来て身に勤むべき一日だになき

（世の中よ。明けた暮れたとうかうか過ごしてきて、自分自身しっかり勤行する一日とてない）

「公宴」とはここでは宮中和歌会のこと。短冊に題が書いてあって、それをくじのようにして選び取ったのであろう。漢字一字から成る、なかなか珍しい題であった。出題したのは、冷泉家第六代の当主、冷泉為広（一四五〇〜一五二六）で、つい一週間前に、和歌界の最高指導者である、和歌宗匠および御師範の地位に就いたばかりであった。

この難題を前にして、実隆の手際は実に鮮やかである。「少」の題の歌を見てみよう。実隆は、少ないものとして、夜明けの星の数を取り上げた。しかも月が残っているわけだから、星は数が少ないだけでなく、光も弱々しいものだろう。なおかつどんどん消え果てようとしている。その様子を旧友の数によそえるのである。消え失せる動きまでも表現して、見事である。「海山を」歌では、「厚」という題から、海山を支える「土」を持ち出している。いったいこんな発想をどこから持ち出してきたのだろうと感じざるをえない、自在な想像力でありスケールの大きな歌いぶりである。もちろん、そこには、宮廷を讃美する思いも込められているだろう。この歌会の二年前、明応九年（一五〇〇）に即位した後柏原天皇は、朝廷行事の復興に取り組み、とりわけ和歌に熱心であって、公宴の和歌会も頻繁に催した。為広や実隆の興奮ぶりさえ、伝わってくるようだ。戦国時代は、宮廷文化・和歌の衰微した時代だと簡単にまとめられがちである。大局的な趨勢としてはそうであっても、その中でなんとか守り立てようとする努力が積み重ねられていたことを、忘れてはならない。和歌史が続いたのは、続けようという意志が続いていたからであった。

実隆の代表作

実隆の歌には、ある種の強さがある。イメージを豊かに広げながら、かといって拡散しすぎないよう、きりりとまとめ上げる力を感じさせる。定家ら新古今歌人に通じる詠法であるが、実隆自身は、定家のライバルである藤原家隆を理想としていたらしい。細川幽斎の談話を烏丸光広が記した『耳底記』という歌学書に語られている。たとえば、それは、

明けばまた越ゆべき山の峰なれや空ゆく月の末の白雲

（新古今集・羇旅・九三九・藤原家隆）

の、とくに下句の凝縮した言葉遣いなどであったという。

さて、その『耳底記』には、実隆の「名所鶯」題の、

誰(たれ)聞けとながき日あかず高円(たかまと)の尾上(をのへ)の宮の鶯の声　（雪玉集・一二五、七二七二）

（いったい誰に聞けといって春の永日に飽くこともなく高々と高円の尾上の宮に響く鶯(うぐいす)の声）

の一首を挙げて、これは「尾上の宮に鶯の鳴く」と言うとよさそうな歌だが、どうか、という質問を受け、いや「声」であってこそ、歌がのびやかになるのだ、と答えている。たしかに「あかず」という副詞句には「鶯の鳴く」という方が、語法的にきちんと対応するだろう。ただしそれだと逆に、鶯が主体として固定されすぎる面がある。春の一日飽かぬ気持ちでいるのは、鶯の声に聞き惚(ほ)れている作中主体でもあるだろう。「声」とすることで、景情一致の気分が醸し出されるのである。

作中主体、という言葉を使って、作者と言わなかったのには訳がある。忘れられた宮殿にさえずる鶯の声を、春の永日に耳を澄ましているといえば、白居易の『新楽府』中の「上陽白髪人」が思い浮かぶからである。上陽の宮殿に白髪頭(しらがあたま)になるまで閉じ込められた宮女の詩である。

春日(しゅんじつ)遅し

日遅くして独坐すれば、天暮れ難し
宮鶯百囀するも、愁ひては聞くを厭ひ
梁燕双栖するも、老いては妬むを休む

こう歌われる情景がよく似ている。これを下敷きにして味わえば、「誰聞けと」という呼びかけるかのような初句も、深い嘆きを感じさせるものになるだろう。単純に言葉遣いが緊密だというだけでなく、世界が重層的に折りたたまれていることに注意したい。和漢の文化に通じた実隆らしさが発揮された歌なのである。

実隆は天文六年(一五三七)に八十三歳で没した。その前年二月に、中風に苦しめられた彼は、次の歌を詠んでいる。

過ぎにし五日より、中風といふ事に心地そこなひて、手足かなはざりしかば、弥生の卅日に

行く春は足疾き物を足たたず手折る手もなき花に暮れぬる

(春は足早に過ぎ去るが、私は足も立たないし、手折る手も動かない。花の中、春は空しく暮れてゆく)

狂歌と呼ぶべき歌だろう。老病に苦しむ姿を自虐的に洒落(しゃれ)のめす歌に、私はむしろ、状況に容易には屈しない強さと、健康的な精神を感じる。戦乱の世の中に、和歌はこのようにしたたかな精神を育(はぐく)んでいたのだ。

細川幽斎——戦国を生き抜く歌道

細川幽斎（一五三四〜一六一〇）は、父は三淵晴員。和泉上守護細川元常（室町幕府管領であった細川本宗家の一族）の養子となったとされるが、実は細川刑部少輔晴広の養子が正しいともいう。母は儒学の大家清原宣賢の娘であった。戦国武将でありつつ、和歌・連歌に才能を発揮し、かつ古典学者として中世歌学・古典学を集大成し、近世に伝えた、つまり中世和歌と近世和歌の橋渡し役であったと評価されている。家集に『衆妙集』がある他、後に述べるように、数多くの古典学の業績があり、また多数の古典を書写している。

古今伝授

宗祇流の古今伝授というものがある。東常縁が宗祇に相伝したのがその始まりである。宗祇はこれを、何人かの有力な弟子たちに伝授していった。中でも三条西実隆に継承されたことによって、古今伝授は飛躍的に地位を高める。そして古今伝授は実隆の子孫が継いでいく。実隆からその子公条へ、公条からその子実枝へと伝えられたのである。三条西家に代々受け継がれる家の学問、すなわち家学となったのである。実枝の次にはその子公国が継承するはずであったが、公国は実枝四十六歳で生した子であり、老齢の実枝に対しまだ年少であったので、実枝のもっとも信頼する弟子幽斎が、後に三条西家に伝授を返すことを約束して、いわば中継ぎ役として相伝を受けることになった。元亀三年（一五七二）から天正四年（一五七六）にかけてこの伝授は行われている。幽斎三十九歳から四十三歳にかけてのことであった。のちに幽斎は成長した公国に伝授を果たし約束を守ったのだが、残念ながら公国は早世してしまった。そこでさらに公国の一子実条に伝授を行っている。

しかしそれ以上に大きな意味を持ったのは、智仁親王に古今伝授を行ったことだった。智仁親王は誠仁親王（正親町天皇の第一皇子だったが早世。後陽成天皇の父）の皇子で、若年より和歌を好み、幽斎らの指導を受けた。この智仁親王が後水尾天皇に伝授したことによって、古今伝授は代々の天皇に伝わることになる。これを御所伝授と呼ぶ。幽斎から智仁親王への伝授は、古今伝授史上の大きなターニングポイントになったわけだが、幽斎が田辺城に籠城した際に中断していた古今伝授こそが、この智仁親王への伝授だったのである。この時点でただ一人の古今伝授継承者であった幽斎は、智仁親王を後継者に見定めていたのであった。

細川幽斎像（永青文庫蔵）

この智仁親王に伝授した資料が、今も宮内庁書陵部に残っている。すべてが智仁親王時代そのままではないけれども、このときの文書や書籍を中心にした一揃いのものとして、桂宮家に伝わっていたのである。それらの中心は、『古今和歌集聞書』と称される、幽斎の講義を親王が筆記したものである。「聞書」はノートの意。その他に、「切紙」と呼ばれる、最奥の秘伝中の秘伝を記した紙片や、誓状と呼ばれる他言しないことを誓う誓約書であるとか、伝授終了の証明書（「古今伝受証明状」と呼ばれる）なども交じっている。

ちなみに田辺城籠城の慶長五年（一六〇〇）に詠まれた和歌が、幽斎の家集に残っている。

　　慶長五年七月二十七日、丹後国籠城せし時、古今集証明の状、式部卿智仁親王へ奉るとて

古も今もかはらぬ世の中に心の種を残す言の葉　（衆妙集・五九九）

（『古今集』の昔も今も、和歌の道は変わらず、世の中の人の心のもととなっている）

智仁親王に与えた「古今伝受証明状」に添えられた幽斎の和歌である。

　　同じ時、烏丸蘭台へ草紙の箱参らせし時

もしほ草かき集めたる跡とめて昔に返せ和歌の浦波　（六〇〇）

（集めたさまざまな歌書で稽古して、昔どおりの歌の道を示してほしい）

これは同じときに「烏丸蘭台」すなわち烏丸光広に贈った歌書の入った箱に添えた和歌である。形見分けのつもりであり、若い門人に歌道の後を託す、という決意で詠んだのであろう。

さて、幽斎の経歴を簡単にまとめておこう。幽斎は幼少時から室町幕府第十三代将軍足利義輝に仕えていた。永禄八年（一五六五）義輝が松永久秀らに殺害されると、その弟の義昭を擁立し、同十一年（一五六八）信長とともに上洛し、室町幕府を再興する。三十五歳のここまで、和歌に関しては修業時代と見なされる。その後義昭を見限って信長の配下となり、畿内各地を転戦するが、天正十年（一五八二）六月本能寺の変で信長が横死してしまう。このとき四十九歳だった幽斎は、子の忠興とともに剃髪し、本来深い関係にあった明智光秀側には参じず、むしろ秀吉側に通じた。その後秀吉の寵遇を受けることとなったが、関ヶ原合戦では徳川方につき、最後は豊前小倉に封ぜられて没した。とくに出家後は、和歌・連歌・能楽・茶の湯を愛する数寄三昧の生活を送り、歌書ほか古典籍の書写に健筆をふるった。

幽斎の教え

『耳底記』という歌学書がある。細川幽斎の談話を、先ほど幽斎から歌書を贈られたと述べた烏丸光広が筆記したものである。慶長三年（一五九八）八月から七年までの談話が記されている。関ヶ原の戦いをはさんだ四年間である。このとき幽斎は六十五から六十九歳で、光広は二十から二十四歳に当たる。烏丸光広（一五七九〜一六三八）は、幽斎から古今伝授も受け、後に歌界の重鎮となる歌人であるが、このときはまだ四十五歳も年上の師を、ひたすら仰ぎ見ていたことだろう。

一歌のよみかたの口伝といふものは、我ようだ歌を人のかうというてきかする時でなければ、げにもと思はれぬものなり。いかさまよみかたの口伝、いうてきかせんといふことはならぬ物也。

(歌の詠み方の口伝というものは、自分が詠んだ歌を他人がこれこれだと言って聞かせるのでなければ、納得できぬものだ。どうしたって歌の詠み方の口伝は、言って聞かせようとしてもできないものなのだ)

自分が詠んだ歌への具体的な批評こそが、歌の詠み方の一番の教えとなるという。では、それはどういうことだろう。

一同　すみのえにおふてふ草を物おもふ心にこふる春のあけぼの　幽云、名といふ字が入らいではきこえかねんと存じ如此なり。春のあけぼのの面白きにうきをわすれたる心なり。
私(光)云、此の御歌題失念、たしかにおぼえず。
すみのえにおふてふ草を(ノキシニオフテフ草ノ名ヲ)物おもふ心にこふる(ウキ身ニツメ)春のあけぼの

(問。住の江に生えるという草を、悩んでばかりいる私は心から求めている、この春の曙(あけぼの)に。
幽斎が言うには、名という字が入ってなくてはわからないだろうと思い、次のように修正した。

春の曙のために悩みを忘れたという趣旨だ。私（光広）はこの歌の題を忘れてしまい、正確には覚えていないのだが、「住の江の岸におふてふ草の名を憂き身につめる春の曙（住の江の岸に生えるという草の名ゆえに、つらいことばかりの私は摘んだのだ、この春の曙に）」

道しらば摘みにも行かむ住の江の岸に生ふてふ恋忘れ草

（古今集・墨滅歌・一一一一・貫之）

を本歌とする一首「すみのえにおふてふ草を」について、まず光広が質問する。これに対して幽斎が改訂案を示したものである。作者は本歌を前提に、「恋忘れ草」を暗示しようとしたわけであるが、それには「名」という言葉がなくてはわかりにくい、と非難する。しかしこれはわかりにくいというより、いかにもなぞなぞめいた言い方がわざとらしい、ということなのだろう。しかも、「物思いを忘れる草が欲しい」という願望と、「春の曙」とが結びつく必然性も見いだしがたい。一方、改訂案の方であれば、春の曙の美しさによって憂いも忘れた、という意味となってうまくつながっていく。鮮やかな手際の添削である。作者の狙いばかりが目立つのを避けること、言葉が必然性をもってすっきりとつながっていくこと、どうやらそのあたりに幽斎のいいたいことはありそうだ。

もう一つ添削の例を挙げよう。

一問云、月

浮雲（うきぐも）をしばし光（斧がほど）に吹きわけて風こそいづれ（ひかり）秋の夜の月　風こそいづれとはいはれぬにや。

答、さもあるべし。然（しか）れども風こそひかりすぐにてまされり。此の次（ついで）に云、まつすぐにぞべりとよむべきなり。

（質問。月題の「浮雲をしばらくの間月光のために分けるように吹いたのだから、月が出た、ではなく、風が出た、というべきなのだろう。この秋の夜の月のころ」という歌では、「風こそいづれ」という表現がまずいでしょうか。

答。それでもいいだろう。けれども「風こそ光」（風こそが月を栄えさせるものだ）といえば、素直でまさっている。このついでに申しておくが、歌はまっすぐに、「ぞべり」と詠むべきだ）

「浮雲を」の歌に対して幽斎が示した改訂案が、「浮雲をしばしがほどに吹きわけて風こそひかり秋の夜の月」である。もともとの歌は、浮雲を分断する風の、月に対する働きの大きさを、「出づ」という言葉を生かして表そうとしたのだろう。だが少々わかりにくくなった。それに対して「風こそひかり」の改訂案は、趣旨はほとんど変えないながら、「光」に「栄えさせるもの」の意をも込めており、しかもこの表現は古来用例もあることから、あまり読者を悩ませることのない、滑らかな表現となっている。「ぞべりと」という言い方が独特で意味が取りにくいが、「ぞべぞべ」が「美しくはでな服装をして、ぞろりとしているさま」(角川古語大辞典)などとある。「ぞろり」はだらしなく着流す様子である。「すぐ(直)」「まつすぐ」にほど近い意味のはずだし、「すらり」などという語も他の箇所では使っている。ごたごたとした渋滞感を催さない言葉運びのことであろうが、そこに、あまり意匠を凝らし過ぎるな、というニュアンスが込められているように思われる。正統的な言葉の連動への意識である。

古今伝授の精神

古今伝授では、どのようなことが伝えられたのだろう。もちろん中心は和歌のバイブルたる『古今集』の注釈である。しかしその他にもさまざまなことが教えには含まれていた。とくに大事な秘伝は「切紙」と呼ばれる紙片に記されて伝えられた。その中で、大谷俊太氏が注目している箇所を引用しよう。智仁親王に伝授された『当流切紙』の中の一節だという(大谷俊太『和歌史の「近世」』)。

心を古風に染め、詞を先達にならふべし。心を正しく詞をすなをに詠むべし。心を物にまかせて和を基とせよ。惣には物に対して事なかるべし、是を正とす。

(心は古い和歌のそれに没入し、表現は古人に倣いなさい。心には邪(よこしま)なものがないようにして、表現は飾り立てずストレートに詠みなさい。心情は対象にゆだねるようにして、調和を基本としなさい。全体に相手や事柄に対してあらがうことがないようにしなさい、これを「正」とします）

注目したいのは、「心を物にまかせて」とか「物に対して事なかるべし」という、己を無にする姿勢が強調されていること。そして「和」を基本とせよ、という。「和」とは「調和」のことであろうが、「平和」「融和」などにもつながるだろう。武人であった幽斎に「平和」もない気がするが、戦に生きていたからこそ、「和」を求める気持ちに訴えるものがあったのだろうし、彼のいう「和」にも凄みがあったのではないか。「和」という詞を発するときの重みを思いやりたい。

「事なかるべし」はどういう意味だろうか。この後に、

時々にまた万物に逆はざれ。逆はざれば無為なる事あり。是を和と云ふ也。

（そのときそのときあらゆる物事に逆らってはいけません。逆らわなければ人為を去ることができます。是を「和」というのです）

という一文もある。これから考えるに、物事をあるがままに受け入れ、成心をもって事に対さ

ないことだろう。これも平和に通じる。たやすく平和を得るなどできるはずもないが、しかし戦乱にあっても、心を高く保つことができる。理想を持つことができる。「無為」が大事のようだ。人為を排することだろう。「逆ふ」という語も使っている。自然な流れに逆らうということらしい。欲望のままに事を動かそうとか、自分を目立たせようとか、そういう欲を抑制せよ、というのだろう。「正」というのはただ正しいということのみではなく、「正風体（しょうふうてい）」の「正」なのであろう。「正風体」とは、中世歌道の正統をなす、二条派の歌風のことである。

わたしはここに、幽斎の教えの説得力の源があるという気がしている。長い歴史をもつ、由緒ある正統的な文化と、広い意味での処世術とが合致しているのである。現代を生きるわたしたちも、多少の人生経験さえあれば、ここぞというときに事前の意図や計算はかえって邪魔になり、それを潔く放り出すことで、かえって他人の協力も得られて事が成ることを知っている。混乱の渦中では、本来の姿に戻ろうという言葉に説得力を感じていただろうと理解することができる。現代社会を生きていての実感に過ぎないが、戦国の時代に通じるところがないとはいえまい。古臭く、非個性的ともいえる歌の道が、むしろそれゆえに、戦乱・流動の社会を生きる知恵として生かされているのだと思う。

幽斎の古典学と和歌

幽斎の遺（のこ）した古典学について、一部を垣間見（かいまみ）ておこう。和歌の注釈としては、『新古今和歌集聞書』や『百人一首抄』――『幽斎抄』などとも呼ばれる――がある。歌論の注釈としては『詠歌大概抄』がある。これは三条西実枝の講釈をまとめたものである。散文作品にも手広い。『伊勢物語』の注釈書としては『伊勢物語闕疑抄』があり、『源氏物語』については、中院通勝の『岷江入楚』完成に助力している。

いずれも幽斎独自の説を主張するというよりも、中世以来の所説を取捨選択したり集大成したりすることに主眼がある。古人の読解にまずは敬意を払い、それに自分がどう寄り添っていくかを吟味する、という姿勢で共通する。我欲を抑制し、歴史の尊重を第一とする幽斎らしさがここにも及んでいる。しかも、語り口が平易である。わかりやすく相手に届く言葉で語ること。ここに古典を現在に生かそうとする彼の態度が示される。幽斎の注釈には近世に広く受容されたものが多いのであるが、それも理由のないことではなかったのである。

家集の『衆妙集』から、いくつか引いておこう。

八月十五夜、関白殿大仏殿のうしろの山の亭にて月を翫び、それより聚楽亭に帰らせ給ひて和歌会侍りしに

月今宵音羽の山の音に聞く姨捨山のかげも及ばじ　（衆妙集・三六八）

（八月十五夜に、関白秀吉殿が大仏殿の後ろの山のあずまやで月見を楽しみ、それから聚楽亭に帰られて和歌会がありましたときに

今宵の音羽山の月は、名高い姨捨山の月光もかないますまい）

天正十六年（一五八八）に秀吉が催した観月の会での詠。この「音羽山」は清水寺の裏山のこと。「大仏殿」は現在、京都市東山区茶屋町にある方広寺の大仏殿。秀吉の意向を褒め称えている。幽斎は秀吉の御伽衆（貴人の話し相手となる役職）的な存在であったとされるが、こうした歌を見るとたしかにさもあらんと思われる。

鴨長明『方丈記』を慕う歌もある。

日野といふ所にまかりけるついでに、長明といひし人、うき世を離れて住居せしよし申し伝へ侍る外山の庵室の跡を尋ねて見侍るに、大きなる石の上に松の年ふりて、水の流れいさぎよき心の底、さこそと推し量られ侍る。昔のことなど思ひ出でて

岩がねに流るる水も琴の音の昔おぼゆるしらべにはして　（衆妙集・六五八）

（日野という所に出かけたついでに、長明といった人が憂き世を離れて住居を構えたと言い伝えられている外山の草庵の跡を訪ねてみましたが、大きな石の上に老松が生え、河の流れも清浄で、心の底もさぞや清らかだったろうと推量されました。昔のことなどを思い出して詠みました。

岩に流れる水も、昔長明が奏でたという琴のしらべかと聞こえます）

これは『方丈記』の一節である、「もし余興あれば、しばし松の響きに秋風楽をたぐへ、水の音に流泉の曲をあやつる」を思い出して詠んだ、ということなのだろう。今も京都市伏見区日野の法界寺の近くには、方丈の庵跡といわれる岩が複数ある。

弟子たち

幽斎は多くの文化人に影響を与えた。彼らの中にはこの後の文化の形成や普及に力を持った人が少なくなかった。烏丸光広、智仁親王、中院通勝についてはすでに名を挙げた。その他、木下長嘯子（一五六九～一六四九）、松永貞徳（一五七一～一六五三）らもいる。貞徳などは、和歌・連歌・俳諧・古典学に優れ、数多くの門弟を育てたが、その際幽斎の名を用いることも多く、幽斎の令名はいやが上にも高まることとなった。

後水尾院——和歌の価値を高めた天皇

堂上和歌の中心、後水尾院

長い戦国の時代が終わり、安土・桃山時代を経て、江戸幕府が成立した。朝廷や公家たちは、その幕藩体制の中に組み入れられることになる。天皇を中心とした貴族たちが、武家に従属する仕組みが確立することとなった。ただしそれは逆に、滅亡一歩手前までいった、天皇・朝廷の秩序が、新たな政治機構のもとで、維持され存続することが認められた、ということもできる。徳川幕府がその存在意義を認め、再生策を施したことによって、天皇も公家も息を吹き返したのだ。もとより幕府の強力な統制のもとに置かれたことは言うまでもないけれども。

幕府がどのように朝廷を規制しようとしていたかは、『禁中並公家諸法度』に表れている。元和元年（一六一五）に交布された法令である。その第一条では、天皇のなすべきことが定められている。それは、まず第一に学問であり、第二に和歌であった。ここで和歌が掲げられた意味は小さくない。天皇の技芸として、江戸時代を通じて重要視されることになったからである。そしてそのような幕府から求められた天皇像を、江戸時代の初めに実現して見せた帝がいた。後水尾院である。もちろん、この時代の和歌は宮廷――堂上という――だけではなく地下の活動も盛んだったし、宮廷周辺にも有力歌人は多かったが、歌の実力ももちろんながら、同時代歌人に対する指導力や、また後世への影響力という点で、後水尾院は群を抜く存在であった。江戸時代を貫いて、和歌界の権威であり続けたのである。まずは院の和歌活動を中心に、和歌史を眺めてみることにしよう。

後水尾天皇（一五九六～一六八〇）は、第百八代の天皇である。後陽成天皇の第三皇子で、母は近衛前久の娘、中和門院前子であった。中宮となったのは、徳川幕府第二代将軍徳川秀忠の娘、東福門院和子である。慶長十六年（一六一一）に後陽成天皇の跡を継いで即位し、寛永六年（一六二九）に娘の明正天皇に譲位した。譲位後も、明正・後光明・後西・霊元天皇の治世において、上皇として辣腕をふるい、制約の多い中で宮廷文化の隆昌を導いた。初学期に後陽成院・近衛前久・近衛信尹、ついで三条西実条・烏丸光広・中院通村らに指導を受ける。寛永二年（一六二五）智仁親王から古今伝授を受け、堯然法親王・道晃法親王・岩倉具起・飛鳥井雅章・後西天皇・日野弘資・烏丸資慶・中院通茂に古今伝授を行った。家集に自撰かとされる『後水尾院御集』、注釈・講釈に『古今集聞書』『詠歌大概御抄』『百人一首抄』『伊勢物語御抄』などがあり、院の語る歌学を聞書した『飛鳥井雅章卿聞書』『後水尾院御仰和歌聞書』『麓木抄』などが現存している。

古今伝授と和歌

試筆古今御伝受翌年

時しありと聞くもうれしき百千鳥さへづる春を今日は待ちえて　（後水尾院御集・一）

（まさにその時が来たと聞くのも嬉しい。「百千鳥」がさえずる春を今日待ち迎えて）

『後水尾院御集』（以下、『御集』と略す）の巻頭を飾る歌である。詞書の「試筆」とは、新年最初に筆を執ること。いわゆる書き初めとして、歌を詠んで記したわけである。「古今伝受」の翌年とあり、院が智仁親王から古今伝授を受けたのは寛永二年（一六二五）三十歳のときだから、この歌は寛永三年の新年の作となる。「百千鳥」は、「稲負鳥」「呼子鳥」と並び「三鳥」と呼ばれるものの一つで、古今伝授の中でも重要な語となっている。基本的には、『古今集』の、

題しらず　　　　　　　　　　　　　　　　　　よみ人しらず
百千鳥さへづる春は物ごとにあらたまれども我ぞふり行く　（古今集・春上・二八）

の歌に由来する語であり、院の歌もこれの本歌取りである。この『古今集』の「百千鳥」は、現在通常「たくさんの種類の鳥」と理解されているが、後水尾院が受けた伝受では、「臣下」のことであったらしい。ちなみに、三鳥の「稲負鳥」は「今上帝」、「呼子鳥」は「関白」のことという。天皇として自らの立場を自覚する彼にふさわしい語であったろう。その語をあえて詠み込んで、古今伝授で学んだことを、現実の中で表現できた喜びを表している。歴史の重みを、自分自身のこととして表す喜びであろう。

天皇としての自覚

春到管絃中（春は管絃の中に到る）

国民とともにたのしむ糸竹にをさまる春の色をうつして　（後水尾院御集・一八六）

（国の民とともに楽しむ管絃の音色には、太平の世の春らしさが込められている）

「国民」という言葉は和歌では珍しい。管絃もまた、古来天皇の修めるべき芸能であったから、その春の音色にこの世の平和を思うのである。

寄道慶賀

思ふ事の道道あらん世の人のなべてたのしむ時の嬉しさ　（後水尾院御集・九九一）

（悩み事がそれぞれの方面であるだろう世の中の人が、すべて楽しんでいるときの嬉しさよ）

これもまた「国民」の心を思っている。

寄日祝

天つ日を見るがごとくにめぐみある世とだに知らぬ時のかしこさ（後水尾院御集・九九七）

（太陽を見るように、それをこの世の恵みだとも感じない、そんな太平の世の素晴らしさよ）

鼓腹撃壌を謳われた中国古代の理想的帝王、堯のように、民が恩恵を恩恵と感じない、本当に平和な世を望む。皇位が日嗣と呼ばれるなど、天皇が太陽にたとえられることを、うまく逆手に取っている。

受け継ぎし身のおろかさよ何の道もすたれ行くべき我が世をぞ思ふ

（後水尾院御集・一四〇一）

（父より受け継いだ我が身の愚昧さよ。どの道も私の代では廃れていくだろうことを思う）

ずいぶん悲観的な歌である。これは、元和三年（一六一七）、父である後陽成院が亡くなったとき、その喪に服す中で、「諸法実相」の一字一字を歌の最初の字に置いて、都合八首の歌を詠んだうちの、最後の一首である。そもそも和歌には祈りの言葉としての性格がある。このような歌の詠み方は、写経や読経などに通じる行為であると同時に、さらに自己表現の意味をも持つものであったろう。作者はまだ二十二歳、皇位を継いで六年ほどにしかならない。のしかかる重圧に押しつぶされそうになることもあったに違いない。父であり、先帝である後陽成院の死を哀悼するという場が、そうした思いを正直に吐露させたように思う。天皇としての自覚が吐かせた言葉だろう。

いかにして此の身ひとつを正さまし国を治むる道はなくとも　（後水尾院御集・九三四）
（どうやって自分だけでも、あるべき正しい道を行ったらよかろうか。国を治める道はわからずとも）

政治の実権を武家に奪われつつも、天皇として誇り高くありたいという願いを感じる。

心を重視する

独述懐

隔てなく言ひむつぶとも世の中に同じ心の友はあらじな　（後水尾院御集・九三二）
（遠慮なく話せる仲だったとしても、世の中に同じ心を持つ友はいないものだろうな）

『徒然草』第十二段の、

同じ心ならん人としめやかに物語して、をかしき事も、世のはかなき事も、うらなく言ひ

慰まんこそうれしかるべきに、さる人あるまじければ、つゆ違はざらんと向かひゐたらんは、ひとりある心地やせん

の影響があるといわれている。題の「独」が引用文最後の「ひとり」と響き合っていて、この時代『徒然草』がしきりと享受されていたことなども考え合わせると、たしかにそうだろうと思わせる。同じ心を持つ友などいないだろうという文句を文字通り受け取ると、ひどく孤独に苛まれている歌となるが、必ずしもそう解さなくてもよいだろう。仲が良くて何でも話し合える、というようなレベルでは満足できない、むしろそこに忍び込みがちな馴れ合いや欺瞞を峻拒する、あくまでも孤高を求める心根がないだろうか。ここでも、院の誇り高い思いを読み取ってみたい。

別恋

急ぐなよよも又は来じ此のたびや限りと慕ふ今朝の別れを　（後水尾院御集・一一四五）

（急がないで。きっともう来ないおつもりでしょう。これが最後と思って今朝はお別れを慕っているのですから）

まるで映画のワンシーンの、別れの台詞のようだ。物語を想定して、その中での人の心の動

きを想像しているのだろう。一見はかなげに縋っているようだが、本当に別れ際にこう言えるとしたら、なまなかの強さではない。なけなしの自尊心を掻き集めて、別れのみじめさを押し隠す、そういう演技なのだと読んでみたい。

思往事

さまざまに見し世をかへす道なれや雨夜更け行くともし火のもと（後水尾院御集・一一三七）

（あれこれ往事へと引き戻すところなのだろうか、雨の降る夜更けの灯下は）

「道」という語が面白い。まるで灯火を掲げて、雨の夜を、昔に返る道を歩いて行くようではないか。灯火の光が、過去の幻影の空間へと誘い込み、次から次へと、思い出が思い出を呼ぶさまなのであろう。

変恋

つらくてもさらば果てじと変はりゆく心をしひて頼むはかなさ（後水尾院御集・一一五二）

（薄情になってもそれならこのまま終わるまいと、相手の変わりゆく心を無理にあてにしてしまうはかなさよ）

相手はすっかり心変わりして冷たくなってしまったけれど、それならそれで、このまま終わらずまた変わるかもしれない、などという期待感を持ってしまう自分を、嘆息とともに眺めている。屈折した心理をかなり凝縮して詰め込んでいる。ただし、いかにもそれらしい心情の揺れを表しているので、不自然というわけではない。

これら「心」を題材とする歌からは、和歌の様式に従いながらも、現実を生きる人の心のリアリティが追い求められているといってよいだろう。歴史と伝統を重んじる優美な和歌の中に、確実に新しい時代の人間観が含まれているのであった。

古典へのまなざし

ではその歴史・伝統とはどのように向き合っていたか。

懐旧

開けなほ文(ふみ)の道こそいにしへに返らん跡(あと)は今も残さめ　（後水尾院御集・九三六）

（書物を開け。学問・文学の道こそが、いにしえに返るべき跡を今も残しているだろう）

書物を読め、そこに昔へ返る道が示されている。古典学の堂々たる宣言である。現在や未来はどうでもよいのか。そうではない。そもそも古典を学ぶ基盤には、その昔から尚古思想があった。いにしえを尊び、今を低く見る下降史観に基づいていた。武家に身の動きをがんじがらめに封じられたとき、その古典学の古来の思想が、むしろ生き生きとした現代的意義を持ったのではないだろうか。

関月

夜をこめて鳥もや鳴かん関の戸はあけしばかりの月のさやけさ　（後水尾院御集・四五〇）

（夜更けに鳥も鳴くのではないか、関の戸を開けんばかりに。まるで夜が明けたかのように月がさやかに照っているので）

言うまでもなく、『百人一首』にも入った、

夜をこめて鳥の空音にはかるともよに逢坂の関は許さじ

（後拾遺集・雑二・九三九・清少納言）

の本歌取りである。鳥の鳴き真似をしてだまそうとしても、函谷関の番人ならともかく、逢坂の関は許しませんよ、という歌を踏まえて、「あけ」（明け・開け）の掛詞を生かして、月の明

るさをうまく導き出している。後水尾院の『百人一首』の講釈の聞書には、こうある。

歌の心は、よしその函谷関の鶏は鳴いてたばかつて通るとも、この逢坂の関をば許すまい。逢坂の関を許すまいとは、此逢ふことを許すまいじや。函谷関と逢坂とを取り合せてやすらかにかう言ふた。上手のしわざじや。

後水尾院の作品そのものも、「函谷関と逢坂とを取り合せて」、「あけし」の掛詞などを用いて「やすらかに」（ゆったりと余裕を持って）月の歌として表現した、「上手」のものではなかろうか。歌の学問と作歌の実践が、統一されているさまがうかがわれる。

『源氏物語』を踏まえた歌も見ておこう。

稀逢恋

あやにくに暗部の山も明くる夜を稀なる中にかこちそへつつ　（後水尾院御集・七一三）

（あいにくにも暗部山でさえ明けてしまう短夜を、稀の逢瀬に加えて恨み続けて）

これは『源氏物語』若紫巻の、光源氏と藤壺の極秘の逢瀬の場面、何ごとをかは聞こえつくしたまはむ、暗部の山に宿りも取らまほしげなれど、あやにくなる短夜にて、あさましうなかなかなり。

見てもまた逢ふ夜稀なる夢の中にやがてまぎるるわが身ともがな　（光源氏）

とむせかへりたまふさまも、さすがにいみじければ、

世がたりに人や伝へんたぐひなくうき身を醒めぬ夢になしても　（藤壺）

「暗部の山」「あやにく」「稀なる」など、物語の言葉をなぞるように取り入れ、それを歌の形に凝縮するようにまとめている。学びの成果を見せつけるかのようだ。

寄衣恋

返しても見る夜まれなる夢ぞうき中に有るだにうとき衣を　（後水尾院御集・八〇八）

（共寝の際でさえ二人の間を隔て疎ましかった衣を、返しても夢を見る夜が稀なのがつらい）

これは同じ場面の光源氏の歌の言葉と「衣だに中にありしはうとかりき逢はぬ夜をさへ隔てつるかな」（拾遺集・恋三・七九八・よみ人知らず）という古歌の言葉を巧みに接合している。源氏歌は衣から逢瀬の夢へと連想の世界を広げる媒材として機能している。

良い歌とは

『麓木抄(ろくぼくしょう)』という歌学書がある。息子である霊元院(れいげんいん)が、後水尾院の語りを聞き書きした書である。その中に次の一節がある。

歌は、すなほにて良きやうなるも良けれど、それよりは少しおとるとも、珍しきが良き也。是、今の世の心得の第一也。
句のつづまやかにて、たけあるやうに詠むべし。たけあるやうにと思へば、句のびてわろし。句のつづまやかにて、詰まらぬやうに心得べき也。近代上手の歌ども見るべし。みなそれ也。

（歌は、飾らないで優れているような歌が良いのは確かだが、それより劣ったとしても、珍しい歌が良いのだ。これは現代で心得るべき第一のものだ。
表現が凝縮していて、格調高く詠むがよい。格調高さばかりを得ようとすると、表現が間延びしてよくない。表現が凝縮していて、かつ渋滞感のないように心得るがよい。最近の名人たちの歌などをよく見るがよい。皆そういう歌だ）

まず前半では、無技巧な歌の良さを認めつつも、珍しさを第一に心がけよ、という。伝統を重視するからこそ、伝統に安住せず、新規性を追求する姿勢を大事にする、ということなのだろう。一例を挙げる。

影にほふ松も移り行く秋の月待つ夜重なる峰の続きに　（後水尾院御集・四〇四）

（秋の月の光がほのかに浮かぶ松も次第に移動していく。月の出を待つ夜が幾晩も続く、幾重にも重なる峰続きに）

これから出ようとする月がほのかに照らす松は、夜ごとに別の松に移動していく。「重なる」が掛詞となっているが、かなり新鮮な観察がうかがえる和歌だ。

後半の、凝縮しながら渋滞感がないように詠め、というのはいささかつかみ取りにくい。たとえば、こういう歌だろうか。

早秋

末つひに身にしむ色の初入や衣手かろき今朝の秋風　（後水尾院御集・一一〇三）

（最後にはついに身にしむ色となって吹く秋風は、今日はその初しおとして袖を軽々と吹いている）

寛永十三年（一六三六）三月三日に開始された着到和歌（指定された場所で、題に従って毎日

一首ずつ決められた日数詠む和歌）での一首で、別に二七〇番にも配されている。藤原定家の名歌、

白妙の袖の別れに露おちて身にしむ色の秋風ぞふく　（新古今集・恋五・一三三六）

を前提として、そういう身にしむ色を持つ秋風を予感させつつ、今は袖に軽く吹くだけの秋の初風を詠む。「入（しほ）」は衣を染料に浸す回数のことで、「衣」の縁語となっている。言葉を相当に凝縮してつなげてはいるが、全体的にはすっきりと理解できる。こうした和歌を目指していたのではないだろうか。

後水尾院は、右に見たような抜群の歌才を背景に、堂上の歌人たちをリーダーとして牽引（けんいん）していたのである。天皇・上皇という至尊の存在であったことと相まって、江戸時代に入って和歌の価値を飛躍的に高めた歌人といえよう。

香川景樹——溶け込んでいく「しらべ」

江戸時代後期の変化

江戸時代という名称だからといって、なにも最初から江戸が日本のすべての中心だったわけではない。もちろん、幕府の置かれた江戸の重要性は言うまでもないことだが、江戸時代の前半ごろまでは、京と大坂（大阪）は江戸と並んで三都と呼ばれた。ましてや古都である京は、学芸・文化の中心としての地位を保持していた。

しかし、江戸時代も後期を迎え、十八世紀の半ばごろを境に大きく変わってくる。江戸が京・大坂、すなわち上方の文化的権威や経済力をも吸収し、巨大な中心都市として成長を遂げたからである。しかも問題はこの三つの都市の勢力図に限ったことではなかった。情報網や交通網の発達により、地方都市の役割が急速に大きくなっていったこと、それに伴って、地方都市の人間も文化の発信者として台頭してきた、ということに注目される。もちろんそうした変化は、文学だけに限っても、新しいジャンルの発生を生み出す要因になったが、容易に変わらない和歌に関しても、新たな潮流を生み出した。

香川景樹の生涯

香川景樹（一七六八〜一八四三）は、因幡国（いなばのくに）鳥取藩に生まれ、七歳のとき、実父であった荒井小三次が没したために、伯父（おじ）である奥村定賢の養子となった。二十六歳のとき、妻包子を伴って京都に出奔し、刻苦して頭角を現す。二十九歳で有力歌人香川景柄（かげもと）（梅月堂四世）の養子となるが、三十七歳のときに離縁となる。技巧を排した「ただごと歌」を提唱する革新的な小沢蘆庵に私淑するなど、伝統的な二条派の歌風であった養家にそぐわなかったことが原因といわれている。引き続き香川姓を名乗りつつも、一家を立てる。熊谷直好・木下幸文・菅沼斐雄・高橋残夢・大田垣蓮月・八田知紀・渡忠秋など、全国的規模で多くの門人を持ち、明治時代まで続く桂園派の礎を築いた。ただし五十一歳で江戸へ出て勢力伸長をはかったが、この試みは失敗に終わり、失意のままに帰京している。多くの門人に囲まれつつ、天保十四年（一八四三）に七十六歳で天寿を全うした。

香川景樹、『国文学名家肖像集』より

作品としては、家集『桂園一枝』があり、歌論書に賀茂真淵の『新学』に反論した『新学異見』や、弟子の内山真弓がその教えを体系化した『歌学提要』などがある。注釈には、『古今集』を尊重した彼らしく、『古今和歌集正義』などがある。

「事につき時にふれたる」

『桂園一枝』は、香川景樹が自ら選び抜いた家集で、門下生の強い勧めで編集に到った。九百八十七首を収める。景樹自身が講釈を加え、その聞き書きが『桂園一枝講義』(以下、『講義』)として残されるなど、一門で尊重されたのはもちろん、世評も高かった。が一方、当時から酷評も少なくなかった。もとより伝統から外れるような詠み口が非難の対象となったのである。たとえばそれは「事につき時にふれたる」という詞書のもとに集められた、百四十五首の歌に端的に表れている。『桂園一枝』は四季・恋・雑・雑躰という、ごく一般的な構成を採用しているのだが、その四季と恋の部立ての間に、唐突に放り込まれているのである。

特徴的な歌を、いくつか取り上げてみよう。

春の野のうかれ心は果てもなしとまれと言ひし蝶はとまりぬ　(桂園一枝・四七七)
(春の野にさまよう心は際限もない。止まれと歌われた蝶々は止まったが)

蝶よ蝶よ花といふ花の咲くかぎり汝がいたらざる所なきかな　(桂園一枝・四七八)
(蝶よ、蝶よ。花という花が咲く限り、お前はどこまでも行くのだ)

蝶の歌が二首並んでいる。景樹には蝶の歌が少なくないが、その中でもこれらは個性的だ。「春の野の」の歌は、先に述べた『講義』で自ら解説するところに従えば、古い童謡に「蝶よとまれ、菜の葉にとまれ」とあるのを踏まえたという。現在歌われている唱歌「蝶々」の歌詞が想起される。その唱歌は、景樹のこの歌とその解説の影響を受けて出来上がったともいわれている。また、景樹は春の夕べの歌で、蝶は早くとまるものだから、とも語っている。蝶でさえ歌どおり休んでいるというのに、興の余りにさまよい出す我が心は収まらない、というのである。童心に返ったような口つきが、興じる心の深さを証し立てている。
「蝶よ蝶よ」の方は、やはり『講義』によると、摂津国多田山（現在の兵庫県川西市辺りの山）の山奥に赴き、庵で休息していたときに、蝶が飛んで来たので詠んだ歌だとある。こんな山奥でも花がある限りお前は訪れるのか、と感嘆したのだが、もとより自らを託すところがあるのだろう。

近わたり夕立しけむこの夕べ雲吹く風のただならぬかな　（桂園一枝・五〇七）
（近くで夕立が降ったのだろう。この夕暮れ時、雲を吹く風が尋常ではない）

雲が急にただならぬほど速く流れていく。とすれば近くで夕立が降ったのだろう。そしてまもなくここにも夕立を運んでくるのだろう。天候の変化を捉えているが、存外理性的に雲を吹く風の動きから推察している。

朝づく日匂へる空の月見れば消えたる影もある世なりけり　（桂園一枝・五三四）

（朝日が輝いている空の月を見ると、消えた光というものもこの世にはあるのだった）

下句が独自な切り口を感じさせる。この世には、消えている光というものも存在するのだ、ということだろう。朝日に光を奪われた月に、存在感を示せぬままに生きる人生を象徴させていると思われる。

笑ふにも涙こぼるる世中に泣きつつ笑める人も有りけり　（桂園一枝・五七九）

（笑う際にも涙がこぼれる人がいる一方、世の中には泣きながら笑っている人もいるのだ）

涙がこぼれるほど笑っている人がいる一方で、泣きたい気持ちを抑えて笑っている人もいる。作者の気持ちは後者にあるとはいえ、あまり倫理的に捉えなくてもよいのだろう。泣いたり笑ったり、人生いろいろ、と飄々とうそぶいている作者を感じる。

子はなくてあるがやすしと思ひけり有りてののちに亡きが悲しさ　（桂園一枝・五八一）

（子供はいない方が気楽だと思っていた。子を持ってその後で死なれることの悲しさよ）

子供はいない方が気楽だなどと、それこそお気楽に思っていたことよ。いとおしんだ子に先立たれることの悲しみの深さを知らなかったから。『桂園遺稿』によれば、享和三年（一八〇三）九月十六日の詠で、この五日前の十一日に、景樹は生まれたばかりの長男を亡くしている。

願はくは病もなくて良き家に生まれ出でなんふたたびの世は　（桂園遺稿）
（良家に生まれて病気せずにいておくれ、次の人生では）

はかなくも死にまさりせし顔を見てかつはうれしと思ひけるかな　（桂園遺稿）
（おかしなもので、ずっと安らかになった死に顔を見て、それはそれで嬉しく思ったことだ）

も、このときに詠んだ歌である。洒脱な言い方が、かえって悲しみを浮き彫りにしている。

映像を作る

妹と出でて若な摘みにし岡崎の垣根恋しき春雨ぞふる　（桂園一枝・四六二）
（妻とともに出て行って若菜を摘んだ岡崎の垣根が恋しくなる。春雨が降る中）

これも「事につき時にふれたる」中の一首であり、伝記的にも注目される作である。妻の包子が亡くなった文政三年（一八二〇）の詠と推定されている。岡崎は現在の京都市の岡崎で、景樹は享和三年（一八〇三）にここに転居している。今は京都市左京区岡崎東福ノ川町に香川景樹宅址の石標が立っている。

「垣根」が面白い。妻と暮らした家のことであり、また若菜を摘みに岡――「岡」は岡崎との掛詞であろう――に出たことをも表すために、その境界である垣根を、恋しさを象徴する絵柄として選んだのである。妻の死に際して詠んだとはいえ、かなり構成に工夫が凝らされている。

富士の嶺を木間木間にかへり見て松の影踏む浮島が原　（桂園一枝・五五八）
（富士山を並木の間間で振り返りながら、松の影を踏んでいくよ、浮島が原のあたりで）

やはり「事につき時にふれたる」の歌であるが、『中空の日記』にも記載されている。『中空の日記』は、文政元年（一八一八）冬に江戸を去って帰京するまでの紀行文。真っ白に雪を頂いた富士山を見ての詠が続いた後に、「諏訪松長を過ぎて原にかかる」としてこの歌がある。「諏訪松長」は現静岡県沼津市大諏訪で、江戸より三十里の一里塚があった。次が原一本松の一里塚である。駿河湾沿岸のこの辺りは、浮島が原と呼ばれる低湿地帯が細長く伸びており、真北に富士を望む絶景の地でもあった。松の木陰から振り返り振り返り富士の高嶺を眺めつつ行く旅人の姿が彷彿とする。これは今の旅行者にもすぐに理解できる情景であろう。むしろ、少し意地悪な言い方をすれば、理解できすぎるとさえいえないだろうか。岡本聡氏は、この歌を「動画のような動きがある」と評している（『コレクション日本歌人選 香川景樹』）。同感である。そしてその動画は、受け手に情景がすぐに伝わるよう、繊細なまでに神経を使って、絶妙な空間をえり抜き、役者の身振りを指定しているように思われる。要するに景樹は、映像に対するこだわりの強い映画監督といえそうである。

題しらず
うづみ火の外に心はなけれども向かへば見ゆる白鳥の山　（桂園一枝・四三〇）
（埋火に心奪われていたが、ふと見ると、白鳥の山に向かい合っていた）

傑作の誉れ高い一首。冬の埋み火――囲炉裏で、灰に埋めた炭火――を一心に見つめていたが、ふと見ると白鳥山が見えた。白鳥山は比叡山に連なる山並みの一峰で、『講義』によれば「きららの山」を指す。作者の家から見えたには違いないだろうが、また雪を頂いたその山にふさわしく選定された名称ではないかと思う。「向かへば」は、埋み火に向き合っていたつもりだったが、自然と白鳥山に対面することとなっていた、ということ。ここでも、風景の配置と人物の位置関係が、精妙に選び取られている。風景との無意識の出会いを表すために、空間を意識的に選び取り、役者を動かしたのである。

洒脱な教養の歌

これまで景樹の個性がよく顕れた歌を見てきた。しかし彼の歌の多くは、『古今集』を中心とした古典の教養を吸収し、それをのびやかに生かした歌である。

霞遠聳

大比叡やをひえの奥のさざなみの比良の高根ぞ霞みそめたる　（桂園一枝・一七）

（比叡山の奥の比良山の高峰がかすみ始めた）

初雪

巻き上ぐる篠の簾のさらさらに思ひもかけぬけさの初雪　（桂園一枝・四一二）

（さらさらと巻き上げた篠竹の簾から、今朝少しも予想しなかった初雪が見えた）

宮の御会に、偽の夕といふ心をよませ給ふによめる

来むといふを待たじといひしこの暮のわが偽もあらはれにけり　（桂園一枝・六〇四）

（あなたは行くよと言い、私は待たないと答えた。この夕方、私も嘘をついていたとわかった）

四一二番などは、『枕草子』の「香炉峰の雪」を問われて簾を揚げさせた章段を踏まえているのだろう。いずれも古来の表現が、ごく自然に我が心のままに流露したと感じ取られるよう

仕組まれている。かといって、それほど深い知識までは要求していない。あくまで一般教養としての古典を、わかりやすく生かしてみせることに狙いがあるかに思われる。古典を今の自分の感覚にフィットするよう引き寄せ、翻案して示す、といってもよいかもしれない。前に景樹の歌の洒脱さを指摘したが、これらも意外なほど洒脱さを感じさせる。都会的とさえいいたくなる。そのあたりに、伝統と現代的な感覚を融合させた景樹の真骨頂があるのだと思う。

景樹の「しらべ」

景樹は「しらべ」を重んじた。「歌はことわるものにあらず、しらぶるものなり」という発言をしきりと繰り返している。

「しらべ」には、「祈り」「境界」「演技」「連動する言葉」という要素がすべて含まれている。

たえだえに松の葉白くなりにけりこの夕時雨(ゆふしぐれ)みぞれなるらし

霙(みぞれ)の題で詠んだ歌である。とぎれとぎれに春の葉が白くなった。ああそれはこの夕方の時雨(しぐれ)が、霙だったからなのだなあ、と気づいたというのである。のちに景樹はこれをこう改作した。

しぐるるはみぞれなるらしこの夕べ松の葉白くなりにけるかな　（桂園一枝・四〇二）

（時雨かと思ったが、霙だったらしい。この夕暮れの中、松の葉が白くなったよ）

そしてこちらを『桂園一枝』に収めている。そして自ら一首を「雅調」だと自負している。上下句をひっくり返して少し手を入れたくらいにも見えるが、二首はどう違うだろうか。

最初に詠んだ「たえだえに」は、まず上句で風景が描写される。おや、という発見が語られる。読者にとっては謎が示されるといってもよい。下句では、その理由が示される。たんなる冬の初めの時雨かと思っていたが、雪まじりの霙だったのだなあ、と。「夕」の語からは、ほの暗い中で浮かび上がった白さであったことも察せられる。ただし、この下句は名詞が連続していて、少し窮屈である。原因を駆け足で解き明かした、という説明感が出てしまう。謎めいた状況を発見し、やがてその訳に気づく、という言葉の運びは、実際の意識の流れに即しているわけだから、むしろ実感・実景を表現せよという景樹の主張に適合しているともいえそうである。しかし、事はそう単純ではない。窮屈な言葉の配置が、かえって人間の思考回路をなぞっている印象をもたらしかねない。意識的な人の仕業を浮き出させてしまうのである。

一方「しぐるるは」と改訂してどうなったか。まず初二句で判断の結果が語られる。そうして三句以下で、その判断を導いた状況が描写される。原作の上下を転倒させたわけだが、たんに強調するためだけの倒置法ではない。第三句以下がずいぶんゆったりしてきていて、霙だと思った理由を示しただけではなくなる。もっと膨らみが出てくる。夕闇の中、白さを浮かび上がらせる松の木の前にたたずむ作者を感じさせるのである。のみならず、松は天候を含めその場の時空を焦点化した存在に他ならないから、作者の前に広がる風景をもじわりと想像させていく。つまり読み手は、まず初二句の謎めいた推定におやと思い、その疑問に促されて松の木の存在へと導かれるが、それが知的な了解で終わらずに、眼前の広がりのある風景に出会って受け止められ、風景が広がるとともにそこに溶け込んでいく感覚を味わうことになる。

この溶け込むような感覚が、「しらべ」の核心にあるのだと思う。溶け込むとは、対象と主体が密接に連動することと言い換えることができる。言語芸術である和歌に即していえば、我と言葉とが同調し連動する感覚といえるだろう。「しらべ」とは本来音楽の調子のことである。音楽を聴いていて、あるいは演奏したり唄ったりしていて、音調が身体と同調し連動してくる、あの感覚を比喩的に転用しているのだろう。

言葉と主体が連動し、溶け込むような感覚を示す和歌は、景樹の和歌に数多く見られる。先ほどの「うづみ火の」（四三〇）などはその典型である。埋み火のぬくもりを感じ取っているからこそ、雪景色の白鳥の山の冴えた白さが際立つのだが、洗われたような気分とともにやがてその距離は消えゆき、白鳥の山に吸い込まれていく。景樹の代表作などとされるのも、理由のないことではない。このような「しらべ」につながる連動の感覚を、景樹自身が自負していたと思われる『講義』でも取り上げられた歌で確かめてみよう。

風前夏草

川岸の根白高萱風吹けば波さへ寄せて涼しきものを　（桂園一枝・一八二）

（川岸の根の白い高萱に風が吹くと、波までが寄せて涼しいというのだからなあ）

『万葉集』の三四九七番歌に見える「根白高萱」という語句を導入している。『講義』によれば、当初第五句は「涼しかりけり」であったという。それでもよいのだが、「ものを」と言葉を残した、つまり余韻を持たせたと述べている。根白高萱を吹く風の音だけでも涼しいのに、風が立てた波までが寄せてきていっそう涼しい、ということらしい。聴覚・視覚・皮膚感覚を動員しつつ、夏の中に見いだされた秋へと主体を浸透させていく、そのために「ものを」と余韻のある終え方をしているということなのだろう。川岸の根白高萱という特異な素材に刺激された主体が、やがて季節の奥へと溶け込んでいくのである。おそらく景樹が高く評価していた凡河内躬恒の歌、

住の江の松を秋風吹くからに声うちそふる沖つ白波　（古今集・賀・三六〇）

（住の江の松を秋風が吹くやいなや、声を揃えて寄せてくる沖の白波よ）

と同様の歌境を求めたのだろうと想像される。

彼はこのように言葉を練り上げ、多層的に連携するような工夫を行い、しかもそれを自負するところがあった。

歳暮
年(とし)の緒(を)も限りなればや白玉の霰(あられ)乱れて物ぞ悲しき　（桂園一枝・四三九）
（一年という緒も限界を迎えようとしているからか、白玉のごとき霰(あられ)が乱れ降り、心乱れて悲しい）

「大人自得の歌」（先生が満足している歌）だったという証言が残されている。「緒」が貫くのが「白玉」であり、その緒が絶えれば、「霰」の降るように散り「乱れ」、心「乱れ」て悲しい。普通にいっても、かなりうるさいくらいの縁語仕立てである。まして「実景実情」を説いたとされる景樹にふさわしくないようにも思われる。窪田空穂は「この歌には、彼としては第一になくてはならない実物実情の見るべきものがない」と手厳しく評している。だがむしろ、こういう縁語を駆使するような表現に彼の本領の一端があったと考えるべきだろう。霰の乱れ降る情景が核心にあることが見逃せない。歳末に悲しみを催されているだけではなく、歳暮と悲しみの間に、霰乱れる風景が抜き差しならない結節点となっていて、そこへと事柄と心情が集約される構造となっている。心情表現にすべてが収斂(しゅうれん)するのではないのである。言葉の連動が無意識の領域を作り上げ、そこに理想が託される。ここでも、主体は言葉の表す景に溶け込んでいくといってよいだろう。言葉の緊密なつながりに、作者が連動していくのである。主体が景に溶け込んでいくよう言葉を構えていくという点で、実感・実情の歌も、雅調の歌も、けっして別物ではないのである。

おわりに

祈り、境界、演技、連動する言葉、という視点を持ちつつ、重要歌人を軸に和歌の歴史を素描してみた。和歌の言葉は相互に網の目のように結びつきつつ秩序ある世界を浮かび上がらせ（連動する言葉）、今の歴史的現実を越えるような理想を到来させる（祈り）。そして現実と理想とをつなぐような立ち位置（境界）に人を導き、そこで身をもって生きる（演技）よう促す。そうして、新古を越えた、永遠なる価値につながる実感を、歌を読み、詠むという実践において育てることができる。一言でいうなら、和歌が続いた理由はそこに求められるのだろう。だが、それは結論というようなものではなく、個々の歌人の言葉の営みにより細やかに目を凝らすための視点にすぎない。それだけ彼ら一人一人の営為は魅力に満ちていた。

なお、拙著『日本文学と和歌』（放送大学教育振興会、近刊）は、本書と相補い合う関係にある。内容をあえて関連付けながら、本書は歌人に焦点を当て、『日本文学と和歌』は歌人集団に目を向けている。和歌は集団的な営みによって支えられており、そのことも忘れてはならない。併読いただければ幸いである。

本書冒頭で、寺山修司の発言を紹介した。寺山にこだわったのには、実はもう一つ個人的な理由がある。

一九七八年の夏、私は劇団夢（ゆめ）の遊眠社（ゆうみんしゃ）の役者として、野田秀樹（のだひでき）作『怪盗乱魔』の舞台に立っていた。千秋楽前日の開演前、楽屋が騒然となった。寺山修司が見に来ている、という情報がもたらされたからだ。その名は、演劇青年たちにとって、当時まだカリスマ的な影響力を残していた。役者たちに緊張が走ったが、それが吉と出たのか、その日は思いのほか出来の良い公演だった。寺山が褒めて帰ったぞ、と伝えるスタッフの言葉を、団員全員が高揚した気分で聞いていた。

結局私は、その翌日の千秋楽の舞台を最後に、演劇の世界から離れた。現代劇は、現在性が命である。現在進行形の「今」の追求に徹する。そのことの不安定さに、心身ともに堪えられなくなった、といえばよいのかもしれない。変わらないものを、探し出したかった。変わらないものが、どうして変わらないでいられるのかを考えたかった。私にとっての変わらないものが、和歌だったことになる。

その後夢の遊眠社は、一九八〇年代を代表する若手劇団として、演劇シーンを駆け抜けていく。それを遠く横目で見ながら、無数にも見える和歌を、一つ一つ掘り起こしていくことになった。面倒で辛気臭い作業に、正直幾度も放り出したくなったが、結局当初の研究への動機が大きな支えとなった気がしている。その動機の核には、必ず具体的なイメージがあった。寺山である。古い軛(くびき)が、かえって表現の原動力になる。混迷の中を生きざるをえぬ我々にとって、これ以上大事なことがあるのかい、といつも彼は語りかけてくるのである。

参考文献

複数の章にわたるものは、最初の章にのみ掲げた。和歌の引用は、原則として『新編国歌大観』、『新編私家集大成』によった。注釈書は、引用の底本としたもの、およびとくに参考としたものにとどめた。原則として注釈書以外は単著を主とした。

はじめに

寺山修司『空には本』（的場書房、一九五八年）
山口昌男・白石征監修『寺山修司著作集1～5』（クインテッセンス出版、二〇〇九年）
鈴木日出男『古代和歌史論』（東京大学出版会、一九九〇年）
渡部泰明『和歌とは何か』（岩波書店、二〇〇九年）
神野志隆光ほか『和歌史 万葉から現代短歌まで』（和泉書院、一九八五年）
鈴木健一・鈴木宏子編『和歌史を学ぶ人のために』（世界思想社、二〇一一年）

額田王

小島憲之・木下正俊・東野治之校注・訳 新編日本古典文学全集『萬葉集』①～④（小学館、一九九四～六年）

伊藤博ほか『萬葉集全注』巻第一～巻第二十（有斐閣、一九八三～二〇〇六年）【巻第十六欠】
伊藤博『萬葉集釋注』1～10（文庫版）（集英社、二〇〇五年）
稲岡耕二 和歌文学大系『萬葉集』㈠～㈣（明治書院、一九九七～二〇一五年）
多田一臣『万葉集全解』1～7（筑摩書房、二〇〇九～一〇年）
神野志隆光・坂本信幸企画編集『セミナー万葉の歌人と作品』第一巻～第十二巻（和泉書院、一九九九～二〇〇五年）
犬養孝『万葉の風土』（塙書房、一九五六年）
伊藤博『萬葉集の歌人と作品』上（塙書房、一九七五年）
身崎壽『額田王 萬葉歌人の誕生』（塙書房、一九九八年）
梶川信行『創られた万葉の歌人――額田王――』（塙書房、二〇〇〇年）
大浦誠士『万葉集の様式と表現 伝達可能な造形としての〈心〉』（笠間書院、二〇〇八年）

柿本人麻呂

西郷信綱『増補 詩の発生』（未來社、一九九四年）
伊藤博『萬葉集の表現と方法』上（塙書房、一九七五年）
稲岡耕二『万葉集の作品と方法――口誦から記載へ』（岩波書店、一九八五年）
神野志隆光『柿本人麻呂研究――古代和歌文学の成立――』（塙書房、一九九二年）

身崎壽『人麻呂の方法　時間・空間・「語り手」』（北海道大学図書刊行会、二〇〇五年）
多田一臣『柿本人麻呂』（吉川弘文館、二〇一七年）

山上憶良

中西進『中西進 万葉論集』第八巻（講談社、一九九六年）
井村哲夫『憶良と虫麻呂』（桜楓社、一九七三年）
村山出『山上憶良の研究』（桜楓社、一九七六年）
井村哲夫『憶良・虫麻呂と天平歌壇』（翰林書房、一九九七年）
芳賀紀雄『萬葉集における中國文學の受容』（塙書房、二〇〇三年）
稲岡耕二『山上憶良』（吉川弘文館、二〇一〇年）
上野誠「長歌」（渡部泰明編『和歌のルール』笠間書院、二〇一四年）

大伴家持

中西進『中西進 万葉論集』第四巻・第五巻（講談社、一九九六年）
伊藤博『万葉集の歌人と作品』下（塙書房、一九七五年）
身崎壽「万葉集の題詞とうたと——巻一九巻頭歌群のばあい——」（和歌文学会編『論集〈題〉の和歌空間』笠間書院、一九九二年）

廣川晶輝『万葉歌人大伴家持　作品とその方法』（北海道大学図書刊行会、二〇〇三年）
鉄野昌弘『大伴家持「歌日誌」論考』（塙書房、二〇〇七年）

在原業平

竹岡正夫『古今和歌集全評釈』上・下（右文書院、一九七六年）
小島憲之・新井栄蔵校注　新日本古典文学大系『古今和歌集』（岩波書店、一九八九年）
片桐洋一『古今和歌集全評釈』上・中・下（講談社、一九九八年）
高田祐彦『新版古今和歌集』（角川学芸出版、二〇〇九年）
片桐洋一・福井貞助・高橋正治・清水好子校注・訳　新編日本古典文学全集『竹取物語・伊勢物語・大和物語・平中物語』（小学館、一九九四年）
堀内秀晃・秋山虔校注　新日本古典文学大系『竹取物語　伊勢物語』（岩波書店、一九九七年）
片桐洋一『伊勢物語全読解』（和泉書院、二〇一三年）
目崎徳衛『平安文化史論』（桜楓社、一九六八年）
片桐洋一『天才作家の虚像と実像　在原業平・小野小町』（新典社、一九九一年）
山本登朗編『伊勢物語　虚構の成立』（竹林舎、二〇〇八年）

紀貫之

木村正中校注新潮日本古典集成『土佐日記 貫之集』(新潮社、一九八八年)
大岡信『紀貫之』(筑摩書房、一九七一年)
長谷川政春『紀貫之論』(有精堂出版、一九八四年)
藤岡忠美『王朝の歌人4 紀貫之 歌ことばを創る』(集英社、一九八五年)
片桐洋一『古今和歌集の研究』(明治書院、一九九一年)
鈴木宏子『古今和歌集表現論』(笠間書院、二〇〇〇年)
神田龍身『紀貫之――あるかなきかの世にこそありけれ――』(ミネルヴァ書房、二〇〇九年)
鈴木宏子『「古今和歌集」の創造力』(NHK出版、二〇一八年)
吉川栄治「「花の浪」考――紀貫之論断章――」(『中古文学』60、一九九七年一一月)

曾禰好忠

神作光一・島田良二『曾禰好忠集全釈』(笠間書院、一九七五年)
松本真奈美・高橋由記・竹鼻績和歌文学大系『中古歌仙集㈠』(明治書院、二〇〇四年)
川村晃生・金子英世『『曾禰好忠集』注解』(三弥井書店、二〇一一年)
藤岡忠美『平安和歌史論』(桜楓社、一九六六年)
川村晃生『摂関期和歌史の研究』(三弥井書店、一九九一年)

近藤みゆき『王朝和歌研究の方法』（笠間書院、二〇一五年）
渡部泰明『中世和歌史論 様式と方法』（岩波書店、二〇一七年）
久保木寿子『和泉式部の方法試論』（新典社、二〇二〇年）
松本真奈美「曾禰好忠「毎月集」について——屏風歌受容を中心に——」（『国語と国文学』、一九九一年九月）

源氏物語の和歌

玉上琢弥『源氏物語評釈』第一巻〜第十二巻（角川書店、一九六四〜八年）
阿部秋生・秋山虔・今井源衛・鈴木日出男校注・訳 新編日本古典文学全集『源氏物語』①〜⑥（小学館、一九九四〜八年）
柳井滋・室伏信助・大朝雄二・鈴木日出男・藤井貞和・今西祐一郎校注 新日本古典文学大系『源氏物語』一〜五（岩波書店、一九九三〜七年）
松田武夫『平安朝の和歌』（有精堂出版、一九六八年）
土方洋一『源氏物語のテクスト生成論』（笠間書院、二〇〇〇年）
高田祐彦『源氏物語の文学史』（東京大学出版会、二〇〇三年）
陣野英則『源氏物語論女房・書かれた言葉・引用』（勉誠出版、二〇一六年）
土方洋一「『源氏物語』作中歌の重力圏——須磨巻の一場面から——」（『アナホリッシュ國文學』4、二〇一三年九月）

田渕句美子『女房文学史論 王朝から中世へ』(岩波書店、二〇一九年)

和泉式部

清水文雄『和泉式部集・和泉式部続集』(岩波書店、一九八三年)
佐伯梅友・村上治・小松登美編『和泉式部集全釈――続集篇――』(笠間書院、一九七七年)
佐伯梅友・村上治・小松登美『和泉式部集全釈 正集篇』(笠間書院、二〇一二年)
寺田透『和泉式部』(筑摩書房、一九七一年)
増田繁夫『冥き途 評伝和泉式部』(世界思想社、一九八七年)
和歌文学会編『論集 和泉式部』(笠間書院、一九八八年)
久保木寿子『実存を見つめる 和泉式部』(新典社、二〇〇〇年)
久保木寿子『和泉式部百首全釈』(風間書房、二〇〇四年)

源俊頼

川村晃生・柏木由夫・工藤重矩校注 新日本古典文学大系『金葉和歌集 詞花和歌集』(岩波書店、一九八九年)
関根慶子・古屋孝子『散木奇歌集 集注篇』上・下(風間書房、一九九二・一九九九年)
木下華子・君嶋亜紀・五月女肇志・平野多恵・吉野朋美『俊頼述懐百首全釈』(風間書房、二〇〇三年)
橋本不美男・有吉保・藤平春男校注・訳 新編日本古典文学全集『歌論集』(小学館、二〇〇一年)

橋本不美男『院政期の歌壇史研究――堀河院歌壇を形成した人々――』（武蔵野書院、一九六六年）
上野理『後拾遺集前後』（笠間書院、一九七六年）
藤平春男『歌論の研究』（ぺりかん社、一九八八年）
錦仁『中世和歌の研究』（桜楓社、一九九一年）
鈴木徳男『俊頼髄脳の研究』（思文閣出版、二〇〇六年）
岡﨑真紀子『やまとことば表現論――源俊頼へ』（笠間書院、二〇〇八年）
家永香織『転換期の和歌表現 院政期和歌文学の研究』（青簡舎、二〇一二年）

西行

後藤重郎校注 新潮日本古典集成『山家集』（新潮社、一九八二年）
西澤美仁・宇津木言行・久保田淳 和歌文学大系『山家集・聞書集・残集』（明治書院、二〇〇三年）
久保田淳・吉野朋美校注『西行全歌集』（岩波書店、二〇一三年）
武田元治『西行自歌合全釈』（風間書房、一九九九年）
井上宗雄校注・訳 新編日本古典文学全集『中世和歌集』（小学館、二〇〇〇年）
平田英夫『御裳濯河歌合 宮河歌合 新注』（青簡舎、二〇一二年）
久保田淳『新古今歌人の研究』（東京大学出版会、一九七三年）
伊藤博之『隠遁の文学　妄念と覚醒』（笠間書院、一九七五年）

目崎徳衛『西行の思想史的研究』(吉川弘文館、一九七八年)
和歌文学会編『論集 西行』(笠間書院、一九九〇年)

藤原俊成・定家

谷山茂『谷山茂著作集2 藤原俊成——人と作品』(角川書店、一九八二年)
松野陽一・吉田薫『藤原俊成全歌集』(笠間書院、二〇〇七年)
藤平春男『藤平春男著作集 第1巻 新古今歌風の形成(改訂版)』(笠間書院、一九九七年)
田中裕『中世文学論研究』(塙書房、一九六九年)
松野陽一『藤原俊成の研究』(笠間書院、一九七三年)
渡部泰明『中世和歌の生成』(若草書房、一九九九年)
安井重雄『藤原俊成 判詞と歌語の研究』(笠間書院、二〇〇六年)
久保田淳『藤原定家全歌集』上・下(筑摩書房、二〇一七年)
石田吉貞『藤原定家の研究〔改訂再版〕』(文雅堂書店、一九七五年)
赤羽淑『藤原定家の歌風』(桜楓社、一九八五年)
久保田淳『久保田淳著作選集 第二巻 定家』(岩波書店、二〇〇四年)
渡邉裕美子『新古今時代の表現方法』(笠間書院、二〇一〇年)
五月女肇志『藤原定家論』(笠間書院、二〇一一年)

京極為兼と前期京極派

岩佐美代子『玉葉和歌集全注釈』上・中・下巻（笠間書院、一九九六年）
岩佐美代子『風雅和歌集全注釈』上・中・下巻（笠間書院、二〇〇二～四年）
佐々木孝浩・小川剛生・小林強・小林大輔校注『歌論歌学集成』第十巻（三弥井書店、一九九九年）
岩佐美代子『京極派歌人の研究』（笠間書院、一九七四年）
岩佐美代子『永福門院 その生と歌』（笠間書院、一九七六年）
岩佐美代子『あめつちの心 伏見院御歌評釈』（笠間書院、一九七九年）
岩佐美代子『京極派和歌の研究』（笠間書院、一九八七年）

頓阿

酒井茂幸・齋藤彰・小林大輔 和歌文学大系『草庵集・兼好法師集・浄弁集・慶運集』（明治書院、二〇〇四年）
伊藤敬・荒木尚・稲田利徳・林達也校注 新日本古典文学大系『中世和歌集 室町篇』（岩波書店、一九九〇年）
石田吉貞『頓阿・慶運』（三省堂、一九四三年）
稲田利徳『和歌四天王の研究』（笠間書院、一九九九年）
井上宗雄『中世歌壇史の研究 南北朝期〔改訂新版〕』（明治書院、一九八七年）

廣木一人『連歌史試論』（新典社、二〇〇四年）

正徹

三村晃功・ほか校注『歌論歌学集成』第十一巻（三弥井書店、二〇〇一年）
小川剛生訳注『正徹物語』（角川学芸出版、二〇一一年）
稲田利徳『正徹の研究　中世歌人研究』（笠間書院、一九七八年）
村尾誠一『残照の中の巨樹　正徹』（新典社、二〇〇六年）
村尾誠一『中世和歌史論　新古今和歌集以後』（青簡舎、二〇〇九年）

三条西実隆

伊藤伸江・伊藤敬校注　和歌文学大系『草根集・権大僧都心敬集・再昌』（明治書院、二〇〇五年）
原勝郎『東山時代に於ける一縉紳の生活』（創元社、一九四一年）
芳賀幸四郎『東山文化の研究』（河出書房、一九四五年）
芳賀幸四郎『三条西実隆』（吉川弘文館、一九六〇年）
井上宗雄『中世歌壇史の研究　室町後期〔改訂新版〕』（明治書院、一九八七年）
堀川貴司『瀟湘八景　詩歌と絵画に見る日本化の様相』（臨川書店、二〇〇二年）
伊藤敬『室町時代和歌史論』（新典社、二〇〇五年）

堀川貴司『詩のかたち・詩のこころ 中世日本漢文学研究』（若草書房、二〇〇六年）

細川幽斎

佐佐木信綱編『日本歌学大系』第六巻（風間書房、一九五六年）
土田将雄『細川幽斎の研究』（笠間書院、一九七六年）
土田将雄『続細川幽斎の研究』（笠間書院、一九九四年）
大谷俊太『和歌史の「近世」道理と余情』（ぺりかん社、二〇〇七年）
森正人・鈴木元編『細川幽斎――戦塵の中の学芸』（笠間書院、二〇一〇年）
林達也「細川幽斎ノート」その一〜その五（『文学史研究』1〜5、一九七三年七月〜一九七七年十二月）

後水尾院

鈴木健一 和歌文学大系『後水尾院御集』（明治書院、二〇〇三年）
鈴木健一・倉島利仁・杉田昌彦・田中康二・白石良夫校注『歌論歌学集成』第十五巻（三弥井書店、一九九九年）
島津忠夫・田中隆裕編百人一首注釈書叢刊『後水尾天皇百人一首抄』（和泉書院、一九九四年）
近世堂上和歌論集刊行会編『近世堂上和歌論集』（明治書院、一九八九年）
上野洋三『近世宮廷の和歌訓練『万治御点』を読む』（臨川書店、一九九九年）

上野洋三『元禄和歌史の基礎構築』（岩波書店、二〇〇三年）
鈴木健一『近世堂上歌壇の研究〔増訂版〕』（汲古書院、二〇〇九年）
高梨素子『後水尾院初期歌壇の歌人の研究』（おうふう、二〇一〇年）

香川景樹

高木市之助・久松潜一校注 日本古典文學大系『近世和歌集』（岩波書店、一九六六年）
久保田啓一校注・訳 新編日本古典文学全集『近世和歌集』（小学館、二〇〇二年）
弥富浜雄編『桂園遺稿』上・下（五車楼、一九〇七年）
黒岩一郎『香川景樹の研究』（文教書院、一九五七年）
窪田空穂『窪田空穂全集　第十巻　古典文學論Ⅱ』（角川書店、一九六六年）
兼清正徳『香川景樹』（新装版、吉川弘文館、一九八八年）
岡本聡 コレクション日本歌人選『香川景樹』（笠間書院、二〇一一年）
神作研一『近世和歌史の研究』（角川学芸出版、二〇一三年）

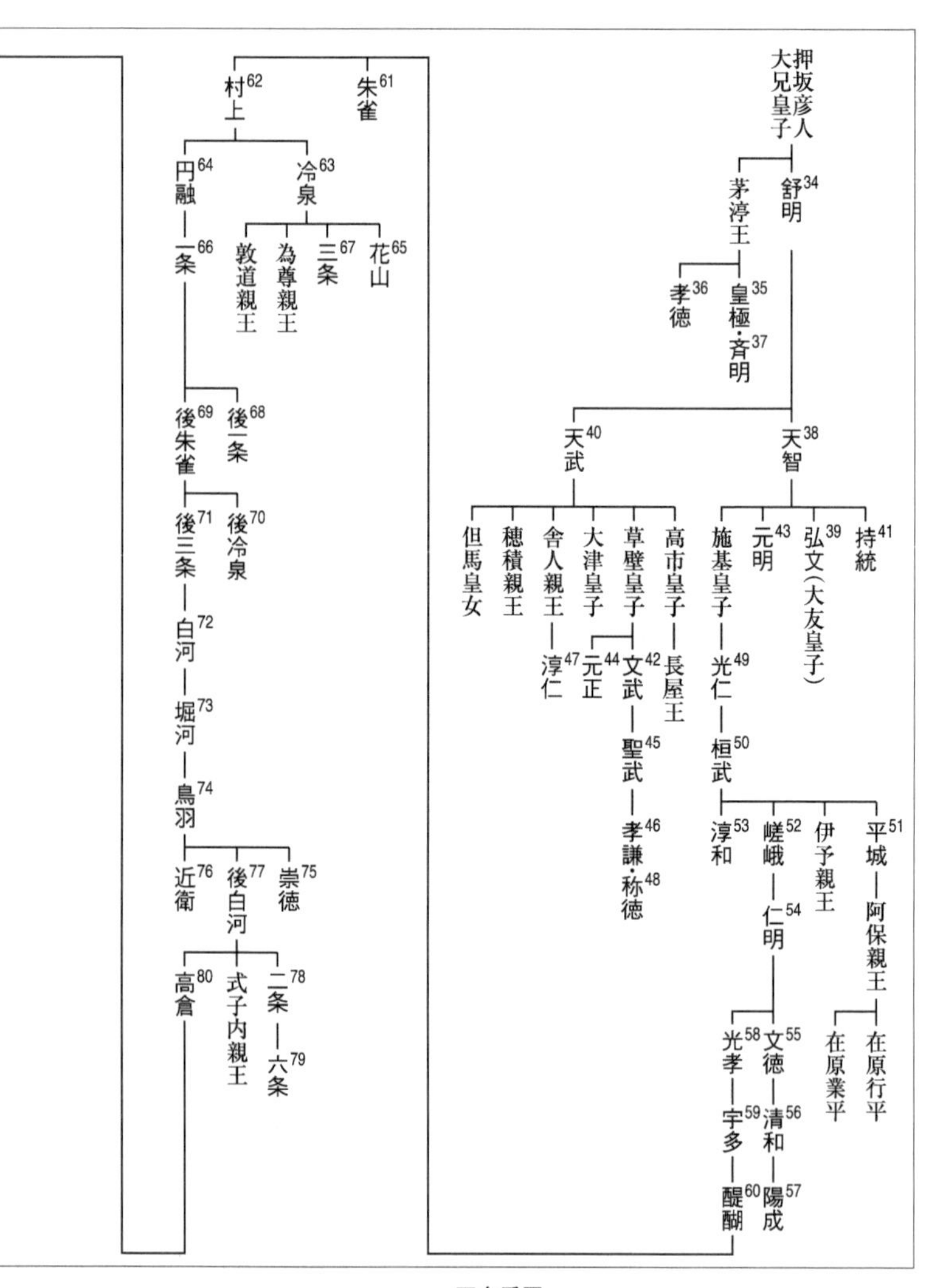

押坂彦人大兄皇子
舒明34
茅渟王
皇極35・斉明37
孝徳36
天智38
天武40
持統41
弘文39(大友皇子)
元明43
施基皇子
光仁49
桓武50
平城51
伊予親王
嵯峨52
淳和53
阿保親王
仁明54
在原行平
在原業平
文徳55
光孝58
清和56
宇多59
陽成57
醍醐60
高市皇子
草壁皇子
大津皇子
舎人親王
穂積親王
但馬皇女
長屋王
文武42
元正44
淳仁47
聖武45
孝謙46・称徳48
朱雀61
村上62
冷泉63
円融64
花山65
三条67
為尊親王
敦道親王
一条66
後一条68
後朱雀69
後冷泉70
後三条71
白河72
堀河73
鳥羽74
崇徳75
後白河77
近衛76
二条78
六条79
式子内親王
高倉80

天皇系図

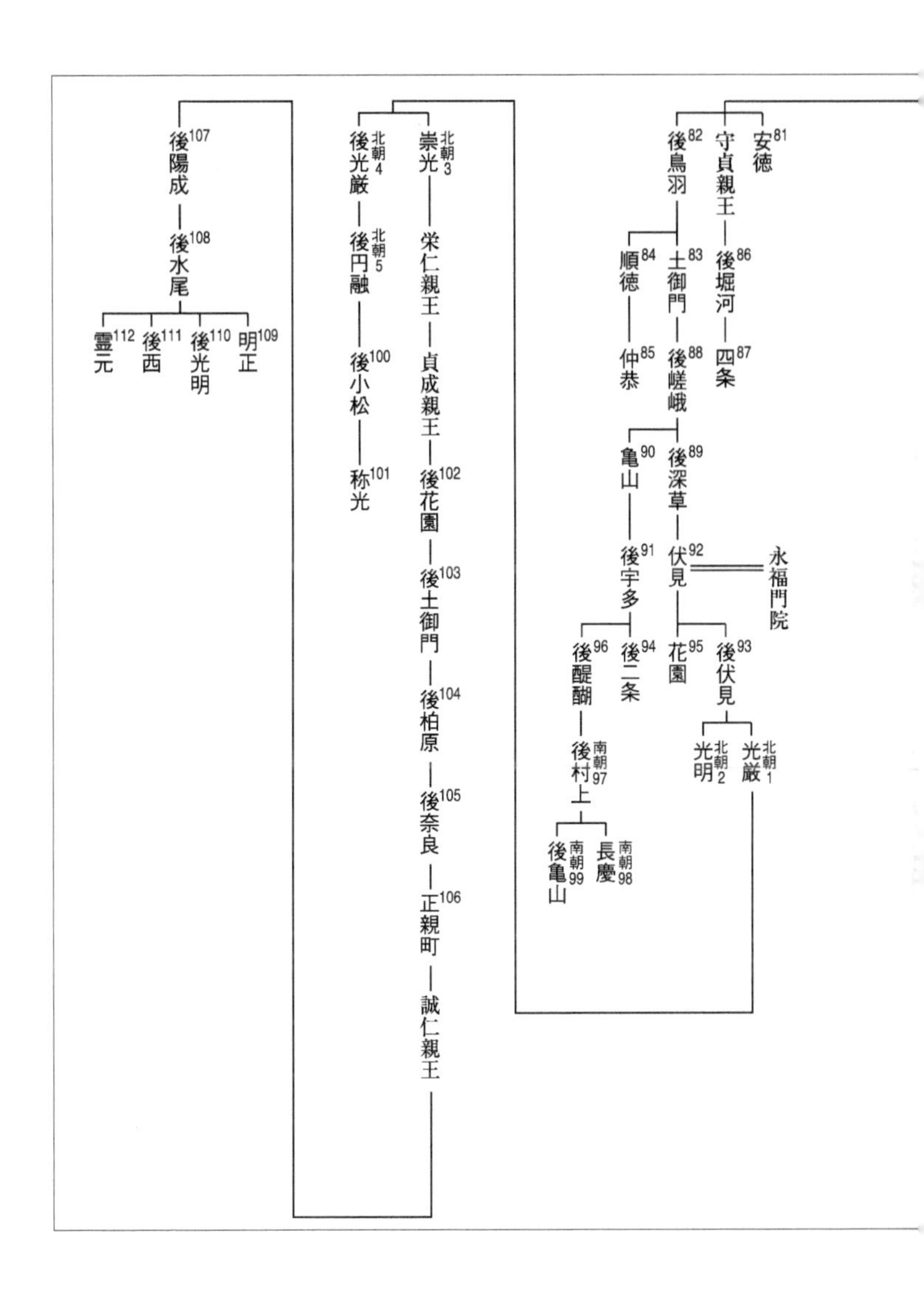
安徳81
守貞親王
後鳥羽82
後堀河86
四条87
土御門83
順徳84
仲恭85
後嵯峨88
後深草89
亀山90
伏見92
永福門院
後宇多91
後伏見93
花園95
後二条94
後醍醐96
光厳 北朝1
光明 北朝2
後村上 南朝97
長慶 南朝98
後亀山 南朝99
崇光 北朝3
後光厳 北朝4
栄仁親王
後円融 北朝5
貞成親王
後小松100
称光101
後花園102
後土御門103
後柏原104
後奈良105
正親町106
誠仁親王
後陽成107
後水尾108
明正109
後光明110
後西111
霊元112

初句索引

さ

た

な

渡部泰明（わたなべ・やすあき）
1957年東京都生まれ。東京大学大学院人文科学研究科博士課程中退。博士（文学）。フェリス女学院大学、上智大学を経て、東京大学大学院人文社会系研究科教授。専攻は和歌文学・中世文学。著書に『和歌とは何か』（岩波新書）、『古典和歌入門』（岩波ジュニア新書）、『中世和歌史論 様式と方法』（岩波書店／第40回角川源義賞文学研究部門受賞）、編著に『和歌のルール』（笠間書院）などがある。

角川選書 641

和歌史（わかし） なぜ千年（せんねん）を越（こ）えて続（つづ）いたか

令和2年10月30日　初版発行
令和6年10月20日　4版発行

著　者／渡部泰明（わたなべやすあき）

発行者／山下直久

発　行／株式会社KADOKAWA
〒102-8177　東京都千代田区富士見2-13-3
電話 0570-002-301（ナビダイヤル）

印刷所／株式会社KADOKAWA

製本所／株式会社KADOKAWA

装　丁／片岡忠彦　　帯デザイン／Zapp!

ISBN978-4-04-703653-6 C0392

◆◇◇

角川選書

この書物を愛する人たちに

詩人科学者寺田寅彦は、銀座通りに林立する高層建築をたとえて「銀座アルプス」と呼んだ。
戦後日本の経済力は、どの都市にも「銀座アルプス」を造成した。
アルプスのなかに書店を求めて、立ち寄ると、高山植物が美しく花ひらくように、
書物が飾られている。

印刷技術の発達もあって、書物は美しく化粧され、通りすがりの人々の眼をひきつけている。
しかし、流行を追っての刊行物は、どれも類型的で、個性がない。
歴史という時間の厚みのなかで、流動する時代のすがたや、不易な生命をみつめてきた先輩たちの発言がある。
また静かに明日を語ろうとする現代人の科白がある。これらも、
銀座アルプスのお花畑のなかでは、雑草のようにまぎれ、人知れず開花するしかないのだろうか。
マス・セールの呼び声で、多量に売り出される書物群のなかにあって、
選ばれた時代の英知の書は、ささやかな「座」を占めることは不可能なのだろうか。
マス・セールの時勢に逆行する少数な刊行物であっても、この書物は耳を傾ける人々には、
飽くことなく語りつづけてくれるだろう。私はそういう書物をつぎつぎと発刊したい。
真に書物を愛する読者や、書店の人々の手で、こうした書物はどのように成育し、開花することだろうか。
私のひそかな祈りである。「一粒の麦もし死なずば」という言葉のように、
こうした書物を、銀座アルプスのお花畑のなかで、一雑草であらしめたくない。

一九六八年九月一日

角川源義